Vera-Sabine Winkler

Ein wenig Weiß und viel Schwarz

Vera-Sabine Winkler

Ein wenig Weiß und viel Schwarz

AT Edition

Gedruckt auf alterungsbeständigem Werkdruckpapier entsprechend
ANSI Z3948 DIN ISO 9706

Bibliografische Information der Deutschen Nationalbibliothek
Die Deutsche Nationalbibliothek verzeichnet diese Publikation in der Deutschen Nationalbibliografie; detaillierte bibliografische Daten sind im Internet über http://dnb.dnb.de abrufbar.

ISBN 978-3-89781-285-7

AT Edition Münster 2023
Auslieferung/Verlagskontakt:
Fresnostr. 2 D-48159 Münster 0 251-20 07 96 10
E-Mail: ate@at-edition.de https://www.at-edition.de

Sind wir nicht da
uns zu erweitern?
Und in der Weite
zählt nicht mehr unser Gesicht –
wir werden angesehn
wie wir uns niemals erblickt.

Konstantin Wecker
(Die fünfte Elegie, 1981)

Für Gabi

(1945 – 2020)

in Liebe und Dankbarkeit

1

Ihre Finger gleiten über die Tasten.

Kopf und Körper nehmen den Rhythmus auf.

Takt um Takt füllt sich das ganze Zimmer. Die Stuckdecke jubelt. Die Holzdielen knarren: eins – zwei – drei, eins – zwei – drei … . Die Töne gewinnen an Fahrt. Kopf und Körper beschleunigen mit. Alles dreht sich. Schneller und schneller.

Sie fliegt. Durchs geöffnete Fenster.

Zu dunklen Wolken hinauf.

Ein Gedanke trifft sie.

Grell und gefährlich. Wie ein Blitz.

Kaskaden von Kummer donnern hinterher. Schütten ihr Tränen übers Gesicht. Reißen die Finger von den Tasten. Pressen Unterarme und Stirn auf den weiß-schwarzen Grund. Das Klavier dröhnt und stöhnt unter ihrem Gewicht. Sie verharrt. Auf der kantigen Kühle.

Bis der letzte Laut verebbt.

Die Stille richtet sie auf.

Breitet sich aus. In ihr und um sie herum.

Und lenkt ihren Blick. Von den Tasten zu ihren Händen, die jetzt in ihrem Schoß ruhen. Sie bestaunt das Auf und Ab der Knöchel: Außen. Das Geflecht der Linien: Innen. Die Fächer der Finger: Davor. Zweimal fünf Tänzerinnen und Tänzer. Für achtundachtzig Töne.

Einladung des Körpers. Zum Abheben.

Der Kopf fesselt sie.

An die Erde. Auf ihrer Erde wohnt das Kreuz.

Das Kreuz über dem Eingang zum Haus mit den Glocken. Das Kreuz an der Wand in diesem Haus. Das Kreuz in den Herzen der Menschen, die in dieses Haus kommen. Kreuz an Kreuz. Sitzen sie dann vor dem Kreuz: Erbitten Erlösung und Entlastung.

Von allem, was die Welt einteilt.

In Schwarz und in Weiß.

Am Sonntag trägt sie.

Die Farben der Klaviatur. In gegenläufiger Gewichtung:

Ein wenig Weiß und viel Schwarz. Ihr Kleid ist lang und weit. Wenn Kinder sie zum ersten Mal sehen, kichern sie: Ein Pinguin! Manche Kinder haben Angst. Für sie ist der Pinguin ein Rabe. Die Erwachsenen recken den Hals nach dem Hahn.

Hoch oben. Auf dem Haus mit den Glocken.

Dreht er sich. Mit dem Wind.

Sie mag den Hahn nicht.

Lieber sind ihr Pinguin und Rabe.

Der eine fischt, der andere krächzt. Damit sie niemals vergisst: Eisscholle und Baum unter dem Kreuz – das wäre mehr als ein Spaß! Stattdessen gibt es Stehpult und Tisch. Hier betet und liest und redet sie. Als wäre es ihre zweite Natur.

Oder sollte sie besser schweigen?

Was eine Frage! Diese Frage!

Der Baum bricht ihr weg. Ohne Sturm.

Die Scholle schmilzt. Mitten im Winter. Das Kleid hängt wieder im Schrank. Der Kopf höhnt: Viel Schwarz und wenig Weiß. Daraus wird Dir kein Lied. Der Körper hämt: Also, mach Schluß!

Für heute.

2

Es ist Sommer.

Das Haus mit den Glocken ist weit weg.

Im Tagungsheim gibt es nur einen Gong. Und andere, die Sonntags ein langes und weites Kleid tragen. Sie reden über vieles. Darüber nicht. Zu Beginn der Mittagspause verlässt sie die schwarz-weiße Population: Verabredet. Mit sich selbst.

Und der Vorfreude. Auf die fremde Stadt.

Sie geht zu Fuß.

Gerade und grau.

Säumen Wohnblöcke den Weg.

Von manchen Balkonen winken Laken. Erinnern sie an Nähe und Nacht. Es folgen einzelne Häuser. Umhegt von Gärten. Warnen sie vor Versuchung und Verrat. Ihre Schritte werden schneller.

Streben dem Stadtkern zu.

Hier grüßen barocke Fassaden.

Sie blinzelt zu den Dächern hinauf.

Neben mächtigen Baumkronen nisten Menschen. Zwitschern und zetern. Aus Gauben und Giebeln. Musik schwappt auf die Straße. Erquickt Pflastersteine und Passanten. Ohne Schaden zu nehmen.

Im freien Fall.

Ganz Auge und Ohr.

Kommt sie an. Auf dem Markt.

Stimmengewirr steigt in den Himmel. Hier und da dämpft ein Sonnenschirm den Schall. Vom Rathaus her schlägt eine Uhr. Ihr heller Ton hallt über den großen Platz. Lockt sie durch die Enge.

Und die wogende Menge.

Das Café liegt am Rand.

Auch hier stehen Tische und Stühle.

Dicht an dicht. Vom Hunger belegt. Vom Durst belagert. Teilen sie ihr Leben. Mit zahllosen Gästen. Die sich auf sie stürzen. Die sich auf sie stützen. Mal gewichtig, mal geziert. Genießen sie das Spektakel.

Und andere Speisen.

Ihr leerer Magen zwickt.

Und zwingt sie voran. Zum letzten freien Platz.

Sofort heftet sich Neugier an ihre Gestalt. Staunen verfängt sich in ihrem Haar. Begehren tastet ihre Rundungen ab. Ihr Gang wird hölzern und hart. Auf ihrer nackten Haut sträuben sich alle Härchen.

Von ihrer Stirn perlt Schweiß.

Kopf und Körper jammern:

Das kurze Kleid. Du hättest darauf verzichten sollen!

Oder im Tagungsheim bleiben. Bei der schwarz-weißen Population! Die Dame mit Hut jauchzt: Wie schön! Ich bekomme Gesellschaft! Sie sitzt direkt neben dem freien Platz.

Ein Netz kleinster Fältchen bedeckt das betagte Gesicht.

Erschöpft lässt sie sich fallen.

Ihre Blicke begegnen sich.

Sie sieht in ein Funkeln. Es sprüht.

Zu ihr hin. Es springt. Auf sie über. Sie lacht. Ihre Tischnachbarin lacht zurück. Schon lachen sie gemeinsam. Schamlos und schallend. Ergießt sich ihr Gelächter über das Geplapper und Geklapper.

An den Nachbartischen.

Sie will bestellen.

Die Dame mit Hut kommt ihr zuvor:

Zweimal Prosecco bitte! Und für das Kindchen hier etwas zur Stärkung. Sie wendet sich zu ihr hin: Wollen Sie den Marktteller probieren? Sie nickt und nimmt es gerne an. Verwöhnt zu werden.

Wie selten.

Der Marktteller ist deftig.

Ihr Gespräch wie der Prosecco.

Frisch, mit feiner Perlage. Plaudern und philosophieren sie. Über die Wirkung des Lachens. Es prickelt auf ihren Lippen. Als sie zurück muss ins Tagungsheim. Zum nächsten Vortrag.

Sie steckt eine Telefonnummer in ihre Tasche.

Beim Abschied.

3

Fern und fremd.

Wie ein fader Film. Zieht die Tagung an ihr vorbei.

Der Kopf fragt: Warum beteiligst Du Dich nicht? Du hast doch etwas zu sagen. Der Körper fährt sich mit der Hand über die Augen. Wieder und wieder. Sehen sie ein betagtes Gesicht.

Sie hört in sich hinein: Kein Gong. Keine Glocken.

Nur Lachen.

Das Lachen lotst und leitet sie.

Am letzten Abend zurück ins Café.

Sie wählt einen Tisch. Mit freier Sicht auf den Markt. Das pralle Treiben ist weggefegt. Schlaffe Tüten wabern über das Pflastermeer. Verschmelzen mit der Dämmerung. Verschwinden in der Dunkelheit.

Sie erschrickt: Was wird bleiben von ihr?

Und von der Dame mit Hut.

Langsam leert sie ihr Glas.

Rund um den Markt leuchten Fenster auf.

Um diese Zeit hat ihr Vater immer erzählt. Geschichten von der Eule. Mit der gebogenen Nase und dem wachsamen Blick. Bis heute hört sie ihr Huhu. Und seine Stimme. Manchmal werden beide eins. Dann wünscht sie sich ein Kind.

Der Körper mahnt: Du bist nicht mehr jung genug.

Der Kopf weiß: Ein Erzeuger fehlt.

Liegt es am Haus mit den Glocken?

Am Kreuz? Oder an ihren krummen Zehen?

Keine Einlagen, kein Mann. Mahnte ihre Mutter. Sie prustet und pustet. Die Ermahnung weg. Streckt die Beine aus. Und streift die Leinenschuhe von ihren Füßen. Hinter den Fenstern erlischt das Licht.

Eine Fee schleicht durch die Zimmer.

Auf Zehenspitzen.

Haben Sie noch einen Wunsch?

Wir schließen in wenigen Minuten.

Sie verliert die Fee aus den Augen. Und schaut auf. Ein Mann mit bodenlanger Schürze steht dicht neben ihr. Verhaltenes Lächeln liegt um seine Mundwinkel. Die Lippen sind leicht geöffnet. Sie hört, wie er leise ein- und ausatmet. Und lächelt zurück:

Ich würde Sie gerne einladen. Auf ein Glas Wein.

Der Kellner lacht: Dann komm mit!

4

Ihr Herz klopft. Schneller als sonst.

In der einen Hand hat sie eine Flasche Wein.

Die andere liegt in der Hand des Kellners. Schweigend führt er sie durch das nächtliche Labyrinth. Straße reiht sich an Straße. Der Asphalt unter ihren Füßen ist warm. Der Körper schwebt. Der Kopf schwärmt: Einen besonders schönen Park soll es hier geben!

Das wäre doch was!

Der Mann neben ihr hält unvermittelt inne.

Er deutet auf einen grell erleuchteten Kellereingang:

Wir sind da! Ich hoffe, es gefällt Dir! Entsetzt schaut sie auf das blinkende Neonschild. Doch ehe sie etwas erwidern kann, hat der Kellner sie die Treppe hinunter gezogen. In ein übervolles Gewölbe hinein. Er grüßt in die Runde und zwinkert ihr zu.

Zeigt auf die Bühne. Und geht nach vorne.

Dort steht ein Flügel.

Applaus begleitet ihn.

Schon bei den ersten Tönen. Summen manche mit.

Die Finger des Kellners fliegen über die Tasten. Seine Stimme wechselt gekonnt zwischen tiefen und hohen, langsamen und schnellen Passagen: … h, a, c, h, a, g, d, d, … drei, vier … h, a, c, h, a, g, d, d … . Unwillkürlich singt und schwingt auch sie leise mit.

Der Text des Liedes erinnert sie:

Sommer und Sonne. Wollen ausgekostet sein.

Wie die Flasche Wein in ihrer Hand.

Der Barkeeper zieht den Korken auf.

Und deutet zum Kellner: Gehört Ihr zusammen?

Ihre Antwort verschmilzt mit den Rhythmen der Musik. Doch für den Mann hinter dem Tresen scheint ohnehin alles klar. Er grinst und gibt ihr ein gut gefülltes Glas. Das zweite bringt er unaufgefordert.

Zu dem Musiker auf der Bühne.

Der Kellner prostet ihr zu.

Bevor er mit dem nächsten Lied beginnt.

Nimmt einen Schluck. Und verliert sich erneut in seinen Melodien. Den Oberkörper leicht vorgebeugt breitet er seine Arme aus. Getragen von Lebenskraft und Leidenschaft. Füllt er das Kellergewölbe.

Mehrere Stunden lang.

Mit beseelendem Klang und Gesang.

Seine Lieder tauchen sie ein.

In immer neue Töne und Texte.

Tanzen mit ihr auf Wellen. Tragen sie übers Meer. Taumeln durch brandenden Beifall zurück ans Land. Die Ankündigung der letzten Zugabe schreckt sie auf. Der Kellner ist vor sein Instrument getreten.

Und verneigt sich.

Der Kopf und Körper verkünden:

Einen Wunsch hast Du jetzt nicht mehr frei.

Zu viele andere werden sich gleich um ihn scharen! Während der Kellner das Schlusslied anstimmt, stellt sie ihr Glas ab und geht.

Der Barkeeper sieht ihr erstaunt nach.

5

Im Traum bekommt sie Besuch.

Von der Fee. Umweht von Schleiern.

Umarmen sie sich. Und laufen gemeinsam zum Tagungsheim. Vor der Tür stehen ihre Leinenschuhe. Sie greift nach den Schuhen. Die

Schuhe flattern weg. Sie greift erneut nach den Schuhen. Greift daneben. Fällt hin. Rappelt sich auf. Und rennt und rennt.

Ihren Schuhen hinterher.

Da hebt die Fee ihren Stab.

Stoppt den vergeblichen Lauf. Und weckt sie auf:

Schweißgebadet äugt sie in den anbrechenden Morgen. Und in ihr Zimmer. Die Schuhe sind nicht zu sehen. Der Kopf brummt: Das hast Du nun davon! Der Körper befiehlt: Ab in die Dusche! Mit extra viel Shampoo und Schaum bitte!

So kannst Du nirgendwo hin.

Mittags endet das Treffen ihrer Population.

Begleitet von lautem Krächzen und eifrigem Fischen.

Sie verlässt den Speiseraum als Erste. In ihrem Magen wütet ein Wind. Wirft ihr Boot hin und her: Die Pflicht ruft. Der Marktplatz auch. Wasser peitscht hoch. Inmitten der Gischt erkennt sie die Dame mit Hut. Und einen Mann mit bodenlanger Schürze.

Vor der Tür lässt der Wind nach. Sie atmet auf.

Und eilt ins Café.

Hinter der Theke werkelt ein weibliches Gesicht.

Sie fragt. Nach ihren Schuhen. Die Frau bejaht. Sie fragt.

Nach dem Kellner. Die Frau besinnt sich. Und reicht ihr einen Zeitungsausschnitt: Meinen Sie den? Kennt unsere Chefin von früher. Hat sie gestern kurz besucht. Und behauptet:

Kellnern würde sein Lampenfieber vertreiben!

Verschmitzt und verwegen.

Schaut der Mann auf dem Papier sie an.

Die Worte unter dem Bild werben für das Konzert im Keller. Als Sonderveranstaltung auf einer Tournee. Sie liest den Satz zweimal, dreimal, viermal … aus den Buchstaben werden Noten.

Eine Melodie steigt in ihr auf.

Sie lächelt in sich hinein.

Die Frau hinter der Theke räuspert sich: Tschuldigung.

Ich muss bedienen. Sie können den Artikel gerne mitnehmen. Nichts interessiert die Leute hier weniger, als eine Nachricht aus der letzten oder vorletzten Woche.

Und vergessen Sie die Schuhe nicht!

6

Im Auto tauscht sie ihre Pumps.

Gegen die wiedergefundenen Leinenschuhe.

Den Zeitungsartikel platziert sie auf dem Beifahrersitz. Mit dem Gesicht des Kellners in Fahrtrichtung. Bald liegen Stadt und Café weit hinter ihnen. Ab und zu schaut sie zur Seite.

Sitzt da nicht jemand, der sich zu erkennen geben will?

Ein Kellner, der ein Musiker ist.

Ein Musiker, der eine bodenlange Schürze trägt.

Ein Schürzenträger, dessen Atem … . Der Kopf keift: Schürzenträger, Schürzenjäger! Der Körper kontert: Wer nicht begehrt, lebt verkehrt! Sie lacht: Diese Zwei. Sollen sie doch.

Sie wird sich selbst eine Meinung bilden. Am besten gleich.

Auf dem nächsten Parkplatz.

Sie liest langsam und laut.

Von überbordender Energie.

Von musikalischer Wandlungsfähigkeit. Von einem bewegten Leben. Sie liest über das aktuelle Konzertprogramm. Über mitwirkende Musiker. Über die neue CD. Sie liest: Von und über.

Diese Tonart missfällt ihr. Als sei das Leben eine Kommode.

Schublade an Schublade.

Die Schürze des Kellners sabotiert die Mechanik.

Sein Atem bläst den Staub aus allen Fasern und Fugen.

Seine Lieder brechen die Schlösser auf. Sie schaut in den Rückspiegel. Sich selbst ins Gesicht. Das Schloss einer Schublade.

Es ist gesprengt. Seit gestern.

Sie startet den Motor.

Als sie ankommt, ist ihre Stimme heiser.

Kopf und Körper applaudieren: Du kannst ja singen. Viel besser als manche behaupten. Sogar der Kellner hat Dir zugehört! Sie bedankt sich bei den Dreien. Und verstaut den Zeitungsausschnitt.

In ihrer Tasche.

7

Zuhause erwartet sie ein Toter.

Er ruft sie zu seinen Söhnen. Starr und stumm.

Stehen sie neben dem erkalteten Leib. Die Hände des Vaters ruhen auf der Bettdecke. Augen und Mund sind geschlossen. Sein Kopf ist leicht geneigt. Dem weit geöffneten Fenster zu.

Als atmete es für ihn. Den Himmel ein und die Seele aus.

Sie liest einen Text aus dem heiligen Buch.

Siebzigmal so alt wie sie selbst. Dreißigmal so alt wie der Tote: *Was ist das Menschlein, dass du sein gedenkst? ...* . Vor dem Fenster zieht eine Wolke vorbei. *Ließest ein Geringeres ihm nur mangeln, göttlich zu sein ...* . Die Söhne schauen der Wolke nach. *DU, ...* .

Die beiden streichen dem toten Vater über die Wange.

Sie weinen.

Am Tag der Beerdigung sieht sie den Toten wieder.

Hemd, Krawatte, Anzug. So empfängt er die Trauernden.

Unter seine Lider dringt kein Blick. In seine Ohren kein Wort. Und doch wird sie gleich sprechen. Zu ihm und von ihm. In der Hoffnung, dass ihre Worte eine Brücke bauen. Ins Leben.

Hier und dort.

Der Sarg wird geschlossen.

Holz stößt auf Holz. Verschlüsse schnappen zu.

Im Stakkato. Erzittert auch sie: Wird ihre Brücke dem Tod und der Trauer standhalten? Die Glocken verstummen. Der Brückenbau beginnt: Gesang und Gebet. Rezitation und Rede.

Setzen Stein auf Stein.

Es ist stiller als still.

Wie kurz vor einem Unwetter.

Heraufgezogen mit der Frage, wie es weiter gehen soll – ohne ihn. Wie es ist, von hier nach dort zu gehen – nach ihm. Sie weiß, dass sie es nicht weiß. Aber sie ahnt etwas. Tastet sich vor. Und spricht.

Vom Unaussprechlichen.

Mit Timbre.

Am Grab wieder Stakkato.

Dreimal wirft sie eine Hand voll Erde hinunter.

Dreimal Worte von Erde, Asche und Staub hinterher. Zwei Meter tief. Das ist Vorschrift. Der Tote schweigt. Geschützt vom Sargdeckel treffen ihn Erdc und Worte nicht. Nach ihr treten die Söhne ans Grab.

Starren hinunter. Viele Minuten lang.

Viel zu lang.

Kopf und Körper flüstern:

Nimm doch die Rosenblätter!

Sie tritt hinzu. Greift in die Blätter. Und wirft sie mit beiden Händen hoch in die Luft. Die Söhne schauen auf und tun es ihr nach. Die anderen auch. Leicht und licht. Schweben die Blätter.

Ins Grab.

8

Eines der Blätter bleibt.

Sie entdeckt es am Sonntag. Im Haus mit den Glocken.

Weiß und welk. Leuchtet es aus einer Falte ihres Ärmels hervor. Erinnert sie an den Brückenbau. Und den toten Vater. Als hielte es eine Botschaft bereit. Besonders und bedeutsam.

Für sie ganz allein.

Sie nimmt das Blatt.

Mit nach hause. In ihr Arbeitszimmer.

Der Kopf drängt: Denk an den Geburtstagsbesuch. Sie warten schon auf Dich! Der Körper drückt sie in den Sessel. Dort betrachtet sie das Blatt. Sein Oval ruht mitten in ihrer Hand. Zwischen Herz- und Lebenslinie. Wirkt es wie der Auftakt eines kosmischen Klangs:

Alpha und Omega. Anfang und Ende.

A und O.

Aufrecht und aufmerksam.

Atmet sie ein und das A aus.

Und wieder ein und das O aus. Ihre Lippen vibrieren. Während sie das O nach außen schickt. Leise und lang gedehnt. Tönt sie den Ton: O … Oh … Ohh. Vergisst das A und tönt erneut: O … Oh … Ohh. Die Hand gleitet in ihren Schoß. Der Mund verstummt.

Die Augen fallen ihr zu.

Im Halbschlaf sieht sie eine Kommode.

Eine Schublade steht wenige Zentimeter vor.

Sie will die Schublade schließen. Doch der Einschub klemmt. Sie stopft das heraushängende Schürzenband hinein. Die Schublade sitzt immer noch fest. Sie stemmt sich dagegen. Mit all ihrer Kraft.

Und sinkt zu Boden.

Das Kreischen der Klingel reißt sie hoch.

Sie reibt sich die Augen. Und rappelt sich auf.

Vor der Tür steht eine rundliche Frau. Die Frau runzelt die Stirn und rügt: Haben Sie den Geburtstag vergessen? Wozu teile ich denn immer ein, wer wohin gehen muss? Der Kopf versichert: Ich habe es nicht vergessen! Das Geschenk liegt schon bereit! Der Körper fügt sich. Gemeinsam wanken sie wenige Straßen weiter.

Traumtrunken. Und tapfer.

9

Auch ein Schlückchen?

Der Jubilar lächelt. Er ist so alt wie der tote Vater.

Reisen möchte er. Etwas Neues beginnen. Sie ist überrascht und fragt nach. Er sprudelt und spricht: Mehr A als O. Vielleicht liegt es ja am Alkohol. Sie trinkt Orangensaft. Der Kopf schüttelt den Kopf:

Schon wieder das O!

Ihr Gegenüber mag keinen Orangensaft.

Sein A strömt: Zu ihr hin. Über sie hinweg.

Hat er verstanden, dass sie die Frau mit dem Pinguinkleid ist? Und nicht die Vorhut eines bärtigen Mannes? Beim Abschied kommt ihr in den Sinn, dass sein A etwas mit Angst zu tun haben könnte.

Mit der Angst vor dem O.

Sie wird ihn nochmals besuchen.

An ihrer Haustür hängt ein Zettel.

Der Bestatter bittet um Rückruf. Dringend.

Auch der Anrufbeantworter blinkt. Der Kollege vom Notdienst: Ein Freitod! Nur mit Dir wollen die Eltern sprechen! Er nennt einen Namen. Sie sieht ein Gesicht. Tränen schießen ihr in die Augen.

Von ihren Wimpern tropft Schwarz.

Sie fährt ins Nachbardorf.

Bewegt und begleitet – von Erinnerung:

Dem Kind hat sie einen Schutzengel geschenkt. Der Jugendlichen hat sie die Hände aufgelegt. Ist mit ihr gegangen. Von A zu A. Und nun? Dieses verdammte O! Was hat sich das Mädchen nur dabei gedacht?

Was hat es dazu gebracht?

Die Eltern ringen um jedes Wort.

Ein Brief. Eine Klinge. Mehr bleibt ihnen nicht.

Die tote Tochter ist bereits unterwegs: Offenlegung des Fleisches. Ausschluss von Fremdeinwirkung. Freigabe des Leichnams. Wenn es keinerlei Ermittlungsbedarf mehr gibt.

So nackt und nüchtern hat man es gesagt.

Sie sagt den Eltern anderes.

Lädt sie ein zum Gespräch. Im Haus mit den Glocken.

Erzählt von den Kerzen, die sie dort entzünden können. Als Zeichen der Zuversicht. Über den Tod hinaus. Auf jeder ein A und O.

Aus hellrotem Wachs.

10

Heute kein Lippenstift.

Kein Termin. Kein Telefon.

Wenn das so bleiben soll, muss sie weg. Sich ganz und gar unerreichbar machen. Wie das tote Mädchen. Kopf und Körper protestieren: Nein! Nein! Nein! Nicht wie diese Selbsttöterin!

Nur an den See. Wie immer.

Ihre Bank steht am Ufer.

Zwischen zwei uralten Weiden.

Im Sand. Wo ihr Schritt einen Abdruck hinterlässt. Wo das Wasser alle Spuren verwischt. Und jedes Wiederkommen zum Anfang wird. Da fängt sie gerne an: Mit ihrem freien Tag.

Und mit sich selbst.

Vögel singen. Wellen kräuseln sich.

Die Weiden waschen ihr herunterhängendes Haar.

Süsswasserkur. Für die Spitzen. Ihr Herz verliert sich an die schimmernde Pracht. Der Körper träumt: Grünes Haar! Gewachsene Gelassenheit! Für die Zeiten fern vom See! Der Kopf trotzt: Grünes Haar?

Pinguin bleibt Pinguin! Rabe bleibt Rabe!

Da springt ein Fisch aus dem Wasser. Schnappt den Traum.

Und trägt ihn hinab. Auf sicheren Grund.

Wieder springt ein Fisch.

Dann noch einer. All ihre Wünsche gibt sie ihnen mit.

Vor allem den, nicht zu ersticken in einer Schublade. Dem Leben abgestorben vor der Zeit – zwischen O und O. Die Fische schweigen. Plötzlich springen drei gleichzeitig empor … .

Entlocken ihr ein Ahhh.

Sie zieht die Schuhe aus.

Und taucht ihre Füße in den See.

Entzückt und entrückt. Erproben sie, wie es wäre wieder eine Flosse zu sein. Verwandt mit den Flügeln. Die Fischen wuchsen. Sie zu Vögeln machten. Und die Vögel zu Menschen. Als sei alles möglich.

Über Wasser.

11

Ihr Weg übers Wasser beginnt.

In der Metropole. Einst fruchtbares Dreieck.

Umworben von Fluss und Fluss. Später in häuslichen Verhältnissen. Wuchs und wagte sie Seitensprung um Seitensprung: ans andere Ufer, ins industrielle Zeitalter, zu waffenstrotzender Potenz. Mütter bekamen das Ehrenkreuz. Väter eine Uniform.

Nachbarn und Völker wurden einander zum Feind.

Irgendwann hat es gekracht.

Feuer vom Himmel. Feuer auf der Erde.

Wer den Bombenhagel überlebte, war froh um die schnurgeraden Straßen. Von Süd nach Nord. Von Ost nach West. Spurten sie Tränen und Trostlosigkeit eine Bahn: Trassen durch Trümmer.

Süsse Bitternis. Im Quadrat.

Bei Kummer ißt und läuft sie viel.

Rechts, links, rechts. Noch ein Stückchen. Und noch eins.

In den Füßen die Kraft einer ganzen Kindheit. Im Mund den Schmelz der Erinnerung. An ihr Quadrat. Nah bei den Flüssen. Hebt es längst versunkene Schicksale aus Schutt und Asche.

Wieder bebaut und wieder belebt.

Begleiten sie ihren Schritt.

Seit heute weiß sie:

Auch unter den Straßen schwimmen Fische.

Ab und zu springen sie empor. Sammeln Nahrung. Um schnell wieder hinabzutauchen. Zum großen Strom. Von dort aus mahnen sie die Metropole. Über Gehsteige und Fußgängerzonen verstreut.

Leuchten ihre Schuppen.

Goldfarbene Vierecke.

An den Orten der Deportation.

Ein gläserner Würfel. Mit den Namen der Ermordeten.

Höher und breiter als ein Mann, eine Frau. Aber auch kreidefarbene Kästchen. Für das Spiel der Kinder. Sie wünschen sich Wasser in den Würfel und Fische. Hüpfen um ihn herum.

Leichthin, auf einem Bein.

Sie beneidet die Kinder.

Die nichts ahnen vom großen Strom.

Unter dem Asphalt. Nichts von Geschick und Geschichte. Nichts von ihrem Wunsch nach Wiedersehen. Mit den vergasten Vorfahren. Mit der Dame mit Hut. Mit dem Kellner. Schon hebt sie den Fuß. Der Kopf donnert: Pinguine hüpfen nicht!

Wenigstens nicht um eine Gedenkstätte!

Ihr Fuß sinkt zurück. Auf die Erde.

Gegen den Widerstand des ganzen Körpers.

Und zum Entsetzen der Fische. Hört er auf Flosse und Flügel zu sein. Will nichts mehr wissen. Von Fischen und anderen Freigeistern. Denen das Emporspringen unentbehrlich ist. Fürs Überleben.

Von Tag zu Tag.

12

Noch ist der Tag nicht vorbei.

Ihr Tag. Ohne Termin und Telefon.

Mit der sinkenden Sonne im Rücken geht sie weiter. Schlendert vorbei an Kleidergeschäften. Schuhläden. Buchhandlungen. Versucht Abstand zu gewinnen. Vom Schicksal ihrer Vorfahren. Die nicht sterben wollten. Vom Tod des Mädchens. Das sterben wollte.

Bis ein Blick sie trifft.

Das Plakat hängt an einer Ladentür.

Sie erwidert das vertraute Lächeln.

Erkennt ein leichtes Grau an den Schläfen. Und betritt die Kartenvorverkaufsstelle. Wenig später hat sie eine Konzertkarte in der Tasche. Es war eine der letzten. Übermütig hüpft sie über den Asphalt: Bald wird sie den Kellner wiedersehen!

Sie hüpft auf die andere Straßenseite:

Nur noch wenige Monate, dann ist Dezember!

Die Fische atmen auf.

Und springen. Himmelhoch.

Sie spürt den Luftzug und bleibt stehen. Ein Schaufenster spiegelt ihr Gesicht. Es lächelt ihr zu. Schüttelt ihr die Haare zurecht. Und kramt einen Lippenstift aus ihrer Tasche hervor … . Noch ein paar Stunden hat sie. Um sich etwas Neues zu kaufen.

Für das Konzert. Etwas mit A.

Anders als sonst.

Im ersten Geschäft probiert sie Kleider.

Im zweiten Röcke. Im dritten die Farben der Saison.

Im vierten schleppt sie sich mit unzähligen Jeans über dem Arm zur Umkleide. Schiebt die Tür auf und schrickt zurück. Ein stattlicher Männerkörper in Unterhose strahlt sie an:

Kommen Sie nur herein! Hier ist Platz für zwei!

Sie stürzt davon.

Die Jeans rutschen ihr vom Arm.

Sie stöhnt. Und stolpert die Treppe hinab.

Erst drei Etagen tiefer kommt sie zum Stehen. Mitten in der Abteilung für junge Mode: Eine hautenge Hose gefällt ihr sofort. Passende Stiefel und ein Shirt warten im Schrank. Wie manches, das nicht mit ihrem Pinguindasein zu harmonieren scheint.

Doch dieses Mal sind Kopf und Körper sich einig:

Strahlendes A-Dur! Das steht Dir gut!

Von Trübsal und Tristesse befreit.

Fährt sie nach hause. Die Straße vibriert.

Unter der Last der Autos, Transporter und Busse. Lärmend kriechen sie aus der Metropole. Die Fische schweigen und schlafen. Tief unten im großen Strom. Haben sie sich eingegraben.

In den Sand.

13

Das Haus mit den Glocken steht auf Fels.

Sie erwartet die Eltern des toten Mädchens.

In der geöffneten Tür. Gebeugt und gebeutelt. Steigen sie die Treppe hinauf. Vor der letzten Stufe halten die beiden inne. Als wollten sie diesen Schritt nicht gehen – und gehen ihn trotzdem.

Mit verweinten Augen.

Die Mutter entzündet eine der Kerzen.

Setzt sich auf einen Stuhl. Neben dem kleinen Licht.

Sieht in die Flamme und seufzt: Ja, so ist es – A und O. Der Vater schreit: Nein, so ist es nicht! Wir hätten es ihr sagen müssen, sagen müssen … ! Er trommelt mit geballten Händen auf den Tisch in ihrer Mitte. Bis seine Frau die Fäuste zu packen bekommt.

Und an ihren Leib presst. Um ihn zu beruhigen.

Wie ein um sich schlagendes Kind.

Aus dem Schreien wird Schluchzen:

Ich bin … ich bin nicht der leibliche Vater.

Meine Frau ist die älteste Schwester der leiblichen Mutter. Sie ist bei der Geburt des Mädchens verblutet – mit Sechszehn. Wie jetzt ihre Tochter … . Wir hätten es ihr sagen müssen.

Wieder ballt er seine Hände. Und stößt sie gen Himmel.

Ihr Kollege hat uns abgeraten.

Der Kollege ist ihr Vorgänger.

Kurz vor der Einschulung des Mädchens ging er.

In Ruhestand. Und blieb – im Dorf. Wenn er an ihrer Stelle im Haus mit den Glocken wirkte, kamen die Eltern. Wenn er sich nach dem Mädchen erkundigte, erzählten sie. Der Vater von vier Kindern und der Vater über den Wolken schienen eins.

Bis zu dem Tag, an dem das Mädchen zurück wollte.

In den Schoß der Mutter.

Der Brief der Toten zu ihrem Tod sagt es.

Genau so. Alles andere beschweigt das blasse Papier.

Wie zuvor die Eltern. Wie der Kollege. Die Kerze flackert im Hauch dieser Härte und Hilflosigkeit. Sie faltet die Hände. Die Eltern tun es ihr nach. Schweigend sitzen sie neben dem A und O.

Bis das Mittagsgeläut einsetzt.

14

Getrieben vom Hunger.

Nach mehr Handfestem. Hastet sie zu ihrem Kollegen.

Es ist das erste Mal, dass sie ihn zuhause aufsucht. Groß und grauhaarig. Begrüßt er seine Nachfolgerin. Und bittet sie in sein Wohnzimmer. Sie nimmt ihm gegenüber Platz. Der Kopf raunt: Du bist ihm gewachsen. Der Körper reckt und streckt sich.

Ohne dass sie es bemerkt.

Eine Weile sagen sie nichts.

Dann bricht es aus dem Kollegen hervor:

Ich weiß, Sie kommen wegen dem toten Mädchen! Ich weiß, ich hätte niemals ... seine Stimme stockt. Er greift nach einer Fotografie in Schwarzweiß. Wie das lange und weite Kleid, das er darauf trägt. Wie all die festlich gekleideten Mädchen und Jungen um ihn herum.

Ein Mädchen schmiegt sich an ihn.

Und lächelt. Zu ihm hoch.

Das Mädchen sieht aus wie das tote Mädchen.

Hat ihre Augen, ihre Nase, ihren Mund und ihr Haar.

Der Kollege streicht und streichelt mit den Fingern über ihr Antlitz. Seine Hand zittert. Seine Tränen rollen. Hinab in den großen Strom. Zu einer verborgenen und verbotenen Liebe.

Dort wartet das lächelnde Mädchen auf ihn.

Und ihre gemeinsame Tochter.

Schwarz und Weiß.

Halten sich die Waage. In diesem Augenblick.

Sie fragt den Kollegen, wann er seiner Tochter gesagt hat, dass sie seine Tochter ist. Und ihn an ihre verblutete Mutter erinnert. Er öffnet seine Lippen. Einmal, zweimal – schließlich röchelt es aus ihm heraus:

Einen Tag vor ihrem Tod. Ach, ach ... !

Hätte ich nur geschwiegen. Bis zum letzten Atemzug.

Der Kollege presst die Fotografie an seine Brust.

Sie beugt sich vor. Und ergreift seine freie Hand:

Das ist tragisch! Aber eine solche Verzweiflung konnten Sie nicht voraussehen! Vermutlich ist einiges zusammengekommen! Sie müssen unbedingt mit den Eltern sprechen! Der Kollege drückt ihre Hand:

Können Sie das nicht für mich tun? Bitte!

Ich schaffe es nicht!

Da lässt ihre Hand seine Hand los.

Nimmt die Nähe zurück. Ohne dass sie es will.

Der Kollege stiert durch sie hindurch. Findet zu sich und zu ihr zurück. Schaut auf die Fotografie. Und befindet: Sie haben Recht. Es ist meine Tochter und meine Aufgabe! Möchten Sie mich begleiten?

Sie werden ja ein paar Worte sagen müssen.

Auf dem Friedhof.

Wenig später brechen sie gemeinsam auf.

Der Kollege geht langsam und immer langsamer.

Als wollte er niemals ankommen vor dem Haus, in dem seine tote Tochter gefunden wurde. Als müsste er sehr lange Wege gehen, um sich dem Gespräch mit den Eltern stellen zu können.

Sie passt sich seinem inneren und äußeren Tempo an.

Bis er an ihre Tür klopft.

Der Vater öffnet, sieht den Kollegen und schreit:

Verschwinden Sie! Sie Teufel im schwarz-weißen Gewand!

Erschrocken und erschüttert entgegnet sie: Aber wollen Sie denn nicht hören, was wir sagen und fragen wollen? Der Vater hebt drohend seinen Arm: Gehen Sie! Es reicht uns mit Ihresgleichen!

Die Tür fällt ins Schloss.

Sie ist unentschlossen.

Soll sie es noch einmal versuchen?

Einige Tage später weiß sie, dass es kein Nocheinmal geben wird. Knapp und karg informiert eine Traueranzeige über den Abschied von dem toten Mädchen: Nach einem tragischen Unfall. In aller Stille.

Im Ruheforst.

Die Deportierten schreien sie wach.

Um Mitternacht. In den Wäldern verscharrt.

Dulden sie kein Verschweigen. Ihr Großvater war einer von ihnen. Wie gerne hätte sie ihn beschützt. Wie gerne beschwichtigt, wenn er sich wieder einmal mit der Großmutter stritt.

Weil er sein Buch für das Bethaus nicht fand.

Die Großmutter hat ihr das Buch geschenkt.

Als Ermutigung. Zu lesen, was der Großvater las.

Zu beten, wie der Großvater betete. Der schon vor ihrer Geburt verschwand. Im großen Strom. Wenn sie nicht schlafen kann, steigt der Großvater herauf. Liest und betet mit ihr.

Bis ihr die Augen zufallen. Und er zurück will.

Zur Großmutter.

Auch das tote Mädchen will zurück.

In dieser Nacht. Es flieht vor dem Feuer.

Das seinen kalten Leib erwartet. Zum Grab seiner verbluteten Mutter. Unter Efeu und Erika. Findet es den vertrauten Schoß. Entbunden von Leid und Zeit. Träumt er auf ein neues Erwachen hin.

Ganz in der Nähe ihrer Großeltern.

Die Großmutter spricht gerade mit dem Großvater.

Bedauert, dass sie niemals mit ihm ins Bethaus ging.

Entschuldigt sich für die Weigerung, lesen und schreiben zu lernen in der fremden Sprache. Da nimmt der Großvater ihre Hand. Sanft und sacht. Wie am allerersten Tag. Und zieht sie hinab.

In den Sand.

Der Finger der Großmutter wird zum Stift.

Den der Großvater über die körnige Fläche führt.

Gemeinsam malen sie ein B. Eingezeichnet in ein unsichtbares Quadrat. Steht es am Anfang der heiligen Schriften. Und am Anfang ihrer

Schreibübung. Als könnte das B dem brutalen Abbruch ihres Miteinanders und Füreinanders etwas entgegensetzen. Etwas, das heilt.

Und hilft.

Noch am Frühstückstisch denkt sie nach.

Über die Entscheidung der Großeltern – B statt A.

Weil den Anfang niemand kennt. Weil der Anfang des Anfangs undenkbar ist: Bescheidenheit. Dazu ein Buchstabe wie Brot. Vor allem für die, denen Nahrung und Nähe fehlen. In der Not.

Sie kaut bedächtig. Es schmeckt.

Nach Beginn.

16

Beim letzten Bissen läutet das Telefon.

Sie denkt an die Dame mit Hut. Jeden Tag.

Schiebt sie den Anruf hinaus. Sehnt ihn herbei. Aber was soll sie sagen? Dass sie sich ein Wiedersehen wünscht? Dass sie gerne mehr erfahren würde? Mehr erzählen über ihre Angst vorm Ersticken?

In einer Schublade.

Nur Mut! Murmelt da der Kopf.

Der Körper greift zum Hörer. Es ist der Kollege:

Haben Sie es schon gelesen? Ich muss doch Abschied nehmen können! Was soll ich nur tun? Sie hört seine Verzweiflung: Kommen Sie! Am besten gleich! Kurz darauf sitzt er in ihrer Küche. Sein Blick schweift umher. Drei Jahrzehnte hat er hier gewohnt.

Im letzten sprach er mit seiner Frau.

Über ein neugeborenes Mädchen.

Und seine Liebe zu der verbluteten Mutter.

Der Kollege umklammert den Kaffeebecher, den sie bereit gestellt hat. Duft und Dampf steigen ihm ins Gesicht: Ich war für eine Adoption – meine Frau dagegen. Wegen der Kinder. Wegen der Leute.

Schließlich haben wir uns geeinigt. Auf stilles Weggeleit. Aber das war zu wenig für mich. Und zu viel für sie.

Krebs und Kummer haben sie dahingerafft.

Sieben Jahre – Siechtum. Sieben Jahre – Dorfgespräch.

Der Kollege stellt den Kaffeebecher ab:

Jetzt sind es schon drei, die auf mein Konto gehen!

Er zieht ein weißes Taschentuch aus seiner schwarzen Hose. Schnäuzt und schnieft. Steckt es wieder ein und stürzt den restlichen Kaffee hinunter: Sie muss im Grab ihrer Mutter beigesetzt werden! Sie müssen ein paar Worte sagen!

Sie müssen die Wahrheit sagen! Für sie und für mich!

Er wird lauter und lauter.

Wir haben doch alles versucht! Oder etwa nicht?

Sie durchbricht sein Drängen. Verhalten und vorsichtig.

Wie wäre es mit einem Gebet? Für Ihr Mädchen, Ihre Tochter, Ihre Frau. Der Kollege stutzt und streicht sich über die Stirn. Legt seine Unterarme auf die Oberschenkel. Und beugt sich zu ihnen hinab. Der Großvater schickt passende Worte herauf.

Sie spitzt die Ohren und spricht. Vom Schmerz.

Und dem Buchstaben im Sand.

17

Der Sand ist Teil des Asphalts.

Über den sie an diesem Abend gehen muss.

Zum Treffen von sieben Frauen und drei Männern. Die sich in ihrer Freizeit um das Haus mit den Glocken kümmern. Diesmal soll es um den Fels gehen. Auf dem das Haus mit den Glocken steht.

Er weist immer mehr Risse auf.

Doch was lässt sich tun?

Ihre Schritte werden ungelenk und unsicher.

Wanken durch Stürme, die am Felsen zerren – wenn nur Drei oder Vier vor dem Kreuz sitzen. Kranken an Splittern, die aus dem Gestein gesprengt werden – wenn ein Austrittsbescheid im Briefkasten liegt. Schwanken über Spalten, die sich im Boden auftun – wenn Nörgler und Nichtsnutze ein Beben anzetteln.

Sie spürt, wie der Asphalt unter ihren Füßen nachgibt.

Oder sind es ihre Knie?

Eine Straßenlampe stützt sie.

Bevor sie stürzt. Gibt einer Hand festen Halt.

Die andere findet ein Kaubonbon in ihrer Manteltasche. Schnell steckt sie es in den Mund. Mit dem Zucker kommt die Zuversicht. Dass sie weitergehen kann. Um doch noch pünktlich anzukommen.

Im Sitzungsraum.

Zwei eisgraue Augen schauen sie an.

Spitz und spöttisch. Sagt der dazu gehörige Mund:

Wir haben schon gedacht, Sie drücken sich! Vor dem Felsen und vor uns. Ist ja schließlich kein einfaches Thema, das heute auf der Tagesordnung steht. Sie antwortet nicht. Und setzt sich.

Frontal zu dem Spötter.

Er eröffnet die Sitzung.

Am Anfang war ... . Sie denkt an den Großvater.

Und das Wort war bei ... . Eben schreibt die Großmutter mit Hilfe des Großvaters ein H in den Sand. *Und Gott war das ...* . Der Großvater sagt zur Großmutter: Dieser Buchstabe ist das Fenster, durch das Gott sieht. *Und das Wort ... wohnte unter uns ...* . Der Spötter schließt:

Das ist unser Fels! Darum sollte es gehen!

Sie nickt und nimmt Abschied.

Von der Schreibübung ihrer Großmutter.

Und der Erklärung des Großvaters. Holt ein Stück Papier und einen Stift aus ihrer Tasche. Und bittet alle Anwesenden um Beiträge. Zur

zur Situation im Haus mit den Glocken. Zu dem, was auf ihnen lastet wie ein Kreuz. Zu dem, was ihnen Halt und Hoffnung gibt

Wie ein Fels.

18

Es ist hart. Aber kaum zu ändern.

Der Mann neben ihr spricht mit Bedacht:

Wir allein können den Fels nicht retten. Nicht das Haus mit den Glocken füllen. Die meisten haben heute andere Interessen: Schwitzen im Sportstudio. Entspannen im Wald. Oder schlafen am Sonntag lieber mal aus. Der Spötter zieht die Augenbrauen hoch:

Vor allem Du! Ich bin immer da!

Ihr Tischnachbar bleibt ruhig:

Sag' ich ja. Es gibt unterschiedliche Bedürfnisse.

Dafür muss sich niemand entschuldigen. Er streicht sein halblanges Haar zurück und lächelt in die Runde: Nicht wahr? Eine Frau in ihrem Alter ergänzt: Außerdem kommen manchmal echt viele.

Ich mach' mir da keine Sorgen.

Aber ich! Und unsere Ehrenvorsitzende auch!

Der Spötter sieht zu der Ältesten aller Anwesenden hin.

Die rückt ihre Brille zurecht. Zückt ein Notizheft und züngelt: Vier, zehn, acht, vierzehn … . So sah es an den letzten Sonntagen aus. Am meisten kommen übrigens, wenn Ihr Vorgänger da ist.

Ein Vorbild. In jeder Hinsicht.

Sie schluckt. Ihren Ärger hinunter.

Schweigt. Ihre Abneigung hinweg.

Kopf und Körper treiben ihr Hitze ins Gesicht. Und Frost in alle Glieder. Sie ringt ihnen eine wohl temperierte Antwort ab: Schade, dass Sie niemals kommen, wenn Kinder im Mittelpunkt stehen. Oder ein Bild. Oder ein Film. Dann ist das Haus mit den Glocken voll.

Obwohl mein geschätzter Vorgänger nicht da ist!
Was sagen denn die Anderen dazu?

Die Anderen sagen nichts.

Die etwa gleichaltrige Frau senkt die Augen.

Der Mann mit dem halblangen Haar flicht eine Strähne zum Zopf und streicht sich damit ums Kinn. Die Ehrenvorsitzende putzt ihre Brille. Erst von innen. Dann von außen. Selbst der Spötter kaut kommentarlos auf seinem Stift. Sie steht auf.

Und öffnet ein Fenster: Ich bin für Weitsicht.

Die Köpfe drehen sich zur ihr hin.

Sie späht zum Fenster hinaus.

Als gäbe es etwas Famoses zu entdecken.

Schnell stehen alle hinter ihr. Sie zeigt auf die Häuser und Straßen im spärlich beleuchteten Dorf: Hier entscheidet sich, was aus dem Fels wird. Hier sollten wir zugegen sein. Und die Menschen einladen.

Gemeinsam kehren sie zurück.

An den Tisch und zu ihrer Tagesordnung.

Reden ruhig weiter.

Ringen um Rettung. Wider die eigene Ratlosigkeit.

Der letzte Satz gehört dem Spötter: Es ist gut, dass Sie selbst es gesagt haben. Im Dorf entscheidet sich, was aus dem Haus mit den Glocken und dem Fels wird. Und da wohnt zum Glück –

Ihr Kollege!

Sie springt auf.

Schnauft und schnaubt: Es reicht!

Das muss ich mir nicht bieten lassen! Nicht von Ihnen! Nicht von all den anderen. Die nichts besseres zu tun haben, als mir eins auszuwischen! Beten Sie um Vergebung! Am besten gleich! Gute Nacht!

Kopf und Körper reißen sie weg.

Nach hause.

Doch wo ist sie daheim?

Vom Küchentisch aus starrt sie in die Dunkelheit.

Draußen vor dem Fenster winkt ihr der Großvater zu. Gemeinsam mit der Großmutter. Einer Schönheit. Die stets zu ihm stand. Auch wenn ihre große Liebe einen Kopf kleiner war. Und ins Bethaus ging.

Sie winkt zurück.

Beim fünften Glas verschwimmen die Grenzen:

Weinen die beiden wegen ihr oder weint sie wegen ihnen?

Beim zehnten Glas sind sie verschwunden. Das Fenster ist, was es war: Ein weißes Rechteck. Durch das Schwärze ins Haus dringt. Mit der Flasche unterm Arm wankt sie zur Couch.

Schüttet im Liegen den letzten Schluck in ihren Mund.

Lallt und lamentiert. Bis der Schlaf sie holt.

Zurückkommen will sie nicht.

Der Kopf dröhnt. Der Körper schmerzt.

Von den Schuhen bis zum Scheitel: bleierne Schwere. Echo einer Verwundung. Ausgebrannt mit Schnaps … . Sie erinnert sich. Sackt zurück in den Schlaf. Erwacht. Starrt Löcher in die Luft.

Und schläft und schnarcht.

Dem Erschrecken nochmals davon.

Richtig da ist sie erst wieder am Abend.

Ein Bad. Eine Suppe. Bringen das Leben zurück.

Sie räumt auf und schmeißt die leere Schnapsflasche in den Müll. Jahrelang hatte sie sich im Griff. Und jetzt das! Das Band einer Schürze hängt aus der Kommode. Wenige Zentimeter steht die Schublade vor.

Aus dem Schlitz dringt ein Schrei:

Es reicht! Das nicht … !

Erschüttert und erstaunt.

Hört sie ihre eigenen Sätze nachhallen – in sich.

Vielleicht musste das alles mal raus? Vielleicht war das alles gar nicht so falsch? Bis auf den Schnaps: Hochprozentig und honiggelb. Die Früchte dafür hatte sie selbst gepflückt.

Bei einem Urlaub – im sonnigen Süden.

Die Obstbäuerin war eine kernige Frau.

Machte sie neugierig auf das scharfe Getränk:

Wärme und Wollust. Vor allem, wenn eine erblühen will. Mitten im Winter. Gerne hätte sie wieder Urlaub bei ihr gemacht. Und Früchte gepflückt. Doch die Obstbäuerin verschwand. Von heute auf morgen. Das Haus verfiel. Die Bäume verwilderten.

Ihr Vorrat an Hochprozentigem wurde zur Kostbarkeit.

Die Erinnerung auch.

Was, wenn die Dame mit Hut plötzlich weg wäre?

Sie stürzt zum Telefon. Und stottert – ihren Namen.

Hallo, Kindchen. Endlich rufen Sie an! Die Ältere scheint das Stottern nicht zu bemerken: Wann kommen Sie? Sie wollen doch kommen, oder? Ihre Stimme beginnt zu fließen: Ja, sehr gerne. Ich könnte nächsten Samstag oder Sonntag.

Die Dame mit Hut lächelt ins Telefon: Wunderbar!

Dann bis Samstag. Ich warte – im Café.

20

Sehr früh am Samstag fährt sie los.

Und singt und summt. Als führe sie zum Kellner.

Oder ist er ohnehin dabei? Will sie ermutigen, sich der Melodie ihres Lebens anzuvertrauen? Sie murmelt: Hallo! Singt und summt weiter. Lässt sich tragen und treiben. Von Ton zu Ton.

Bis zu ihrer Ankunft.

Im Café ist es ruhig.

Sie entdeckt die Dame mit Hut sofort.

Ihr Gesicht leuchtet. Durch die Verglasung. Der Hut ist diesmal eine Baskenmütze. Grau wie der Himmel. Rund wie die Tische. Die den hellen und hohen Raum füllen. Sie eilt auf die Ältere zu.

Ihr erstes Wort ist eine Umarmung –

im Stehen.

Parfum steigt ihr in die Nase.

Haar streift ihr über die Wange.

Die Augen der Dame mit Hut suchen die ihren: Wie schön, dass Sie da sind! Kommen Sie, setzen Sie sich! Sie haben sicher Hunger! Darf ich Ihnen wieder etwas vorschlagen? Etwas Süßes?

Wenig später lachen und löffeln sie gemeinsam:

Soufflé mit Kompott.

Beim Kaffee wird die Dame mit Hut ernst.

Sie sehen heute sehr blass aus, Kindchen!

Wollen Sie mir nicht erzählen, was Sie betrübt? Sie schiebt ihre Baskenmütze aus der Stirn und schaut sie aufmunternd an. Bereit, das Netz ihrer Fältchen auszuspannen unter ihr.

Sie zögert kurz. Doch dann lässt sie sich fallen.

Kopf und Körper fallen mit.

Den Sturzbach ihrer Worte hinab.

In das feine Gewirk aus Erfahrung und Erkenntnis.

Das die Züge ihrer Tischnachbarin zeichnet. Die Dame mit Hut hört zu. Fragt nach. Stets nah bei dem, was sie erzählt. Das tote Mädchen, der Kollege, der Spötter … . Als sie zu den Fischen kommt, steht der dritte Kaffee auf dem Tisch. Sie nimmt einen winzigen Schluck.

Und lächelt: Ich glaube, es ist genug.

Sie müssen denken, ich sei eine einzige Klage.

Sie klagen nicht.

Sie erfühlen und erkennen.

Und eben fing es doch an schön zu werden, oder? Die Dame mit

Hut zieht die Baskenmütze wieder in ihre Stirn: Aber ich verstehe, wenn Sie vom Erzählen erstmal genug haben. Wie wäre es, wenn wir für ein Weilchen zu mir gehen? Ich wohne ganz in der Nähe.

Sie deutet quer über den Marktplatz:

Dort, in dem großen Haus.

21

Das große Haus hat Stil.

Ein Fries ziert die Fassade und rahmt die Fenster.

Fliesen schmücken den Eingang und das Treppenhaus. An den Metallstäben des Geländers ranken Blätter. Die hölzernen Stufen glänzen. Stufe um Stufe steigen sie hinauf. Sie wundert sich.

Wie leichtfüßig die Ältere die dritte Etage erklimmt.

Wie sehr das Haus zu ihr passt.

Hier wohne ich – von Geburt an!

Die Dame mit Hut öffnet eine gediegene Tür.

Und bittet sie herein. Wände voller Bilder und Bücher. Begrüßen sie. Gefolgt von unzähligen Fotografien. In hölzernen Rahmen. Mittendrin warten hochbetagte Sitzmöbel und Tische. Wie Tiere –

im Gehege des Wohnzimmers verstreut.

Die Dame mit Hut streift umher.

Und streichelt die Tiere: Ich sitze mal hier, mal dort.

An Festtagen decke ich für fünf. Auch wenn ich alleine bin. Sie runzelt die Stirn. Die Ältere stellt sich neben einen Tisch: Ja, ich lade alle ein, die früher hier gewohnt haben – meine Schwester, meinen Bruder, meine Eltern. Das ist ein wenig verrückt.

Aber verrückt bin ich gern. Von Kindesbeinen an.

Schauen Sie, hier!

Die Dame mit Hut zeigt auf einige Fotografien:

Die erste bildet sie mit Zöpfen ab, die unter einem Blumenkranz hervorlugen. Auf der zweiten trägt sie den Florentiner und die Schuhe einer Erwachsenen. Auf der nächsten eine Feder im offenen Haar.

Dann eine Pelzkappe … . Sie bekennt:

Ich habe mir immer gewünscht, behütet zu sein!

Der Kopf stöhnt: Bitte, kein Hut!

Der Körper stichelt: Ein bißchen mehr Behutsamkeit.

Ein bißchen mehr Obhut. Das stünde uns gut! Sie gebietet den beiden Einhalt. Und fragt nach: Hat es geklappt? Waren Sie behütet? Die Dame mit Hut dreht sich zum Fenster: Ich schon!

Aber da geht es mir wie Ihnen.

Mehr darüber möchte ich heute nicht erzählen.

Bewegt und berührt.

Tritt sie hinter die Dame mit Hut.

Als könnte der Flügelschlag ihrer Hand abwischen, was auf der anderen lastet. Die Ältere wendet sich wieder zu ihr hin. Ihre Wangen sind feucht: Alles hat eine Zeit, Kindchen! Und jetzt ist die unsere! Ich führe Sie noch durch die anderen Zimmer!

Sie sagen mehr, als ich in Worte fassen kann.

Besonders gesprächig sind die Erbstücke:

Ein Kleiderschrank im Ausmaß eines Elefanten.

Ein Sessel auf Löwenfüßen. Eine Vitrine mit Katzenaugen. Zum Schluss setzen sie sich. An einen Tisch, der zu den Kleintieren gehört. Gerade groß genug für zwei Kristallgläser und eine Karaffe.

Die Dame mit Hut schenkt ein: Auf uns!

Und diesen besonderen Tag!

22

Am Abend fährt sie zurück.

Verunsichert und verwirrt. Von vier Schuppen.

Im Asphalt vor dem großen Haus: Warum hatte sie die goldfarbenen Vierecke erst beim Abschied gesehen? Warum nichts dazu gesagt? Kopf und Körper mahnen: Du weisst doch – alles hat eine Zeit!

Die Schuppen werden da sein.

Auch beim nächsten und übernächsten Mal.

Stunden später kommt sie an.

Taumelt in ihr Bett. Und taucht zu den Fischen hinab.

Am frühen Morgen springen die Fische. Hinauf zu den Zweigen. Und zwitschern. Oder sind es die Vögel? Die Decke über den Ohren treibt sie zurück zum Grund. Ein Pinguin schnappt nach ihr: Zeit zum Aufstehen! Schnell! Schnell! Du mußt los!

Erst als sie in den Kissen sitzt, hört sie den Raben:

Nur mit der Ruhe. Du hast frei!

Frei am Sonntag. Das ist selten.

Draußen prasselt und rasselt der Regen.

Vermasselt ihr einen Ausflug zur Bank am See. Doch was dann? Ein Becher Kaffee! Und zurück ins Bett! Der gestrige Tag würzt jeden Schluck. Wärmt den Körper – in Erinnerung an die Gegenwart der Dame mit Hut. Weckt den Kopf – im Erkennen ihrer Geisteskraft.

Allein den Kellner hat sie vermisst.

Von ihm sprechen wollte sie nicht.

Nicht bevor sie weiß, was es auf sich hat.

Mit ihm und mit ihr. Vor allem, wenn er selbstvergessen am Flügel sitzt. Um hörbar zu machen, was er hört. Um fühlbar zu machen, was er fühlt. In der Hoffnung, dass auch andere berührt und bewegt.

Was er Abend für Abend singt.

Und spielt.

Sie spielt nicht allzu oft – sie spurt.

Von der ersten Unterrichtsstunde an.

Nahm der Klavierlehrer sie an die Kandare: Kreuz gerade. Handgelenke locker. Finger auf die Tasten … . Kopf und Körper erstarrten.

In Disziplin und Distanz. Zu allem, was sie als Kind hätte hören und fühlen können. Im Zusammenspiel mit den Tasten.

Deren Aufschrei sie erzittern ließ. Wenn sie daneben griff.

Und der Lehrer sie anpfiff.

Dennoch kommt sie nicht los.

Von der weiß-schwarzen Tastatur.

Von dem in ihr liegenden Versprechen. Und versucht es immer wieder einmal. Mit dem spielerischen Spiel. Auf ihrem alten und abgenutzten Klavier. Macht sich auf die Suche nach einem Ton.

Der sie befreit.

23

Doch welcher Ton ist der ihre?

Gibt es den einen vor allen anderen?

Wäre ihr Ton ein Mann, würde sie sagen: Ja! Aber bei einer Frequenz? Das A kommt mal tief mal hoch daher. Je nach Stimmungslage. Das B ist schwarz oder weiß. Je nach Lesart und Lehre. Das C soll an einer Stelle sogar einem Schloß gleichen.

Und nach dem G beginnt alles wieder von vorn.

Sie gähnt mehrmals.

Gibt sich hin. An die Geräusche im Haus.

An die Gestimmtheit in ihr. Vernimmt. Leises Pochen. Verspürt. Lauter werdendes Drängen. Dass den Kopf zum Schweigen bringt. Und den Körper in Schwingung versetzt. Geschickt und geschwind.

Streift er das Hemd von der Haut.

Und führt ihre Hände.

Über die Hügel.

Ihres vibrierenden Leibes.

Zu dem fruchtbaren Dreieck. Das sie mit der Metropole eint. Ihre Finger versinken. Am Treffpunkt der Flüsse. Wo die Wellen sich küssen und kosen. Katapultiert sie sich aus der Zeit. Ist sekundenlang nichts.

Als ein großer Gesang. Und Klang.

Alle Menschen sind so gemacht.

Sagen die Menschen am Fluss. Sie singen.

Ihren Ton in den Ton. Bestaunen die Geburt irdener Gefäße. Geformt aus Gesang: Einwohnung als Einklang. So hat sie es bisher nie gesehen – nie gefühlt. Sie greift nach ihrem weißen Bademantel.

Und geht zum Klavier. Der Lack glänzt schwarz.

Wie ihr langes und weites Kleid.

Kopf und Körper schwelgen:

Hallo, Schwester – hallo, da sind wir!

Sie schliesst die Augen. Legt ihre Finger auf die Tasten. Erforscht Längen und Breiten. Erkundet Flächen und Fugen. Einer Liebenden gleich. Die auf Erwiderung hofft. Aber die Schwester beharrt:

Erst Du – dann ich!

Sie beginnt leise.

Folgt der Bewegung der Tasten.

In Zeitlupe. Verstärkt Lautstärke und Geschwindigkeit aus ihrer Mitte heraus. Beobachtet wie Schultern und Arme ihre Kraft in die Finger schicken. Die mit den Tasten nach unten sinken. Um sich von ihnen wieder nach oben drücken zu lassen.

Während sie wie von selbst zu spielen beginnt.

Sich auf vertraute Melodien besinnt.

Da tönt die Schwester.

Gemeinsam mit ihr. Zu den Fischen hinab.

Und zu den Vögeln hinauf. Verliert und verschenkt sich. An die Lieder, die aufsteigen in ihr. Als hätten sie jahrzehntelang darauf gewartet, sie hineintragen zu können. In einen grenzenlosen Raum.

Der sie birgt und begeistert.

Und beseelt.

Etwas Seelenloses schreckt sie auf.

Umklammert ihr Herz. Mit hartem Griff.

Höhnt und hetzt. Ihr Spiel entzwei. Bis die Schwester wieder ist, was sie war: Ein stummer Klangkasten, den sie niemals zum Leben erwecken wird. Sie – dieser Ausbund an Ungeschicklichkeit.

Und Unschicklichkeit.

Sie sieht an sich herab.

Sieht ihre Brüste hervorlugen.

Aus dem halbgeöffneten Bademantel. Sieht ihre weiche Haut hervorfließen. Unter dem groben Stoff. Als wollte sie ihn abstreifen. Weil er nicht ist, was er vorgibt zu sein: Eine Hülle, die sie schützt.

Vor dem Abgrund – in ihr.

Verstört und verzweifelt.

Flieht sie ins Bad. Bedeckt ihre Blöße.

Ohne zu beachten, was sie anzieht. Flüchtet in die Küche. Besänftigt ihren Hunger. Ohne zu bemerken, was sie isst. Findet Zuflucht in ihrem Arbeitszimmer. Bei Akten, Emails und Briefen. Bereit sich füllen und fesseln zu lassen: Von nichts.

Als Geschäftigkeit und Geschwätz.

Gewissenhaft ordnet sie.

Was zum Haus mit den Glocken gehört.

Gehorsam beantwortet sie. Was auf Erwiderung drängt. Geduldig entsorgt sie. Was für Unnützes wirbt. Erst gegen Abend ist sie wieder mit sich allein. Der Kopf klagt: Ein freier Sonntag war das nicht!

Der Körper ist kalt und klamm.

Sie stottert: Tschuldigung.

Ich, ich … ich konnte nicht anders!

Stakst vor die Haustür. Und staunt: Der Regen prasselt und rasselt nicht mehr – er singt. Leise und ruhig. Fließt sein Lied. Durch die kahlen Baumkronen. Über den Boden. Am Haus entlang. Auf die Straße. Sie hört sein Rauschen.

Glucksen, Klopfen und Plätschern.

Immer im gleichen Takt.

Als stünde ein Dirigent irgendwo in der Dunkelheit.

Mit schwarzem Frack. Und weißem Hemd. Der sie erinnern will: An den Fluss, an die Fische – und an den großen Strom. Diesen Konzertsaal des Ewigen Immer. Sie tritt in den Regen hinaus.

Ohne Schirm.

25

Furchtlos und frei.

Rutscht die Schublade weiter nach vorn.

Will sich nicht mehr zurückdrängen lassen. In die Kommode. Nicht mehr einzwängen lassen. Ins System. Das Schürzenband des Kellners hängt jetzt vollends heraus. Schlängelt sich durch den Kopf.

In die Mitte des Körpers hinein.

Sie lächelt.

Das Lächeln begleitet sie.

Durch die nächsten Tage. Ist ihre Sonne.

Hinter den Wolken. Und bricht beim wöchentlichen Treffen mit zwölf Mädchen und Jungen hervor. Sie möchten die Hände aufgelegt bekommen im nächsten Jahr. Als Stärkung für ihren Weg. Deshalb kommen sie ins Haus mit den Glocken. Lesen. Im heiligen Buch. Fragen.

Nach dem Ursprung ihres Lebens.

Wie das tote Mädchen.

Viele kennen das Mädchen.

Wollen wissen, was geschehen ist.

Sie sagt: Ich weiß es nicht! Wollen erfahren, wo sie begraben ist. Sie erwidert: Ich weiß es nicht! Da bricht es aus einem der Jungen hervor.

Rotzig und rau: Sie wissen ja gar nichts! Sie schaut ihn an: Du hast recht. Aber ich weiß, dass Ihr Euch verabschieden könnt von ihr.

Gleich am nächsten Sonntag.

Die Augen des Jungen funkeln:

Den Köder schluck' ich nicht!

Sie wollen uns nur zum Kommen knechten! Ich komme nicht! Sie funkelt zurück: Du musst nicht kommen! Wenn Du Angst hast, lass es! Es braucht schon ein wenig Mut zu hören, wie viele gestorben sind.

In unserem Dorf. Im Laufe des letzten Jahres.

All ihre Namen werden genannt.

Manche kichern.

Ein Mädchen sagt: Ich hab' keine Angst!

Ich kann 'ne Bitte verfassen und vorlesen! Die anderen schließen sich an. Am Ende des Nachmittags haben sie zwölf Bitten zusammen. Auch eine von dem Jungen mit der rotzig rauen Stimme ist dabei.

Sie bedankt sich.

26

Am Sonntag ist es sehr voll.

Die meisten Erwachsenen tragen Schwarz.

Als könnte das Spiel auf den Halbtönen der Klaviatur das Leben zurückbringen. In die verblichenen Leiber. Unter der Erde. In die bleichen Gesichter. Über der Erde. An diesem grauen Morgen.

Im Haus mit den Glocken.

Doch das Leben steht still.

So still, dass sie ihren Atem hört.

Beim Nennen der Namen. Die Namen zerschneiden die Stille. Leuchten auf mit den Kerzen. Die von den Mädchen und Jungen entzündet werden. Sie haben das A und O durch ein rotes Herz ersetzt.

Weil ein Herz stillstand – vor seiner Zeit.

Auf die Namen folgen die Bitten.

Die jungen Stimmen zittern. Bei jedem Wunsch.

Eine Stimme zittert nicht: Der Tod des Mädchens – das war kein Unfall! Ich will die Wahrheit wissen! Rotzig und rau rast der Ruf durch den Raum. Verbrennt den vorgesehenen Text in Höchstgeschwindigkeit.

Fährt Kopf und Körper gegen die Wand.

Sie stöhnt.

Plötzlich steht der Kollege neben ihr.

Sagt, was sie nicht sagen kann. Nicht sagen darf:

Das Mädchen hat sich selbst getötet. Als es erfuhr, dass seine leibliche Mutter bei seiner Geburt gestorben ist. Das muss kein Geheimnis bleiben! Und nun lassen Sie uns beten!

Beten wie der Mann aus Nazareth gebetet hat … .

Die meisten sprechen mit.

Die Eltern des toten Mädchens nicht.

Am Ende des Gebets schreit der Vater:

Ihre Schuld wird nie und nimmer vergeben! Sie! Sie haben es ihr gesagt! Tobend verlässt er das Haus mit den Glocken. Seine Frau folgt ihm. Tief gebeugt. Der Kollege geht zurück zu seinem Platz.

Das Raunen in den Reihen verstummt.

27

Vor der Tür wird die Stille zum Sturm.

Peitscht Worte. Schleudert Sätze. Bläht Gerüchte.

Langsam und laut. Fluten die Menschen die Treppe hinab. Auf den Wellen ihrer Empörung fährt das tote Mädchen noch einmal durch das Dorf. Keine Straße, keine Gasse läßt es aus.

Es ist eine heikle Fahrt.

Das Boot kann kippen.

Die Tote versinken. Im Sog der Lust. An Lüge und Leid.

Ein Junge und ein Mann haben den Sturm entfacht. Auf der Suche nach Wahrheit, nach Schwarz oder Weiß. Kopf und Körper ahnen, dass es diese eine Wahrheit nicht gibt. Und treiben sie hinaus.

Auf den Friedhof – zur Zwiesprache.

Mit der leiblichen Mutter.

Treiben sie weiter.

Zum Friedwald. Möchten verstehen.

Ob er mehr ist als Verlegenheit und Versteck. Für die verzweifelten Eltern. Das tote Mädchen führt sie. Auf weglosem Weg – durch den Irrgarten der Bäume. Entleibt vom Feuer ruht es.

Unter einer Buche.

Die Ahnfrau der Bücher birgt seine Asche.

Zwischen zwei mächtigen Wurzeln. Das passt.

Befindet der Kopf. Und denkt an die beiden Mütter und die beiden Väter. Der Körper zögert. Lenkt ihre Gedanken zum Großvater und all den anderen. Von denen nichts blieb. Außer Ruß und Rauch.

Hinweggetragen vom Wind.

Suchend legt sie eine Hand auf den Stamm.

Die Rinde ist glatt und kühl. Darunter strömt es.

Oder ist es ihr eigenes Blut? Sie presst ein Ohr an den Baum. Das Strömen wird stärker. Rauscht und raunt einen Namen. Bis sie tief in sich spürt: das tote Mädchen hat eine Bleibe gefunden.

Zwischen den Jahresringen.

Sie schaut zur Krone hinauf.

Diesem Spiegelbild der Wurzeln.

Recken sich die Zweige zum Himmel, damit die Eltern, der Kollege und der Junge beginnen, über das Sichtbare hinauszusehen? Um im Unsichtbaren etwas zu entdecken, was sie tröstet und trägt.

Etwas, was sie wieder zuhause sein lässt. In ihrem Leben.

Und in ihrem Dorf.

28

Das Dorf besteht aus zwei Dörfern.

In einem steht das Haus mit den Glocken.

Im anderen gibt es, was für das Leben nötig ist: Bäcker, Lebensmittelläden, Arztpraxen, Kindergarten und Schule. Wer frisches Gemüse will, muss zum einzig verbliebenen Bauernhof.

Am Sonntag wird hier Kaffee und Kuchen angeboten.

In der Scheune.

Ein Junge eilt. Von Tisch zu Tisch.

Jeans und Hemd kleiden die schlanke Gestalt.

In den Haaren glänzt Gel. Er fragt: Was darf es denn sein? Kann ich Ihnen noch etwas bringen? Die Rechnung? Augenblick. Die Mutter kommt gleich! Der rotzig raue Ton sabotiert die Eleganz seiner Sätze.

Entlarvt sie als Harnisch seines Herzens.

Zutritt für Erwachsene verboten.

Sie klopft an. Dennoch.

Ich hab's befürchtet! Die Stimme des Jungen schwankt.

Zwischen Ärger und Angst: Haben Sie meiner Mutter was gesteckt? Sie schüttelt den Kopf: Ich war eben bei dem toten Mädchen. Er starrt sie an: Sie haben gesagt, dass Sie nichts wissen!

Sie unterbricht ihn: Ich erklär's Dir. So gut ich kann.

Bring' mir doch bitte einen Kaffee.

Ein Tisch in der Ecke ist frei.

Sie grüßt zur Bäuerin und anderen Gästen hin.

Und lächelt dem Jungen entgegen: Kannst Du eine kurze Pause machen? Der Junge lächelt nicht: Wenn's sein muss! Aber ich sag's Ihnen gleich – entschuldigen tue ich mich nicht! Nicht bei Ihnen!

Und bei niemandem sonst!

Darum geht's nicht! Sie sieht ihm in die Augen:

Wäre nur schön, wenn wir miteinander reden könnten.

Über das tote Mädchen und Dich. Der Junge schluckt. Röte huscht ihm über die Wangen. Er senkt den Blick. Und zieht sich einen Stuhl herbei: Aber nicht lang. Meine Mutter braucht mich.

Es ist besonders viel los heute.

Sie erzählt von der Buche.

Von der Asche des toten Mädchens.

Von den zwei Wurzeln. Und dass sie nichts sagen durfte. Wegen dem Kollegen. Mit jedem ihrer Sätze wird das Gesicht des Jungen weicher. Tränen steigen ihm in die Augen. Seine Lippen beben.

Er wendet sich ab: Ich, ich … muss jetzt!

Und stolpert zur Tür hinaus.

Auch Du musst jetzt gehen!

Raten Kopf und Körper: Damit er weiter bedienen kann.

Damit Du wieder zu Dir kommst. Nach diesem vollen Tag. Sie befolgt den Ratschlag der beiden. Legt etwas Kleingeld für den Kaffee auf den Tisch. Und kehrt nach hause zurück.

Während es immer heller und heiterer singt –

in ihr.

29

Ist es der ihr eigene Klang?

Ihr Gesang? Die Tonfolge lockt sie ans Klavier.

Sie versucht zu spielen, was sie hört. Greift daneben. Versucht es wieder. Und wieder. Und wieder. Wie ein Kind. Das Sprechen lernt. Und beherzt und beharrlich Silben, Wörter und Sätze wiederkäut.

In Körper und Kopf.

Irgendwann haben sie es geschafft.

Der Kopf und der Körper und sie.

Ihre erste Melodie füllt den Raum: f, e, d, e, c … f, e, d, e, c … f, e, d, e, c … d, c, h, a, … . Sie wagt eine Begleitung. Übt weiter – bis beide Tonreihen harmonieren. Bis ihre Hände spielen, was sie hört: Schwere und Schweben. Trauer und Tanz.

Sie strahlt – über das ganze Gesicht.

Oder ist es das Kind in ihr?

Dieses Kind lacht und lebt.

Unter der dünnen Schicht ihres Erwachsenseins.

Es trägt die Sonne im Gesicht, wenn die Großmutter sein lockiges Haar liebkost. Und es sich erkannt und ermutigt fühlt. Von ihrem Mund, der flüstert: Weich und wild wie Du. Von ihren Augen.

Die sein Strahlen erwidern.

Viele Jahre und Monate und Tage lang.

Eines Tages wurde der Tag zur Nacht.

Die Großmutter starb. Das Kind stand ihr zur Seite.

Auf der Fahrt zum Großvater. Der schon so viele Jahre wartete. Am Ufer des großen Stroms. Er wollte das Kind zurückschicken. Schließlich einigten sie sich: Auf Besuche bei der Frau mit dem Namen des Kinds. Vor allem, wenn sie sehr glücklich ist.

Oder unendlich traurig.

Heute ist sie nicht traurig.

Aber ihr Glück möchte sie teilen. Mit dem Kind.

Da steigt es herauf zu ihr. Und ruft: Spiel nochmal, spiel! Spiel unser Lied! Unser Lied vom Lachen, Leben und Lieben! Und sie spielt. Und singt. Und spielt. Und singt. Und spielt … .

Mit der Sonne im Gesicht.

30

Die Sonne geht unter.

Am nächsten Morgen. Der Spötter steht vor der Tür.

Das Kind in ihr flieht. Vor der Kälte in seinen Augen. Vor der Härte in seiner Stimme: Wir müssen eine Sondersitzung machen. Das dürfte Ihnen klar sein. Nach dem, was Sie uns gestern zugemutet haben! Das ganze Dorf ist in Aufruhr. Sie sieht an ihm vorbei.

Dem Kind hinterher. Es winkt.

Der Spötter räuspert sich:

Also, welchen Tag schlagen Sie vor?

Kopf und Körper warnen: Pass auf, dass Du zum Kellner gehen kannst. Das Konzert ist diese Woche! Sie reagiert. Rasch und resolut: Einen Moment bitte! Ich muss in meinen Kalender schauen.

Sie geht ins Haus.

Der Kalender liegt auf ihrem Schreibtisch.

Die Konzertkarte daneben. Aber was soll sie vorschlagen?

Den Abend vorher oder nachher? Der Körper wiegt den Kopf – hin und her, her und hin. Wenig später hört sie Schritte. Der Spötter tritt in ihr Arbeitszimmer. Seine Augen glitzern:

Ein wenig kühl draußen.

Die offene Tür war sicher 'ne Einladung.

Falls Sie etwas länger brauchen. Sie erwidert:

Ich könnte am Freitag! Das Glitzern erlischt: Erst am Freitag? Sie wollen wohl Zeit schinden. Aber vergessen Sie nicht – es kann bitter kalt werden! Auch hinter einer geschlossenen Tür.

Sie lächelt.

Und begleitet den Spötter.

Nach draußen: Vielen Dank für Ihr Bemühen.

Es ist wirklich bemerkenswert, wieviel Gedanken Sie sich machen. Aber seien Sie unbesorgt. Wir werden das schon hinkriegen – gemeinsam. Wieder allein, bestaunt sie ihr eigenes Verhalten:

So viel Freiheit – so wenig Furcht.

Das muss am Besuch des Kinds liegen.

Das sie fast schon vergessen hatte. Und am Kellner.

Dessen Schürze die Schublade weiter und weiter aus der Kommode drückt. Als sei es die selbstverständlichste Sache der Welt, eine Melodie, ein Lied zu entdecken und zu entfalten.

In sich allein.

31

Drei Tage später.

Ist sie außer sich. Vor Freude.

Der lang ersehnte Termin ist da. Konzert und Kellner erwarten sie. In der Mitte der Metropole. Wo die Schuppen der Fische mahnen. Wo die goldfarbenen Quadrate mit Füßen getreten werden.

Auf der rastlosen Suche. Nach Genügen.

Und Vergnügen.

Die Fische wissen:

Finden schenkt Neues. Suchen nicht.

Deshalb überlassen sie sich dem großen Strom. Widerstehen der Starre. Machen Gedanken und Gefühle zu Wellen. In denen sich Wiederkehr mit Erneuerung mischt. Und Thema mit Variation.

Zu überraschendem Klang.

Voller Gesang.

Der Gesang der Fische taucht mit ihr hinab.

Zum Großvater. Zur Großmutter. Zum Kind.

Steigt mit ihr hinauf. Ins Foyer der Festhalle. Zu den namenlos Vielen. Manche drehen sich nach ihr um. Ohne dass sie es versteht. Nur Kopf und Körper dämmert: Sie trägt die Sonne.

Im Gesicht.

Ein Spiegel lässt sie innehalten.

Verdoppelt das Leuchten, das sie erfüllt und umhüllt.

Sie grüßt ihr gläsernes Ebenbild. Lächelt und denkt an die Großmutter. War nicht sie es, die den Großvater fand? Aufrecht und anmutig.

Lief sie in ihn hinein. Auf dem Weg zu ihrem Sitzplatz. Bei einem Konzert. Das den beiden Geigen in den Himmel hängte.

Für lange Zeit.

Ihren Sitzplatz entdeckt sie sofort.

Und freut sich über den guten Blick zur Bühne.

Flügel, Saxophon, Schlagzeug und Keyboard verraten: Es werden mehrere Musiker sein. Sie aber weiß: Einer ist zugleich Kellner. Darum hat er einen Tisch nebst Stuhl mitgebracht.

Sogar ein Glas und einige Bücher finden sich darauf.

Sie sieht auf den Tisch und den Stuhl.

Die Bühne wird zum Boot. Trägt sie zurück.

Ins Café. Legt an bei einer Hand, die sie mit sich zieht. Durch leere Straßen. In ein überfülltes Kellergewölbe hinein. Wo sie findet.

Was sie niemals gesucht.

Nicht suchen. Finden.

Das fällt ihr schwer. Nicht nur an diesem Abend.

Während der Saal summt. Die Plätze sich füllen. Und die Beleuchtung verlischt. Möchte sie die Hand des Kellners ergreifen. Um ihn weg von den namenlos Vielen und ganz nah zu sich hin zu ziehen.

Doch er kommt ihr zuvor.

Betritt die Bühne. Und beginnt.

Die andern Musiker treten hinzu.

Lassen sein Lied anschwellen. Und über die Ufer treten.

Melodie und Rhythmus fluten den Saal. Immer lauter. Wogen die Wellen. Als der letzte Ton verebbt, steht der Kellner am Gestade der Bühne. Lächelt und grüßt: Schön, dass Ihr da seid!

Die namenlos Vielen applaudieren.

Kopf und Körper kommentieren:

Sich verströmen und verschenken. Das passt.

Zu ihm und zu Dir. Sie stimmt zu. Und träumt sich neben den Kellner. Schöpft mit ihm aus der Tiefe. Fließt mit ihm in den Saal. *Zu denen, die im Dunkeln wohnen. Und ein Licht sehen.* Wie es in den heiligen Schriften heisst. Die den Großvater ermutigten.

Zum Widerstand.

Gegen Schinder und Schlächter.

Ob der Kellner die Schriften kennt?

Als wollte er antworten, setzt er sich an den Tisch.

Blättert und liest. Beschreibt mit seinen Worten, was die namenlos Vielen bewegt. Lässt die Dunkelheit vibrieren. In lichter Aufmerksamkeit. Auch sie hört und merkt auf: Nicht Pinguin und Rabe.

Sondern ganz und gar sie selbst.

32

Du musst dein Leben ändern!

Das Zitat ergreift und erschüttert sie.

Verdichtet die vorausgehenden Verse: Ein Torso. Sein Glühen. Sein Flimmern. Sein Strahlen. Machen seine versehrte Gestalt zum verzehrenden Appell: Sich finden und formen zu lassen.

Von Stunde und Stern.

Der Kellner erzählt.

Von Stunden, in denen er nach den Sternen griff.

Als Junge. Als Mann. Riskierte er sein Leben. Trug Blessuren davon. Blieb sich selbst auf der Spur. Eigenwillig und kompromisslos. Sie klatscht. Mitten in seine Worte hinein. Der Kellner kokettiert:

Man muss es halt ausprobieren.

Rilke hat ein wenig länger gebraucht als ich!

Sie lacht. Die namenlos Vielen lachen mit.

Dem Erschrecken über das eigene Zögern ins Gesicht.

Als hätten Rilke und der Kellner allen die delphische Droge eingehaucht. *Erkenne dich selbst … . Erkenne dich selbst … .* Flüstern auch ihr die Gefährtinnen der Götter zu.

Während sie erneut durch das Tor der Töne tritt.

Mächte und Musen.

Hissen die Segel. Wunsch und Wollen.

Spuren die Bahn. Lassen ihr Boot über die Wellen fliegen. Und von Insel zu Insel fliehen. Bis alle Stimmen und Stürme schweigen. Still treibt sie. Zum Gestade der Bühne zurück.

Der Kellner verneigt und verabschiedet sich.

In die Pause.

Mehr als eine Fermate lang.

Verweilt auch sie. Abseits der namenlos Vielen.

Reckt und streckt sich. Vor der Tür des Foyers. Zu den Sternen. Einer bannt ihren Blick: Neun Lichtjahre entfernt. Und hell wie die Sonne. Funkelt er in dieser kalten und klaren Nacht.

Nur für sie.

Der Stern ist der Bruder der Eule.

Wo ihr Huhuu erklang, war er zur Stelle.

Füllte die Geschichten ihres Vaters mit Geheimnis. Die Augen der Eule mit Glühen. Und ihre Gemeinschaft mit Glanz. Das Kind in ihr ruft die Eule herbei. Ihr Huhu trägt sie.

Neunbillionen mal neuntausend Meter hoch.

Da küsst der Stern ihre Stirn.

Sie eilt nach drinnen.

Das Strahlen des Gestirns auf der Stirn.

Der Mann am Ausschank strahlt zurück: Na, schöne Frau, was darf's denn sein? Aus ihr bricht und spricht der Stern: Ein Glas Wein für den Musiker am Flügel! Kannst Du es hinter die Bühne bringen?

Der Mann deutet auf seine Brust:

Und ich?

Lächelnd beugt sie sich vor.

Und haucht einen Kuss auf seine rechte Wange.

Der Mann grunzt vor Genuss und hält ihr die linke hin: Bitte auch hier! Dann grüß' ich ihn von Dir! Sie zögert keine Sekunde. Zirpt erneut ein Flimmern auf die fremde Haut. Und hofft, dass der Gruß das Glas Wein für den Kellner zum Funkeln bringt.

In Erinnerung. An das Café. An den Gewölbekeller.

Und an sie.

Gebannt und gespannt wartet sie.

Auf das Ende der Pause. Und den Kellner.

Bereit sich finden zu lassen. Von allem, was ihre gemeinsame Fahrt bereit hält. Bisher ist das Wasser ruhig. Die schwarze Bühne hält es im Arm. Wind streicht über ihre weiß schimmernde Haut.

Statthalter der Sehnsucht. Nach mehr.

Vom Meer.

33

Diesmal beginnt der Saxophonist.

Immer schneller und heller. Treibt er Töne.

Über das Meer. Zwischen Glitzern und Gischt. Kommt der Schlagzeuger hinzu. Krönt das Schäumen. Mit wirbelndem Schallen und Knallen. Einzig der Keyboarder rudert bedächtig und besonnen herbei.

Unter seinem Bug perlen die Wasser.

Zeitlos. Und zart.

Der Kellner zaubert.

Das Verebben der Klänge herbei.

Ein Glas in seiner Hand, eine Geste reichen. Um Raum zu schaffen. Für das Zusammenspiel von Atem, Mund und Lippen. Gekonnt pfeift er eine Melodie. Lässt Wehmut über die Wellen wehen.

Hebt das Glas. Sagt: Für Dich.

Und nennt ihren Namen.

Weich und warm.

Tönt seine Stimme zu ihr hin.

Lässt sie erzittern vor Glück. Als hätte der Gruß des Kellners sie auf immer in Klänge getaucht. Die er auf das Wasser schreibt. Wie einen Vers. Der den Mut zur Veränderung birgt und bringt.

Auch für sie.

Auf! Zeig Dich! Steh auf!

Rufen Kopf und Körper ihr zu.

Als sie es wagt, ist die Melodie fast vorbei. Der Kellner hebt erneut sein Glas. Ob er ahnt, wie sehr sie sich erkannt fühlt durch ihn? Sie sinkt zurück auf ihren Platz. Mit weichen Knien. Die delphische Droge wirkt. Erschüttert sie bis ins Mark.

Pinguin und Rabe fliehen. Die Eule bleibt.

Und mit ihr der Stern.

Aus jedem Lied leuchtet er hervor.

Beschenkt und beflügelt die Musiker.

Ist Bote unendlicher Sphären. Wie der Kellner. Der am Ende dieser Nacht wieder an das Gestade der Bühne tritt. Erschöpft und erfüllt. Von dem Versuch, die namenlos Vielen mitzunehmen. Auf den Weg zu sich selbst. Und einer erneuerten Welt.

Die sich bewahrt weiß.

Im Ewigen. Kommen und Gehen.

34

Gehen, um wiederzukommen.

Das gilt für den Kellner. Und für sie.

Neben dem Ausgang erwartet sie der Mann vom Ausschank: Ich habe versprochen, Deine Adresse zu erfragen. Sie grummelt: Nicht zufällig für Dich? Er gibt ihr Zettel und Stift: Leider nicht!

Aber gegen ein kleines Dankeschön hätte ich nichts.

Der Mann hält ihr erneut seine Wange hin.

Noch im Auto riecht sie seine Haut.

Kopf und Körper sticheln: Erst keiner. Und jetzt zwei?

Nein, sagt sie. Nicht zwei. Nur Neugier und Nähe. Sie umfasst das Lenkrad fester. Und steuert durch die Dunkelheit. Das Strahlen des Sterns begleitet sie. Erst im Haus verliert sich sein Licht.

Sie entzündet eine Kerze und denkt.

An den Kellner.

Der Morgen serviert ihr Kälte.

Stern und Sonne haben sich hinter Nebeln versteckt.

Sie beugt sich. Über den Schreibtisch. Prüft die Tagesordnung für den Abend. An dem es um das tote Mädchen gehen wird. Und ihr Schweigen zu den Vorkommnissen. Ein Schweigen, das eingenäht ist.

In ihr langes und weites Kleid.

Seit jeher.

Nach einer Stunde ist sie fertig.

Hat fast jedes Wort, jeden Satz zurecht gelegt.

Für den Kampf mit dem Spötter. Plötzlich muss sie lächeln. Sie wird zum Kampf erscheinen wie zum Konzert. Ohne Rücksicht auf Pinguin und Rabe. In dem, was mit ihr harmoniert und sie ziert.

Unverstellt. Schön.

Der Mann mit dem halblangen Haar pfeift.

Langgezogen und laut. Als sie den Raum betritt.

Der etwa gleichaltrigen Frau entfährt ein Wow. Der Spötter höhnt: Sie wollen wohl den Beruf wechseln? Steht ja auch an. Sie hält dagegen: Sie irren. Berufung bleibt Berufung. Der Spötter höhnt weiter:

Berufung? Da müssten Sie schon …

Sie fällt ihm ins Wort: … ein Mannsbild sein?!

Der Spötter erstarrt.

Die Frau in ihrem Alter lacht.

Auch der Mann mit dem halblangen Haar lacht. In diesem Moment kommt die Ehrenvorsitzende: Die Sache ist ernster als Sie denken. Ich bitte um Haltung! Sie nickt dem Spötter zu:

Wir beginnen mit einem Gebet.

35

Das Gebet ist gespickt.

Mit Pfeilen des Spötters. Die es missbrauchen.

Für Angriff und Anklage. Im Namen einer höheren Macht. Die er sich als Rächer und Richter vorzustellen scheint. Als sein Köcher leer ist, sagen alle *Amen*. Sie schweigt.

Und wartet ab, was geschieht.

Der Spötter zetert.

Und zerrt das tote Mädchen herbei.

Eskortiert von der Ehrenvorsitzenden. Verdammt er ihre Tat. Verurteilt die Frage des Jungen. Versteigt sich ins Grundsätzliche: Diesmal kommen Sie mir nicht davon!

Mit Ihrer Liebe zu allen, die schräg drauf sind.

Kopf und Körper zucken zusammen.

Sie zückt das Schwert:

Dieser Liebe verdanken Sie viel.

Zum Beispiel, dass ich noch mit Ihnen zusammenarbeite! Es ist eine Liebe, die zu verstehen und zu verzeihen sucht. Wir sind doch hier, weil wir uns an dieser Liebe orientieren möchten.

Auch im aller schwersten und schwierigsten Fall.

Oder sehen Sie das anders?

Der Spötter weicht zurück:

Nein, nein! Voller Liebe sind wir alle!

Nur wollen Sie nicht begreifen, dass Liebe eine harte Hand braucht! Dass der Junge bestraft werden muss! Sie richtet das Schwert auf seine Brust: Und was soll ich tun? Ihm einen Maulkorb umhängen?

Bis er vergessen hat, wie wichtig es ist, sich das Fragen nicht verbieten zu lassen? Gerade auch dann, wenn es schmerzt.

Wie ein Stachel im Fleisch.

Der Stachel ist doch raus!

Der Mann mit dem halblangen Haar versucht sich.

Als Schlichter: Ich verstehe nicht, warum uns das weiter beschäftigt. Die Ehrenvorsitzende pfeift ihn zurück: Das Problem ist, dass das ganze Dorf über den letzten Sonntag redet.

Manche drohen, dem Fels ihre Unterstützung zu entziehen.

Es sei denn … !

Sie grätscht dazwischen: Es sei denn?

Sie verkennen, dass die Eltern nichts hören wollten.

Der Kollege und ich haben sie sogar zuhause aufgesucht! Und dass ich nichts sagen durfte, wissen Sie. Es ist eine Schweigepflicht und eine Schweigelast. Für alle Beteiligten.

Was der Junge vorhatte, wusste ich nicht.

Die Augen des Spötters funkeln.

Er hat seinen Köcher neu bestückt:

Sie hätten die Mädchen und Jungen nicht einbeziehen dürfen. Dann wäre das alles nicht passiert. Das hätte mit uns abgesprochen werden müssen. An einem so wichtigen und wegweisenden Sonntag.

Haben Sie uns übergangen.

36

Die Pfeile zischen.

An ihr vorbei. Und fallen zu Boden.

Den letzten hebt sie auf: Sie irren sich. Wieder. Ich hatte keinen Anlass, Sie zu informieren. Und dass der Kollege selbst das Wort ergreift, war nicht abzusehen. Das liegt außerhalb unserer Verantwortung.

Sie legt ihr Schwert beiseite.

Was hätten Sie denn gesagt?

Und getan? Wenn Ihr Kollege nichts gesagt hätte?

Der Tritt der Ehrenvorsitzenden lässt ihre Stimme wegknicken. Wie einen verletzten Fuß. Der Spötter tritt nach: Sehen Sie! Ohne Ihren Kollegen hätte der Junge uns alle blamiert.

Weil wir nicht wussten, was wir hätten wissen müssen.

Diesem Tritt hält ihr Fuß stand.

Den sie jetzt in den Boden stemmt. Als Anker.

Für ihre Stimme, die erneut nach dem Schwert greift. Kopf und Körper warnen: Bleib ruhig! Bleib freundlich! Etwas in ihr widersteht: Mit Ihrer Feindseligkeit schaden Sie nicht nur sich selbst! Sie schaden uns allen. Am besten legen Sie beide sofort Ihr Amt nieder.

Es bereitet Ihnen keine Ehre mehr.

Nur Schande.

Ihre Stimme ist scharf.

Ihr Stich schneidig und schnell.

Er durchbohrt den Panzer der Ehrenvorsitzenden.

Schwer atmend sinkt sie in sich zusammen. Wimmert und weint: Mein Herz, mein Herz! Solche Aufregung! Das vertrage ich gar nicht! Da springt ein anderer Graukopf hinzu und reicht ihr ein Glas Wasser: Das wird schon wieder, meine Gute! Kopf hoch!

Ich verkrafte solche Streitereien auch schlecht.

Sogar sehr schlecht!

Streitereien?

Der Spötter trumpft auf: Das ist Verrat!

Verrat am Fels und uns allen! Er hält das heilige Buch hoch: Hier! Hier steht es! Hier sagt der Mann aus Nazareth, was mit einem Verräter zu tun ist. Er blättert und blökt: *Es wäre besser für ihn, dass man einen Mühlstein an seinen Hals hängte und würfe ihn ins Meer!*

Natürlich gilt das auch für eine Verräterin.

Gerade für eine Verräterin.

Meinen Sie etwa mich?

Sie legt die Hand erneut an das Schwert.

Die Antwort ist Schweigen. Aus offenen Mündern. Aus bebenden Nasenflügeln. Kraucht und kriecht es. Als sich kaum mehr atmen lässt, führt der Graukopf die Ehrenvorsitzende hinaus. Auf das Schlurfen folgt Scharren. Stuhl um Stuhl schiebt sich zurück.

Ganz zum Schluß geht die etwa gleichaltrige Frau.

37

Sie bleibt sitzen.

Matt und müde. Vom Kampf.

Lähmen sie Erinnerungen: Der Graukopf suchte Trost. Nach dem Tod seiner Frau. Der Mann mit dem halblangen Haar brauchte Ermutigung. Als er den Arbeitsplatz verlor. Die etwa gleichaltrige Frau bat um Ratschlag. Während einer Krebserkrankung.

Sogar der Spötter schüttete ihr sein Herz aus.

Das war einmal.

Flüstert der Kopf. Angelehnt am Körper.

Nein, entgegnet sie. Das kommt wieder. Ihre Augen wandern von Stuhl zu Stuhl: Sie werden sich entschuldigen. Für diese Angriffe, diesen Abgang und diesen Abend. Sie steht auf.

Rückt. Die Stühle zurecht. Räumt. Den Tisch ab.

Erst als ihr das Glas des Spötters entgleitet, hält sie inne.

Inmitten der Scherben.

Liegt aufgeschlagen das heilige Buch.

Protokoll seiner Drohung. Prüfstein ihres Vertrauens.

Sie späht. Zu Mühlstein und Meer. Und spürt. Wie ihr Kopf und Körper den Hals aus der Schlinge ziehen. Entsetzt. Über all die Frauen und Männer. Auf dem Boden von Flüssen und Seen.

Ertränkt. Von Hetze und Hass.

Im Namen des Worts.

Es ist das mißbrauchte Wort.

Das auch dem Großvater den Atem nahm.

Auf der Flucht vor Fahnen und Fahndern. Brandmarkte es ihn. Als Untermensch. Als Ungetüm. Als Ungeziefer. Bis er in den Schornsteinen verschwand. Aus denen Rauch aufstieg. Wie einst von den Scheiterhaufen. Errichtet für die, die nicht ertränkt werden konnten.

Von den Handlangern des Kreuzes.

Sie legt das heilige Buch beiseite.

Weg von den Scherben. Weg von sich selbst.

Schippe und Besen erledigen den Rest. Sie schaut ihnen zu. Als kämen sie von weit her. Müllabfuhr und Mahnung. Dass auf dem Fels alles möglich war – und ist. Sogar der Tod.

Im langen und weiten Kleid.

38

Ein wenig Weiß, viel Schwarz.

Das passt. Zu ihrer Stimmung.

Das passt nicht. Zu diesem Sonntag. Über rundgebundenem Tannengrün. Leuchtet die erste Kerze. Hell und hoch. Wie die Erwartung der Menschen. Die sie ins Haus mit den Glocken lockt.

Meistens kommen mehr als sonst.

Von ihrer Küche aus kann sie die Treppe sehen.

Wird der Spötter es wagen? Nach diesem Eklat?

Wohl eher nicht. Die Ehrenvorsitzende? Vermutlich. Wegen den Leuten. Und die anderen? Sie späht hinaus: Niemand! Auch als das Geläut einsetzt, bleiben die Stufen leer … .

Sie springt auf. Und spurtet zum Eingang.

Die Tür steht offen.

Ein einziges Kreuz.

Sitzt vor dem Kreuz. Es trägt einen hochgewachsen Jungen.

Als er ihre Schritte hört, dreht er sich um. Und deutet auf die leeren Bänke: Das geht wohl auf mein Konto! Seine rotzig raue Stimme ist nur noch ein Stimmchen. Die Frau, die das Haus mit den Glocken pflegt, zieht einen Zettel aus ihrer Jacke:

Ich glaube, es liegt eher an dem hier!

Der Zettel ist eine Einladung.

Zum Singen und Beten. Zu Plätzchen und Glühwein.

Am Spätnachmittag. Vor dem Haus des Kollegen. Sie kann kaum glauben, was sie liest. Wieder und Wieder. Betrachtet sie den Text. Der auf sie zielt. Wie ein Pfeil aus dem Hinterhalt.

Kopf und Körper raunen: Duck Dich weg! Oder geh hin!

Und zerbrich den Bogen!

Ihre Worte geben das Wort.

An sie zurück. Es füllt ihr den Mund.

Mit Empörung: Das ist frech! Sehr frech! Eine Unverschämtheit! Die Frau, die das Haus mit den Glocken pflegt, stellt fest: Dann haben Sie tatsächlich nichts gewusst! Ich hab' mich schon gewundert. Der Zettel ist gestern verteilt worden. An alle.

Sie lächelt verhalten und fragt: Was meinen Sie?

Bin ich alle?

Der Junge ruft: Sie sind nicht alle!

Ich auch nicht! Wir werden es denen zeigen!

Da machen wir gerne mit! Die Eltern des toten Mädchens stehen im Eingang. Mit dem letzten Glockenschlag. Halten sie ihr die Hände hin: Wir möchten uns entschuldigen! Sie nickt und nimmt. Erst die Hand der Mutter. Dann die Hand des Vaters:

Ich glaube, Sie konnten nicht anders.

Weil sie so traurig sind.

Ich bin auch sehr traurig.

Die Stimme des Jungen ist wieder ein Stimmchen.

Können wir nicht gemeinsam zum Grab gehen? Hier ist ja eh nichts los. Die Gesichter der Eltern leuchten: Das wäre sehr schön. Wir wollten nachher sowieso hin.

Mit einer Kerze und Tannengrün.

39

Die Buche hat ihr Grün abgelegt.

Auf ihren Ästen schlafen die Knospen.

Sie freut sich für das tote Mädchen. Über den unerwarteten Besuch. Gleich vier Menschen sind gekommen. Ob sie etwas spüren? Von dem Erwachen, auf das sie hinträumt. Von dem Frühling, der auf sie wartet. Am endlosen Ende. In zeitloser Zeit.

Ob sie etwas spüren?

Der Junge weint.

Er legt seine Hand auf die Rinde.

Streicht. Über das kleine Messingschild. Mit dem Namen des toten Mädchens. Unter seinen Fingern wird es warm. Vor seinen Füßen raschelt das Laub. Er weicht zurück. Schaut durch die kahle Krone. Zum Himmel. Berührt seinen Mund mit den Fingern.

Und wirft einen Kuss.

Hinauf.

Die Augen der Eltern folgen dem Kuss.

Wie einem Luftballon. Der höher und höher steigt.

Erst als sie ihn nicht mehr sehen, treten sie unter die Buche. Legen ihre grünen Zweige nah an den Stamm. Und entzünden eine Kerze. Der Platz zwischen den zwei Wurzeln atmet.

Liebe und Leben.

Sie holt tief Luft.

Das lange und weite Kleid über dem Arm wartet.

Auf den richtigen Moment. Als sie es überstreift, falten die Eltern und der Junge ihre Hände. Sie stimmt ein Lied an. Es preist die Kerze. Als Vorbotin eines Lichts. Geboren in Nacht und Not. Danach beten sie. Ihre Worte schicken Wölkchen in den Wintertag.

Blau und blass. Wölbt er sich.

Über ihren Wehen.

Zum Schluss zieht sie das Kleid wieder aus.

Die Eltern sagen Adieu. Der Junge greift ins Laub.

Wirft dem Kuss die welke Pracht hinterher. Und verspricht den Eltern, sie bald zu besuchen. Als sie vor dem Haus mit den Glocken aus ihrem Auto steigen, sagen alle drei:

Also dann, bis heute nachmittag!

Sie erschrickt.

40

Es ist entschieden.

Sie muss gehen. Wohin sie nicht gehen will.

Der Kopf weiß: Dem Mann aus Nazareth erging es nicht anders. Das müsste Dir eine Wegweisung sein … . Der Körper winkt ab und wankt ins Haus. Zu hungrig für Widerspruch. Betritt er die Küche.

Wie fast immer hat sie vorgekocht.

Auf dem Herd steht ein Topf.

Langsam erwärmt sie die Suppe.

Mit dem Löffel kreisen die Gedanken: Was haben die anderen ihr da nur eingebrockt! Neben dem Löffel fängt es an zu blubbern. Das Bekömmliche springt. Um die Brocken herum. Und über sie hinweg.

Als sei die Brühe ein Bewegungsbad.

Im Teller kommen die Teilchen zur Ruhe.

Sie taucht den Löffel ein. Er trennt und teilt:

Die Brocken auf den Tellerrand. Das Bekömmliche in den Mund. Das Kind in ihr gibt jedem Brocken einen Namen: Spötter, Kollege, Fels,

Ehrenvorsitzende. Zum Schluß stupst es die Brocken in die Brühe zurück. Sie werden, was sie waren: Etwas zu groß geratene Bissen.

Vom Bocksbart.

Der Verwandte der Schwarzwurzel.

Entgiftet. Gut gekocht und gekaut. Fördert er Fitness.

Kopf und Körper setzen ihre Zähne in Bewegung. Sie zermalmen die Brocken zu Brei. Lustvoll und langsam. Kommen die Kräfte wieder. Als hätte der Kellner ihr die Suppe gereicht.

Randvoll. Mit Rhythmus.

Und Revolte.

Seine Schürze drückt die Schublade.

Noch etwas weiter aus der Kommode heraus.

Das Kind in ihr deutet auf das darin liegende Notenblatt. Und singt: *Trau dich, trau dich, auch wenn es daneben geht. Trau dich, trau dich, dann ist es nie zu spät!* Ein Flügelschlag streift ihre Schulter … . Pinguin? Rabe? Oder gar die Eule? – Egal!

Sie wird sich trauen. Und gehen. Wohin sie nicht will.

Und tun. Was sie will.

Da lacht das Kind in ihr.

Und singt weiter. So laut es kann:

Wer's nicht selber ausprobiert, der wird leichter angeschmiert. Trau dich, trau dich, dann hast du was kapiert! Kapieren statt zu kapitulieren! Klar doch! Sie muss und möchte die Erste sein!

Vor dem Haus des Kollegen.

41

Mantel, Mütze, Muff.

Feien sie. Gegen Frust und Frost.

Sie flaniert. Hin und her. Minute um Minute. Fühlt und füllt sie. Die Zeit. Nach einer halben Stunde tritt der Kollege vor die Tür. Stutzt und stockt. Als hätte ihr Anblick seine Schritte vereist. Sie geht auf ihn zu. Leichtfüßig und lächelnd. Streift den Muff ab.

Reicht ihm die Hand. Und ruft:

Was eine wunderbare Idee!

Heute nachmittag hierher einzuladen!

Der Kollege taut auf. Und tritt von einem Fuß auf den anderen: Das finde ich auch! Unser Kämpfer meint, dass dringend etwas getan werden muss. Für das Haus mit den Glocken und den Fels. Sie lächelt noch immer: Deshalb bin ich hier!

Was halten Sie davon, wenn ich mitwirke?

Beim Gebet.

Die Pupillen des Kollegen weiten sich:

Das würden Sie tun? Obwohl Sie niemand … .

Er berichtigt sich. Mitten im Satz: Ich meine, Sie hatten ja schon Dienst heute. Und nächsten Sonntag haben Sie auch nicht frei. Sie entgegnet: Wichtig ist doch vor allem, dass wir etwas Hilfreiches tun.

Etwas, das Licht ins Dunkel bringt. Schauen Sie.

Da kommen schon die Ersten.

Gemeinsam schütteln sie Hände.

Wechseln Worte. Verteilen Kerzen.

Kurz vor Beginn kommen der Spötter und die Ehrenvorsitzende. Der Kollege ist gerade ins Haus gegangen. Um sein Kleid anzuziehen. Die beiden übergehen ihre ausgestreckte Hand. Ungerührt und ungeniert. Kopf und Körper erschaudern:

Wer in dieses Meer geworfen wird, erfriert.

Lange bevor die Luft ausgeht.

Sie rettet sich. Ins Wort:

Schade, dass Sie mich nicht begrüßen möchten.

Dem Fels nutzt Feigheit wenig. Freundlichkeit und Fairness wären meine Favoriten. Falls Sie das überhaupt noch interessiert! Der Spötter und die Ehrenvorsitzende werden weiß. Wie der Schnee. Der plötzlich zur Erde flockt. Als wollte und sollte er die Welt schützen.

Vor zu viel Schwarz.

Ihre Hand und sie ziehen sich zurück.

In den wärmenden Muff und die wartende Menge.

Die zu ihrem Kollegen schaut. Mit einer brennenden Kerze in der Hand. Ist er nach draußen getreten. Begrüßt die Menschen, die dicht gedrängt vor seinem Haus stehen. Und singt.

Ein Lied.

42

Sanft und sehnsüchtig.

Breitet es sich aus. Über der Menge.

Über den Eltern und dem Jungen. Die tatsächlich gekommen sind. Sie horcht auf: Das Lied vom Licht! Auch sie haben es wenige Stunden zuvor gesungen. Trauer und Trostlosigkeit zum Trotz.

Im Beisein der Buche.

Der Junge rotzt. Mit rauer Stimme:

Muss das sein? Dass der unser Lied singt?

Die Mutter des toten Mädchens legt den Arm um seine Schultern: Wer weiß? Vielleicht ist er genauso traurig wie wir! Und sucht einen Trost, den er sich selbst nicht geben kann. Der Vater unterbricht die beiden: Seid doch mal leise! Er singt für unser totes Mädchen!

Hört Ihr das nicht?

Gespannt und gebannt.

Lauscht der Vater. Über sich selbst hinaus.

Zu ihrem Kollegen hin. Das Lied wird zur Brücke. Jeder Takt ein Schritt. Auf den anderen zu. Im Schutz der Dämmerung und der Menschen. Die das Licht durch ihre Reihen geben.

Sehen die beiden sich an.

Sie sieht dieses Sehen.

Klar und kostbar. Wie ihr gemeinsamer Gesang.

Erst bei der letzten Strophe lösen sich die Augen der Väter von einander. Auch sie kehrt zurück. Zu sich selbst. Mit der stillen Bitte um Frieden. Für all die Menschen, die vor, neben und hinter ihr stehen.

Ohne etwas von der Finsternis zu wissen.

Die sie in dieses Licht gelockt hat.

Das Licht scheint in der Finsternis.

Der Kollege zitiert aus dem heiligen Buch:

Und die Finsternis hat's nicht ergriffen. Kopf und Körper rätseln: Was aber wäre, wenn das Licht die Finsternis ergreift? Sie verbirgt und versteckt? Was dann? Die Antwort kommt.

Wie aus dem Nichts.

Sie haben da was an der Mütze!

Der Spötter steht plötzlich vor ihr.

Und streckt die Hand mit der Kerze nach ihr aus. Im gleichen Moment stößt sie die Ehrenvorsitzende. Von der Seite her. Rempelt und rumpelt. In ihren Leib: Oh, oh … Entschuldigung!

Wirklich. Eng hier.

Ihre Rippen. Ihre Wange. Schmerzen.

Wucht und Wachs. Haben sie verletzt.

Sie will sich verteidigen. Doch der Spötter und die Ehrenvorsitzende sind verschwunden. Und wenig später wieder zu sehen. Neben dem Kollegen. Er ist fertig mit seiner Rede und dankt ihnen.

Für die Idee, vor sein Haus einzuladen.

Zur Feier des Lichts.

43

Diese Feier schürt Hass.

Und Hetze. Im Schein der Hilfsbereitschaft.

Sie möchte fliehen. Die Gegenwart des Jungen und der Eltern fesselt sie. Sie möchte schweigen. Der Text in ihrem Muff schwört auf das Wort. Als der Kollege zum Schlussgebet aufruft.

Muss sie nach vorn. Überwindet sich.

Und die Angst.

Standhaft und stark.

Bittet sie: Um Vergebung für die, die Bosheit verstockt.

Um Verbundenheit mit denen, die Trauer verzehrt. Um Verständnis für die, die Sehnsucht verführt. Sie bittet und blickt in die Menge: Erkennen sich die, die gemeint sind? Es ist dunkel geworden.

Die Gesichter leuchten. Still und stumm.

Wie die Kerzen.

Der Kollege lädt alle Anwesenden ein.

Zum Verweilen. Bei Glühwein, Gebäck und Gespräch.

Derweil tragen der Spötter und die Ehrenvorsitzende einen Topf aus seinem Haus. Gefolgt von dem Mann mit dem halblangen Haar und der etwa gleichaltrigen Frau. Sie halten Teller in ihren Händen. Dann kommt der ältere Mann. Mit Pappbechern und Kelle.

Kopf und Körper seufzen:

Was eine zwielichtige Prozession!

Sie bläst ihre Kerze aus.

Und erspart sich die weitere Prozedur.

Jetzt kann sie tun, was sie will. Und gehen, wohin sie will. Ihr Weg führt an den Eltern und dem Jungen vorbei. Die Mutter deutet auf ihr Gesicht: Was ist denn da passiert? Sie mimt Erstaunen: Oh! Da muss mir jemand zu nahe gekommen sein!

Ich hab' Brandsalbe zu hause. Das wird schon.

Aber es wird dauern.

Das sieht sie. Daheim im Spiegel.

Rot und roh. Prangt ein Punkt auf ihrer rechten Wange.

Nicht groß. Aber groß genug. Um sie an den Pranger zu stellen: Sie, ein Abel? Der das Kainszeichen trägt? Oder ein Kain, der sich für Abel hält? Oper und Täterin, Täterin und Opfer zugleich?

Sie weiß: So fragen die Leute nicht.

So fragt allein sie.

Gewohnt, den Dingen eine Deutung zu geben.

Im langen und weiten Kleid. Darunter ist sie. Nackt und bloß. Wie alle. Denen Gewalt widerfährt. Möchte den roten Punkt auf der Wange und den blauen Fleck zwischen den Rippen abwischen.

Als sei es falsch platzierte Schminke.

Kopf und Körper wissen:

Diese Schminke lässt sich nicht abwischen.

Und fragen weiter: Was, wenn Abel aufsteht und mit Kain redet? Und Kain mit Abel? Was, wenn Opfer und Täterin miteinander sprechen? Was, wenn Du freundlich und friedlich ihnen gegenüber bleibst?

Was wäre wohl dann?

Sie nimmt die Frage mit. In den Schlaf.

Die Großmutter antwortet nicht. Der Großvater schweigt.

Selbst die Schublade in der Kommode bewegt sich nicht. So sehr sie auch daran rüttelt. Ihre Füße fliehen zum Fluß. Kalt und klamm. Krallen sich ihre Zehen in den Sand. Bis ein Fisch flüstert: Frage.

Und fliege Dich frei.

44

Der nächste Tag ruft sie.

Hinter Gitter. Zu ihrem Vorgesetzten.

Der seinen Dienstsitz auf diese Weise schützt. Vor Schaden und Schädlingen. Wie er gerne betont. Selbst das Fenster in der Tür ist bewehrt. Mit Stäben aus Stahl. Dahinter erscheint die Sekretärin.

Späht zu ihr hin. Und sperrt auf.

Im schwarz-weißen Kostüm.

Stöckelt sie vor ihr her. Zu einer Sitzecke:

Wenn Sie hier bitte warten wollen! Die Stäbe vor den Fenstern. Die Streifen auf der Tapete. Lassen sie frösteln. Sie ist nicht freiwillig hier. Kopf und Körper flüstern: Keine Sorge. Alles nur Staffage.

Steif und starr. Wie Dein Vorgesetzter.

Der Vorgesetzte lässt sie sitzen.

Erst eine knappe Stunde später zitiert er sie.

Vor seinen Schreibtisch. Als sei sie ein ungehorsamer Zögling. Der Abbitte tun muss. Rückt er seinen Schlips zurecht und rüffelt: Das Haus mit den Glocken verlassen! Ohne Gebet und Gesang! Am ersten Sonntag des Lichts! Was fällt Ihnen ein?

Ich habe gleich mehrere Beschwerden bekommen!

Alles Leute, die Sie enttäuscht haben!

Sie entgegnet ihm:

Ich habe niemanden enttäuscht!

Sie wurden getäuscht! Ich habe gewartet. Aber es kam niemand. Deshalb bin ich später zur Andacht gegangen. Vor dem Haus des Kollegen. Dem Vorgesetzten furcht eine Falte die Stirn: Keine Ausreden! Die Andacht wurde gemacht, weil sie vormittags nicht da waren!

Nein! Weil die gemacht wurde, kam niemand!

Rage reißt sie von ihrem Stuhl.

Auch ihr Vorgesetzter springt auf:

Wollen Sie mir etwa einreden, dass die anderen lügen?

Wissen Sie, was für Folgen das hat? Sie wagt weiteren Widerspruch: Sie glauben mir nicht! Schlimmer noch. Sie wollen mir nicht glauben! Damit Sie wiedergewählt werden! Im nächsten Jahr!

Von Ihren Geschwistern im Herrn.

Der Herr schaut auf beide herab.

Vom Kreuz. Das hinter dem Schreibtisch hängt.

Als seien die Qualen hier zu hause. Und der Vorgesetzte ihr Statthalter. Ein Statthalter, dem ihr Ausbruch die Sprache verschlägt. Durch Gitter und Glas. Sind ihre Worte in Freie geschlüpft.

Einfach so.

45

Zurück bleiben Körper und Kopf.

Sie schauen. Den Worten hinter her.

Möchten mit ihnen ziehen. Murmeln: Schnell! Lass ihn stehen. Schnell! Raus aus dem Käfig. Schnell! Sie spürt, wie sich Beine, Bauch und Brust spannen. Ihr Blut pulst und pocht. Prestissimo.

Macht sie bereit. Zum Sprung.

Da springt die Tür auf.

Der Duft von Kaffee spaziert herein.

Mit ihm die Sekretärin. Sie stellt Tablett und Tassen ab: Dann lassen Sie es sich mal schmecken! Und spaziert wieder hinaus. Mit einem Lächeln. Das ihr Gesicht strafft. Als sei es mit der Zeit zur Larve geworden. In Abwehr all dessen. Was sie zu hören bckommt.

Hinter Gittern.

Notgedrungen.

Nehmen die beiden wieder Platz.

Und die bis an den Rand gefüllten Tassen in ihre Hand. Der Vorgesetzte schlürft und schluckt. Sie tut es ihm nach. Bis der Kaffeesatz sich zeigt. In diesem Moment fällt ein Sonnenstrahl auf das Kleid ihres Vorgesetzten. Es baumelt. Wie ein gehängter Pinguin oder Rabe.

Neben dem Kreuz.

Sein Finger hebt sich.

Nackt und nervös. Zu dem Kleid hin:

Das werden Sie tragen! An allen Sonntagen! Bis zur Geburt des Lichts! Und Dienst tun! Selbst wenn niemand kommt! Der Sonnenstrahl zieht weiter. Ihre Gedanken werden zu Wolken. Die ihren Blick verdunkeln: Ade, freies Wochenende. Ade, Ausflug zum See … .

Der Vorgesetzte ignoriert die Wolken:

Dann sind wir uns ja einig.

Uneins mit sich selbst.

Steht sie wenig später vor der Tür.

Die Gitter im Rücken. Folgt sie ihren Worten. Findet sie wieder. Am Fluss. Gemeinsam laufen sie. Stromabwärts. Dort kniet der Großvater neben der Großmutter. Die gerade einen neuen Buchstaben lernt.

In der ihr fremden Sprache.

Sie bewundert das Häkchen.

Das die beiden eingeritzt haben ins Eis.

Es sieht aus wie ein Punkt mit gebogenem Strich. Nicht größer als ein Komma. Nimmt es Fische und Vögel bei der Hand. Führt sie zusammen mit den Großeltern.

In das ihnen zugehörige Element.

46

Schwimmen und schweben.

Voller Kraft. Den ihr eigenen Raum erkunden.

Das möchte auch sie. Und müht sich ab mit Platzräubern: Briefkasten. Mülltonnen. Toilettenpapier. Auch für Anrufe bei Handwerkern ist sie zuständig. Und muss fast täglich Rechnungen abzeichnen.

Das ist der Haken.

Das Kind in ihr mag den Haken nicht.

Aber es hört die Häkchen. Ans Fenster klopfen.

Weiß und weich. Berühren sie das Glas. Entdecken die Noten am Klavier. Als ihre Geschwister. Da wirft sie Häkchen und Noten in die Luft. Und tanzt gemeinsam mit ihnen. Polonaise.

Bis spät in die Nacht.

Im Schlaf belauscht sie den Großvater.

Leise und liebevoll. Sagt er zur Großmutter:

Das Häkchen ist der kleinste aller Buchstaben. Und der wichtigste zugleich. Oder kannst Du Dir eine Sprache ohne Urpunkt vorstellen? Einen Fluß ohne Quelle? Ein Meer ohne Salz? Ein Leben ohne Verbindung zwischen Himmel und Erde?

Ohne Hand, die dich trägt und hält?

Die Großmutter ist ergriffen.

Von der Fülle seiner Fragen. Ergreift seine Hand.

Und führt ihn durchs ganze Haus. Noch im Erwachen vernimmt sie ihre Schritte. Leicht und luftig. Zerstieben sie. Im Zauber des anbrechenden Wintermorgens. Mit ihm legt sich Stille. Auf die Welt. Milliarden von Häkchen. Haben sie gewebt.

Gebieten eine gedämpfte Gangart.

Und Innehalten.

Kein Motor.

Kein Machen. Und kein Murren.

Zerreißt den Kokon. Zart und stark. Lässt er auch sie unter seiner Decke ruhen. In sich selbstversponnen. Gleiten ihre Gedanken über die weiße Pracht. Hin zu der Frau, die sie bis vor kurzem war. Und doch nicht mehr sein kann und will … .

Das Kind in ihr nimmt sie bei der Hand.

Und zieht sie hinaus. Ins Glitzern und Gleißen.

Ihre Hände formen einen Ball.

Der Rücken und die Knie beugen sich.

Schon rollt der Ball durch den Schnee. Wird groß und größer. Auf die erste Kugel folgt eine zweite. Auf die zweite eine dritte. Sie setzt die Kugeln über einander. Klaubt einen Zweig aus dem Gesträuch. Kiebitzt zwei Nüsse aus dem Vogelhäuschen. Stürmt in die Küche.

Und kommt mit einer Karotte zurück.

Für ihren neuen Kameraden.

Kess und kühl.

Macht er dem heran kriechenden Auto eine lange Nase.

Der Postbote lacht. Und hält ihr einen Umschlag hin: Eilbrief! Bei diesem Wetter. Muss ja wichtig sein. Na ja, ich mach' so langsam ich kann! Sie lacht zurück: Für mich ist langsam schnell genug!

Wenigstens heute!

47

Sie legt den Brief auf die Treppe vorm Haus.

Kopf und Körper betteln. Gemeinsam mit dem Kind:

Wie wäre es mit einer Kaffeepause? Hier draußen! Mit Kissen, Kolter und dem Postboten! Kurz darauf verweilen sie nebeneinander auf den Stufen. Und sehen zu ihrem neuen Kameraden hin.

Die Langnase lächelt:

So schnell kann langsam sein.

Aus Gehen wird Stehen.

Aus Stehen wird Sitzen. In der Stille.

Die beide Menschen beschenkt. Mit Staunen. Über den neuen Kameraden aus Schnee. Der sie bewegt. Ohne sich zu bewegen. Erst als kein Kaffee mehr da ist, bricht der Postbote das Schweigen:

Das war richtig gut! Vielen Dank!

Ich hoffe, ich hab' auch Ihnen Gutes gebracht.

Jetzt muss ich weiter.

Sie sieht dem Postboten hinterher.

Eine Sonne mit Sahnehäubchen und vier Rädern.

Rollt die Straße hinab. Im Schritt. Macht sie Tempo. Als sei genau das ihre Bestimmung: Entschleunigung zu schenken. Und Erkenntnis. Sie greift nach dem Brief. Der noch immer auf der Treppe liegt. Der Umschlag ist feucht. Der Absender verwischt.

Wer es wohl so eilig hatte, sie zu erreichen?

Und keine Email schickt?

Ihre Hände zittern.

Und zögern. Zerreißen den Umschlag.

Ziehen eine Einladung heraus. Zur Matinee. Am nächsten Sonntag. Mit einer Notiz des Kellners: Danach habe ich Zeit! Du auch? Sie starrt auf den Schriftzug. Und stolpert zur Langnase hin: Schade, dass nicht Du für mich Dienst tun kannst!

Ein wenig Weiß und viel Schwarz.

Das stünde Dir gut.

Die Langnase schweigt.

Ihre Nussaugen spähen an ihr vorbei.

Spitzeln. Nach der Sonne mit dem Sahnehäubchen. Die ihr Gutes bringen wollte. Etwas ohne den Schatten seines Gegenteils. Sie flüstert: Ich werde dem Kellner schreiben. Dass ich leider nicht kann.

Weil auch ich auf einer Bühne stehen muss.

Kopf und Körper berichtigen:

Du musst! Er will und er kann!

Das macht einen Unterschied. Ob Du etwas aus Deiner Mitte heraus tust. Oder weil es vorgegeben und vorgeschrieben ist. Und vergiss bitte nicht: Der Kellner wird an Dich denken!

So … oder so.

48

Der Sonntag ist ohne Sonne.

Die Häkchen hasten vom Himmel.

Ihr Mantel ist harsch und hart. Darunter verbergen sich Tränen. Unbemerkt und unerkannt. Vereisen sie. Weg und Treppe. Versuchen sie. Nicht hinauf zu steigen. Zum Haus mit den Glocken. Nicht zu tun.

Was sie nicht tun will.

Du musst! Du musst!

Du! Musst! Beharren Kopf und Körper.

Da reißt sie sich hoch. Zu ihrer Bühne. Der Zuschauerraum ist leer. Der Platz vor dem Instrument auf der Empore unbesetzt. Einzig die Frau, die das Haus mit den Glocken pflegt, ist zugegen. Hinter ihr leuchten zwei Kerzen. Auf rund gebundenem Grün.

Sie geben einander die Hand. Wie zwei Verurteilte.

Im gleichen Verlies.

Schulter an Schulter.

Warten sie. Auf das Ende des Geläuts.

Und die Rettung. Die auch der zweite Sonntag vor der Geburt des Lichts allen verheißt. Die im Dunkeln wohnen. Warten und wenden sich zur Tür. Durch die niemand kommt. Beim letzten Schlag der Klöppel ist ihr, als krähte der Hahn. Wie damals.

Als einer den Mann aus Nazareth verriet.

Die Frau neben ihr verrät sie nicht.

Gelassen schließt sie die Tür. Und fragt:

Was machen wir jetzt? Sie fragt zurück: Möchten Sie gehen? Sie müssen nicht bleiben! Nur ich! Falls noch jemand kommt! Die Frau deutet zur Empore: Wäre schön, wenn Sie etwas spielen.

Das können Sie doch, oder?

Ohne Gesang und Gebet möchte ich nicht nach hause.

Der Vorschlag der Frau erinnert sie.

An einen berühmten Mann. Im heiligen Buch.

Singt und betet er. Mit einem Weggefährten. Bis die Ketten fallen. Und sie den Kerker verlassen können. In dem sie zu Unrecht eingesperrt sind. Warum also sollte nicht auch sie Fesseln sprengen können? Mit Hilfe dieses mächtigen Instruments.

Es trägt eine Krone aus silbernen Pfeifen.

Darunter liegen die Tasten. Verteilt auf drei Etagen.

Sie setzt sich vor die drei Etagen.

Schickt Luft durch die Pfeifen. Und Atem durch ihre Kehle.

Füllt den Raum. Vom Kreuz bis zur letzten Bank. Mit dem Lied vom Licht. Hört ihre Gefährtin mitsingen. Und vergisst, dass sie fast ganz allein und alleingelassen ist.

Im Haus mit den Glocken.

49

Bitte, noch eins!

Sie spielen wunderbar! Luftig und leicht!

Die Frau, die das Haus mit den Glocken pflegt, klatscht. Sie ruft hinunter: Das liegt an den Füßen! Ich kann nicht mit den Füßen spielen! Die Frau lacht und ruft hinauf: Ich hab' noch nie verstanden, warum man eine Tastatur mit den Füßen treten muss.

Als wären zwei Hände und zehn Finger nicht genug.

Ihre Hände und Finger willigen ein.

Ein zweites, drittes und viertes Lied erklingt.

Kopf und Körper spötteln: Du kannst, was Du nicht musst. Was Du musst, willst Du nicht können. Sie spielt und singt. Über ihre Stimmen hinweg. Kopf und Körper spötteln weiter: Du kannst, was Du nicht musst. Aber was Du musst, willst Du nicht können.

Denk endlich einmal darüber nach.

Sie möchte spielen. Nicht denken.

Der Leere entfliehen. Dieser Anklägerin.

Im Haus mit den Glocken. Und in ihr. Plädiert sie auf Verbleib im Verlies. Bis sie die Hände von den Tasten nimmt. Abwesend die Verkrustung von ihrer Verwundung kratzt. Und hinunter geht zum Kreuz.

Um auch ohne Publikum.

Zu beten, zu lesen und zu reden.

Au Backe!

Das sieht nicht gut aus! Gar nicht gut!

Die Frau, die das Haus mit den Glocken pflegt, deutet auf ihre Wange: Warten Sie, ich hole Desinfektionsspray. Wozu haben wir denn einen Notfallkoffer? Sie sind die Erste, die ihn braucht. Kein Wunder. Bei den vielen Kerzen am letzten Sonntag.

Sie hält der Frau ihre Wange hin: Sie waren da?

Die Frau bejaht: Ich wollte wissen, was da im Gang ist!

Im Gang steht plötzlich der Spötter.

Listig und leise. Wie der Leibhaftige.

Hat er sich angeschlichen: Ist leider etwas später geworden heute. Aber ich will mir noch meine Andacht abholen. Wie ich sehe, habe ich freie Platzwahl. Wirklich beeindruckend dieser Andrang!

Die Frauen fassen sich schnell.

Die eine stellt den Koffer weg.

Die andere steigt zu den Tasten hinauf.

Und sagt mit fester Stimme: Sie wissen ja – zuerst ein Lied. Und dann das Gebet. Sie spielt. Wuchtig und wild. Muss, was sie nicht will und nicht kann. Traktiert die unterste Tastatur mit ihren Füßen.

Tritt daneben. Wieder und wieder.

Der Spötter schreit: Aufhören!

Hören Sie auf! Hören Sie sofort auf!

Das ist ja nicht zum Aushalten! Kopf und Körper lassen die Schreie an ihr abprallen. Bis unten die Tür knallt. Und die Frau, die das Haus mit den Glocken pflegt, jubelt: Er ist weg! Er ist weg!

Sie haben es geschafft!

Er ist weg!

Da lächelt der Kellner ihr zu.

Berührt die Tasten: Vor ihr. In ihr. Mit ihr.

Ein wenig Weiß und viel Schwarz. Aus dem Rhythmus und Schwung hervorbrechen. Die beiden Frauen schwingen mit. Bewegt und befreit. Lassen sie Kerker und Ketten.

Endgültig hinter sich.

Sie tritt nach draußen.

Und kehrt am nächsten Sonntag zurück.

Ernst und entschlossen. Verteilt sie Zettel auf den Bänken: Reserviert. Reserviert. Reserviert. Die Frau, die das Haus mit den Glocken pflegt, lächelt. Verschwörerisch und verschmitzt: Keine freie Platzwahl heute? Nur geladene Gäste?

Sie lacht: Ja! All unsere Geschwister!

Aus dem heiligen Buch.

Das heilige Buch wartet.

Aufgeschlagen und andächtig.

Auf einen Mund, der seine Botschaft zum Klingen bringt. Sie hebt das Buch. Vor ihre Brust. Und dreht sich zu den leeren Bänken hin. Die Frau, die das Haus mit den Glocken pflegt, stellt sich neben sie. Eine Klangschale und einen Klöppel in der Hand. Bereit.

Zu hören und zu sehen.

Wie sich der Raum mit Schicksalen füllt.

Gemeinsam rufen sie.

Die Geschwister aus dem heiligen Buch herbei.

Geben jedem Namen einen Ton aus der Klangschale mit auf den Weg. Mittendrin nennt sie den Großvater. Ihr zuliebe reiht er sich ein. In die Karawane seiner Vorfahren. Über die Jahrhunderte hinweg.

Zeugen sie. Von Wüsten und Weiten.

Die in die Freiheit führen.

Verschreckt von so viel Ungebundenheit.

Verharrt die Ehrenvorsitzende neben der letzten Bank.

Als hätten ihr die Frauen, Männer und Kinder aus dem heiligen Buch den Durchgang versperrt. Schilt und schimpft sie: Schluss damit! Schluss! Kaum bin ich nicht da, gerät alles aus dem Lot.

Wir doch sind nicht im Theater!

Namen und Klangschale! Was fällt Ihnen eigentlich ein?

Der Großvater grummelt: Diese Gans.

Grau und gefährlich. Ganz wie damals! Gib acht!

Da legt sie das heilige Buch weg und gibt der Frau, die das Haus mit den Glocken pflegt, ein Zeichen. Für das Geläut zum Gebet des Mannes aus Nazareth. Der um seine Vorfahren weiß.

Der Karawane zuwinkt. Sie und den Großvater begrüßt.

Und für sie betet.

Die Ehrenvorsitzende betet mit.

Erkennt nicht. Dass sie erkannt wurde.

Als Nachfahrin der Mitläufer und Mittäter. Deren Opfer zahllos sind. Wie die Namen. Die immer und immer wieder gerufen werden. Gerufen werden müssen. Bis Kain nicht mehr Kain sein möchte.

Und mit Abel redet. Ohne Stachel. Im Herz.

Ohne Stein. In der Hand.

Ihre Hand ist unbeschwert.

Und ihr Herz unbekümmert.

Nach dem Gebet. Das Himmel und Erde verbindet. Verabschiedet sie die Ehrenvorsitzende: Bis zum nächsten Sonntag. Und bringen Sie bitte die anderen mit. Unseren Musiker und den Kollegen auch.

Das täte uns allen gut. Also, bis dann!

Kommen Sie gut nach hause!

51

Vor ihrem Haus wimmert es.

Ihr neuer Kamerad weint bitterlich.

Seine Nase ist verdreht. Ein Nussauge verschwunden. Neben der untersten Kugel dampft mit Heu durchsetzter Kot. Kopf und Körper können es kaum fassen: Was ein Mist! Das ist ja zum Kotzen! Aber sie kotzt nicht. Sondern karrt den Kot weg.

Korrigiert die Nase. Ersetzt das fehlende Nussauge.

Und kost die Langnase

Tauwetter und Tat haben ihr zugesetzt.

Sie holt Tee und hockt sich auf die Treppe.

Diesmal liegt kein Brief auf den Stufen. Kein Postbote sitzt neben ihr. Und doch bleibt sie. Beschützt die Langnase. Beschließt die Dame mit Hut anzurufen. Wenn die Tränen getrocknet sind.

Die ihr jetzt in die Tasse tropfen.

Schmerz und Schwermut. Im Gepäck.

Können Sie mich besuchen?

Möglichst bald? Können Sie kommen?

Sie hört sich selbst. Bitten und betteln. Mit der Stimme des Kinds. In das Zögern der Dame mit Hut hinein. Das zur Zustimmung wird: Wenn sie mich abholen am Bahnhof. Will ich es wagen. Und noch einmal mit dem Zug fahren! Die Antwort zittert. In ihr Ohr.

Das sich auf die Gleise legt. Um zu verstehen.

Was die Dame mit Hut so verstört.

Ihr Ohr vernimmt.

Rattern und Rollen. Waggon an Waggon.

Die Waggons sind verschlossen. Die Vielen verfrachtet. Wie Vieh. Zum Verzehr vorgesehen. Haut und Haar. Kunst und Kultur. Wissen und Weisheit. Verelenden und verenden. Zug um Zug. In Lagern und Schornsteinen. Sie hebt das Ohr von den Gleisen.

Weil sie es nicht mehr erträgt. Seufzt und sagt:

Ich hole Sie ab.

Im Wagen. Nicht im Waggon.

Hinter dem Steuer. Können wir wählen.

Die Dame mit Hut wählt: Kommen Sie nächsten Sonntag. Sie werden es schaffen. Es sind ja nur sieben Tage. Wie am Beginn allen Beginnens. Als die Erde sich einließ auf die Menschen. Samt ihrer Mordlust und Maßlosigkeit. Und seien Sie gewiss:

Wer um einander weiß. Wacht und wartet.

Nicht umsonst.

Sie müht sich.

Vergeblich. Ums Vergeben.

Die verunstaltete Langnase. Die brennende Wange. Das tote Mädchen. Zermürben sie. Zerren sie zu den Gleisen. Und zitieren den Spötter, die Ehrenvorsitzende und den Kollegen zu einem Waggon.

Da schreitet die Großmutter ein. Kompromisslos und klar.

Das Kind an der Hand.

Unterstehe dich!

So etwas auch nur zu denken!

Das Kind kriecht unter die Schürze der Großmutter. Die Pfanne für die Plinsen steht auf ihrem Herd. Die Großmutter füllt Teig ein: Was meinst Du, wie es mir erging? Dein Großvater kam nicht zurück. Geschlagen und geschmäht. Haben sie auch mich.

Sie wendet den Plinsen. Er dampft und duftet.

Nach Heimat.

Wenig später sitzen sie am Tisch.

Das Kind bekommt den ersten Plinsen.

Mit Butter und Zucker satt. Sie bekommt den zweiten. Die Großmutter wartet. Bis alle Plinsen gebacken sind. Stellt einen vierten Teller auf den Tisch und legt einen Plinsen darauf: Und der ist für den Großvater! Denn wir sind es, die entscheiden.

Wen wir verloren gehen lassen. Und wen nicht.

Kopf und Körper verharren.

Neben dem vierten Teller. Verlieren sich.

In dem, was unverlierbar ist. Sehen und hören. Wie der Großvater die Großmutter lobt. Für ihre Kochkünste … . Die Verbitterung. Vergeht. Die Versuchung. Verweht. Wird fortgeblasen. Vom Duft der Plinsen. Vom Atem des Kinds und der Großmutter.

Die sich jetzt wieder verabschieden.

Aus ihrer Erinnerung.

Damit sie Zeit hat.

Zeit für den Einkauf. Nach dem Rezept der Großmutter.

Die vor den Plinsen stets Huhn servierte. Heilsam und hilfreich. Bei jeder Art von Leid. Gewürzt. Mit Zimt und Zitrone. Gegart. Mit Kardamom und Koriander. War es und bleibt es.

Zuwendung und Zusage. Von Köstlichem.

Über den Abgrund hinweg.

53

Wie die Autofahrt.

Die sie auf sich nimmt. Für die Dame mit Hut.

Gleich nach dem letzten Geläut. Am nächsten Sonntag. Fährt sie los. Und Stunden später wieder zurück. Die Dame mit Hut sitzt neben ihr. Gestalt und Gesicht. Umhüllt von einem Schal. Sie summt.

Ein Lied.

Das Lied passt zu den Häkchen.

Die Hand in Hand vom Himmel tanzen.

Umkleidet mit einem Röckchen. Und zart und zauberhaft. Wie eine Fee. Sie denkt zurück. An die von Schleiern umwehte Gestalt und ihre Begegnung im Traum. Gewiss, dass auch die Dame mit Hut und sie hinwegkommen können. Über das Schwere.

Das sie beide in sich bergen. Wie einen Schatz.

Die Dame mit Hut fragt:

Wie heißen Sie denn mit Vornamen?

Sie nennt den ihren und fragt zurück: Und wie heißen Sie? Die Antwort bringt beide zum Lachen: So ähnlich. So anders. Hört es sich an. Wenn ein Vorname die Sprache, die Kultur und die Religion wechselt.

Und mit dem gleichen Buchstaben beginnt.

Kopf und Körper wollen es genauer wissen:

Seid Ihr verwandt? Sie erklärt: Es ist wie bei Euch.

Wir gehören zusammen. Und sind getrennt. Durch die Geschichte und die Geschicke. Die unsere Namen begleiten. Das M mit seinen zwei Spitzen, die nach oben zeigen. Das haben wir gemeinsam.

Ist das nicht wunderbar?

Die Dame mit Hut strahlt.

Und wendet sich zum Seitenfenster.

Mit ihrem Finger malt sie das M. Auf die feuchte Scheibe: Passt gut hierher. Unser M! Im Alphabet meiner Vorfahren steht es für Wasser. Für das Wasser in der Wüste. Das Menschen und Tiere überleben lässt.

Und Pflanzen erblühen.

Sollen wir uns bei unseren Vornamen rufen?

Ja, gerne! Sehr gerne!

Sie sieht zu ihrer Beifahrerin herüber.

Nickt und nennt ihren Vornamen. Die andere tut es ihr nach. Bei der nächsten Rast reichen sie einander die Hand. Und sagen erneut ihre Vornamen. Erst leise, dann laut und lauter.

Das M auf der Scheibe ist gerade noch zu erkennen.

Der Großvater lächelt.

54

In seiner Sprache ähnelt das M einem Quadrat.

Mit abgerundeten Ecken. Und einer Lücke. Links unten.

Hier nimmt es Wasser auf. Hier gibt es Wasser ab. Wenn sich die Lücke am Ende eines Wortes schließt, sinkt es hinab. Zum großen Strom und zur Großmutter. Die auch diesen Buchstaben lernt.

Um sich an ihm zu laben.

Leidgeprüft. Und lebensfroh.

Sie erzählt der Dame mit Hut.

Von der Großmutter und dem Großvater.

Wie sehr sie mit ihr gehn. Unter der Oberfläche ihrer Tage und

Nächte. In dem Haus. Das sie bewohnt. Und bewohnen muss. Weil es zum Haus mit den Glocken gehört. Die Dame mit Hut sagt: Mhmm.

Es klingt, als wüsste das Wasser nicht, wohin.

Sie hält vor dem Haus: Wir sind da!

Und das hier … !

Sie stockt. Stößt die Autotür auf.

Stürzt in den Garten und stammelt: Nein! Nein! Nein! Was ist denn, Kindchen? Ihre Namensschwester legt ihr die Hand auf den Rücken. Tief und tiefer. Hat er sich zur Erde geneigt. Gestützt auf Hände und Knie. Presst sie ihr Gesicht.

An einen unförmigen Haufen aus Schnee.

Sie haben die Langnase umgebracht!

Sie haben sie zertreten! Diese Mörder!

Neulich schon haben sie meine Langnase übel zugerichtet! Und jetzt das! Sie sinkt bäuchlings auf den Haufen hinab. Umklammert ihn mit ihrem ganzen Leib. Schluchzt und schimpft und schnauft.

Als hätten die Tritte sie gemeint.

Kindchen, Du musst aufstehen!

Wir müssen ins Haus! Sonst werden wir beide krank!

Die Stimme der Dame mit Hut zieht sie empor. Und zum Auto zurück. Sie trägt ihren Koffer und ihren Mantel. An dem Haufen aus Schnee vorbei zur Tür. Zückt den Schlüssel.

Und zögert.

Sollen wir nicht in ein Hotel fahren?

Hier fühle ich mich immer weniger zuhause!

Sie schaut über die Schulter. Zu der vom Schal umhüllten Dame mit Hut. Die Ältere schnäuzt in ein Taschentuch: Glaube mir. Solche Gedanken und Gefühle kenne ich. Nur zu gut.

Gerade deshalb – lass uns heute keine Gäste sein!

In einem anderen Haus.

In ihrem Haus duftet es.

Mhmm! Die Dame mit Hut mümmelt das M.

Sie führt die Ältere in die Küche: Hast Du Hunger? Hunger auf Huhn? Ich habe vorgekocht. Die Dame mit Hut lächelt: Huhn? Mit Zimt und Zitrone? Mit Kardamom und Koriander?

Das wird Dir und mir gut tun!

55

Das Huhn mundet den Mündern.

Mehrfach legt sich ihr Mhmm über das Mahl.

Auf den Tellern sammeln sich abgenagte Knochen. Sie beißt in das zweite Hühnerbein: Woher kennst Du die Sprache meines Großvaters? Die Dame mit Hut schaut auf: Von meinem Vater.

Er hat sie im Lehrhaus gelernt. Und an uns weitergegeben.

Auf dass es Huhn gab!

Auf dass es Huhn gab?

Ja. Das war die Bedingung meiner Mutter.

Sie wollte selbst über den heiligen Schriften brüten. Sätze hegen. Wörter pflegen. Bis etwas Neues schlüpft. Und hätte der Vater es ihr nicht beigebracht, es hätte kein Huhn mehr geben … . Sie hat das Hühnerbein abgenagt: Dann war Deine Mutter eine typische Mame?

Eine, die liebt und lenkt und lernt.

So lange sie lebt.

So lange, bis die Mörder kamen.

Heimlich und hasserfüllt. Wie bei Deiner Langnase.

Haben sie sich angeschlichen. Im Morgengrauen. Wäre meine Freundin nicht gewesen, wäre auch ich nicht mehr. Unser zweitägiger Ausflug mit dem Fahrrad hat mich gerettet. Mich und die Erinnerung: An meine Mutter, meinen Vater und meine Geschwister.

Sie war das Einzige, was mir blieb.

Deshalb habe ich das Erinnern zu meinem Beruf gemacht.

Zu Deinem Beruf?

Sie legt das Hühnerbein beiseite: Wie das?

Die Dame mit Hut deutet auf das Gebein: Was an uns nagt. Was uns das Fleisch von der Seele frisst. Versteckt und verkleidet sich. Ohne dass wir es wissen. Ohne dass wir es wollen. Bis wir es wagen.

Und erinnern, was uns quält.

Und tun, was erlöst.

Zum Beispiel zuhause Huhn essen?

Statt kopflos in ein Hotel zu fliehen?

Sie schiebt ihre Hand über die Tischplatte. Die Dame mit Hut legt die ihre hinein: Zum Beispiel. Vor allem brauchst Du eine oder einen. Die mit Dir den Schmerz aushalten. Und die richtigen Fragen stellen.

Behutsam und beharrlich. Wie eine Hebamme.

Die einem Kind ins Leben hilft.

Sie drückt die Hand der Älteren:

Dann bin ich ja genau richtig bei Dir!

Die Dame mit Hut erwidert den Händedruck: Und ich bei Dir. Wie schön, dass wir uns begegnet sind … ! Ich bin sehr müde. Lass uns erstmal schlafen gehen. Denn auch der Schlaf hilft.

Den Mördern zu widerstehen.

56

Stunden später schrickt sie auf.

Holen die Mörder jetzt auch sie?

Das Haus schweigt. Schatten huschen über die Wand. Vor ihrem Fenster winken die Bäume. Als wüssten sie nichts: Von der Erschütterung in ihr. Nichts. Von der Kommode und dem Kellner. Nichts.

Von der Schublade und der Schürze.

Sie aber hat es gesehen.

Hat es gehört. Wie eine Hand an der Schublade rüttelt.

Um sie zurück zu rammen. In die Kommode. Doch die Schublade rumpelt weiter nach vorn. Und gibt die Sicht auf mehrere Knochen frei. Sie klagen und klappern:

Was vorüber ist, ist nicht vorüber. Es wächst weiter.
In deinen Zellen ... .

Kopf und Körper bricht der Schweiß aus.

Bleich und blass. Setzt sie sich auf die Bettkante.

Wiederholt den Gedichtvers. Rätselt, warum er ihr einfällt. Mitten in der Nacht. Dieser Vers einer Frau, die den Mördern entkam. Und später Zuflucht suchte und fand. Im Zimmer eines Pflegeheims.

Hier erst konnte sie fassen.

Was ihr das Fleisch von der Seele fraß.

Das Nachdenken beruhigt sie.

Auch wenn sie nicht weiß, was an ihr frisst.

Verstummen die Knochen. In der immer noch weit herausstehenden Schublade. Das Kind in ihr atmet auf. Kuschelt sich gemeinsam mit ihr in die Kissen. Und ruft den Großvater und die Großmutter herbei.

Gemeinsam sinken sie hinab. Zum großen Strom.

Bis eine Stimme sie weckt.

Guten Morgen!

Ich hoffe, ich bin nicht zu früh dran!

Die Dame mit Hut steht in der Tür. Mit einem Becher Kaffee in der Hand. Magst Du den hier in Deinem Bett trinken? Stell Dir vor, ich habe von Knochen geträumt! Fast die ganze Nacht. Und Du?

Hast Du gut geschlafen?

57

Knochen und Kaffee.

Sie kann das alles kaum glauben.

Setzt sich auf. Schnuppert und schlürft und schweigt. Die Dame mit Hut schließt: Es ist wohl doch ein bißchen zu früh. Entschuldige! Ich lass' Dich erstmal wachwerden. Wir haben ja den ganzen Tag.

Um über unsere Träume zu sprechen.

Beim Frühstück kann sie sprechen.

Findet Worte und Sätze. Für ihr Erstaunen.

Über die Knochen. In ihrem Traum und dem Traum der Dame mit Hut. Ihr Gegenüber lächelt: Huhn für zwei. Hast Du gewiss schon gekocht. Doch Knochen geteilt? Gemeinsam betrachtet? Die Klingel reißt sie weg vom Küchentisch. Kreideweiß kehrt sie zurück:

Sie ist tot! Sie ist tot! Kopfüber von der Leiter gestürzt!

Beim Schmücken des Baums!

Gemeinsam keuchen sie.

Dem Mann in der Rettungsweste hinterher.

Ins Haus mit den Glocken hinauf. Die Frau, die es gepflegt hat, liegt gekrümmt am Boden. Ihr Ehemann kniet neben ihr. Der Mann in der Rettungsweste kommentiert: Genickbruch. Sie war sofort tot.

Die Polizei ist verständigt. Der Bestatter auch.

Am besten lassen wir alles. Wie es ist.

Der Mann streichelt seine Frau:

Ich wollte Dir helfen kommen! Hörst Du? Helfen!

Ihre Augen starren. An ihm vorbei. Blut rinnt. Aus Nase und Mund. Seine Schultern beginnen zu zucken. Er zieht und zerrt an ihr: Komm zurück! Komm zurück! Als das Zucken stärker wird, fasst ihn der Mann in der Rettungsweste an den Schultern.

Hievt ihn hoch. Und führt ihn.

Zur vordersten Bank.

Sie folgt den beiden.

Der Mann in der Rettungsweste zieht eine Spritze auf:

Ich gebe Ihnen ein Beruhigungsmittel. Einverstanden? Der andere nickt. Sie setzt sich neben ihn: Es tut mir so leid! Ich habe Ihre Frau sehr gemocht! Der Mann in der Rettungsweste zeigt zur Leiter: Dann hätten Sie ein neues Exemplar anschaffen sollen! Bei dieser Höhe!

Können Kleinigkeiten zur Katastrophe werden.

Auch für Sie!

58

Für mich? Sie runzelt die Stirn:

Ich bin noch nie auf diese Leiter gestiegen.

Der Mann in der Rettungsweste schüttelt den Kopf: So meine ich das nicht! Ich meine die Verantwortung, die Sie und andere tragen. Für einen sicheren Arbeitsplatz. Ein paar Lappen für ein Leben.

Hätten doch drin sein müssen.

Draußen lärmt und leuchtet es.

Die Frauen und Männer von der Polizei sind da.

Der Mann in der Rettungsweste geht ihnen entgegen: Ihr Ehemann hat sie gefunden. Er wollte ihr helfen. Beim Baumschmücken. Sein Arm deutet nach vorn: Sie muss abgerutscht sein. Von ganz oben.

In beiden Händen eine Lichterkette.

Ist ihr Leben erloschen.

Sie wartet im Halbdunkel.

Die Dame mit Hut hängt sich bei ihr ein:

Sie werden Dich fragen. Wegen der Leiter. Alt und ausgetreten. Das hat Folgen. Sie entgegnet: Wir sind doch keine Mörder! Aber Sie haben auch nichts Vorbeugendes getan! Das ist unübersehbar!

Die Sätze kommen von einem der Polizisten.

Er stellt sich ihnen vor. Als Leiter der Ermittlungen.

Wer ist denn hier zuständig?

Sie gibt dem Polizisten die Hand:

Ein ganzes Gremium und ich. Glauben Sie mir! Das hat niemand gewollt! Der Mann wendet sich der Dame mit Hut zu: Und Sie? Sind Sie eine Angehörige? Die Ältere erklärt: Ich bin zu Besuch. Seit gestern. Der nächste Angehörige der Toten ist ihr Ehemann. Er sitzt vorne.

Auf der Bank.

Der Leiter der Ermittlungen sieht zur Bank:

Ich brauche eine Liste all derer, die in diesem Gremium sind.

Der Körper lästert: Zum Leiter wegen einer Leiter. Wo das wohl hinführt? Der Kopf lässt sie sagen: Gerne. Ich gehe gleich in mein Arbeitszimmer. Und hole die Liste.

Auch das Protokoll bringe ich mit.

Über den Abend, an dem es um die Leiter ging.

59

Sie findet das Protokoll.

Auf Anhieb. Fügt sich Satz an Satz:

Was dreizig Jahre lang gehalten hat, hält weiter! – Holz ist stabil! Und nachhaltig! – Ich habe gefragt. Sie will keine andere Leiter! – Wie gut. Unsere finanziellen Mittel sind ohnehin sehr knapp!

Wieso reden wir überhaupt darüber?

Die Frage bohrt sich in ihr Ohr.

Sie erinnert sich nicht, wer sie gestellt hat.

Aber sie erkennt: Rechten und rechnen. Rächt sich. An der Frau, die das Haus mit den Glocken gepflegt hat. An ihr, die geschwiegen hat, um niemanden gegen sich zu haben. An den anderen, denen gezeigt wird, warum sie über die Leiter reden wollte.

Und spätestens jetzt.

Reden muss.

Über die Leiter.

Ohne den Urahn. Aus dem heiligen Buch.

Der von ihr träumt. Auf einem Stein, der sein Haupt über die Erde erhebt. Damit ihn seine Bürde im Schlaf nicht erdrückt. Und er nach dem Betrug am Bruder neu beginnen kann. Belehrt und begleitet. Von unzähligen Engeln. Die zum Himmel hinauf- und hinabsteigen.

Auf den Sprossen der Selbsterkenntnis.

Für ihn allein.

Der Urahn wird geläutert.

Durch das Auf und Ab. Seine Nachfahrin stürzt.

Und stirbt. Im Haus mit den Glocken. Das nach Tod riecht. Als sie es erneut betritt. Steht ein Sarg aus Stahl neben dem Baum. Der Leiter der Ermittlungen kommt auf sie zu: Haben Sie alles gefunden?

Sie hält ihm Liste und Protokoll hin:

Ja. Ich habe alles gefunden. Und verloren.

Das Gremium war gegen eine neue Leiter.

Die Frau, die in diesem Sarg liegt, wollte auch keine.

Nur ich war dafür. Aber das habe ich nicht gesagt. Ich habe es nicht gesagt. Es nicht gesagt … . Ihre Stimme schwankt. Sie schluckt. Sie schnieft. Schmerz und Scham. In ein Taschentuch, das ihr die Dame mit Hut reicht. Und tritt neben den Sarg:

Wie geht es weiter? Mit ihr – mit uns?

Können wir, kann ich morgen und übermorgen hier sein?

Sie können. Und ich vermute:

Sie müssen. Das wird erwartet.

Er sieht sie fragend an. Und fährt fort: Von unserer Seite her klappt es. Alle Fuß- und Fingerabdrücke sind gesichert. Die Leiter ist beschlagnahmt. Nur mit der Freigabe des Leichnams kann es dauern. Wegen der Feiertage. Ihre Finger fließen über den Sargdeckel:

Ich möchte hier sein. Für diese Frau.

Und muss nachdenken.

Nachdenken, was Sie sagen?

Der Leiter der Ermittlungen schüttelt ihre Hand.

Kräftig und kurz: Für mich wäre das nichts. Übrigens waren ein paar Gaffer da. Als Sie unten im Haus waren. Sie wendet sich zur Tür: Vielen Dank für den Hinweis. Ich befürchte, es werden noch sehr viel mehr kommen. Um zu sehen und zu hören, was geschehen ist.

In unserem Bethlehem.

Hirten und Könige.

Kühe und Schafe. Stall und Stern.

Sitzen wenig später mit ihr am Schreibtisch. Flüstern ihr Worte zu. Für das, was sie erlebt haben und erleben. Nah bei dem Kind in der Notunterkunft. Mit dem Neues geboren wurde. Und wird.

Vom ersten bis zum letzten.

Schrei.

60

Sie schreibt. Über den Schrei.

Ohne den eine Geburt nicht möglich ist.

Schreibt über Schmerz und Schönheit. Die dem Grauen standhalten. Das mit jeder Geburt ins Leben tritt. Als käme das Glück nicht aus ohne sein Gegenteil. Und der geläuterte Urahn nicht.

Ohne seine gestürzte Nachfahrin.

In vielen anderen leben sie weiter.

Hin und her gerissen. Zwischen Reue und Risiko.

Erhoffen sich Rat. Von Engeln auf einer Leiter. Deren irdisches Abbild nicht mehr zu sehen sein wird. Wenn sie morgen und übermorgen beten, lesen, reden muss. Neben einem Baum ohne Lichterkette.

Im Haus mit den Glocken.

Voller Gaffer. Und fern vom Glanz.

Matt und müde.

Sacken Kopf und Körper in sich zusammen.

Sinken weg vom Bildschirm. Hinab auf ihre Arme. Bis es klopft und die Dame mit Hut in ihr Arbeitszimmer schaut: Wie wäre es mit einer

Mittagspause? Ich habe uns eine Suppe gekocht! Sie lächelt und lässt sich weglocken. Von dem einen Tisch. An den nächsten.

Aus den Tellern steigt Wohlgeruch.

Sie taucht ihren Löffel ein.

Schmeckt und schluckt. Würzige Wärme.

Langsam kehrt die Kraft zurück. Und mit ihr das Staunen: Woher wusstest Du, dass ich gerne Buchstabennudeln esse? Diese winzigen und weichen Geschwister des Alphabets. Die Dame mit Hut sieht von ihrem Teller auf: Ich wusste es nicht. Ich habe geschaut, was da ist.

Und gekocht. Was ich mag.

Mögen, was ich mag.

Mögen, was ich mag. Mögen … .

Sie wiederholt den Satz mehrmals. Und balanciert einige der Nudeln auf den Tellerrand. Die Dame mit Hut entziffert: *Es schmeckt prima!* Und erwidert: Auch Du machst Deine Sache prima! Obwohl Du gewiss nicht magst, was Du tun musst.

Wenn das Unglück anderer nach Dir greift.

Aber jetzt sitze ich hier.

Bei Dir. Und darf, was ich mag.

Sie bringt ihr Glas mit einem leichten Schlag des Löffels zum Klingen: Zum Beispiel mit Dir gemeinsam Buchstaben und Suppe essen. Etwas vom Glück schmecken. Das ein gutes Gespräch schenkt.

Gerade wenn das Grauen nicht fern ist.

Sondern in Rufweite.

61

Das Grauen ruft sie.

Gegen Abend hinaus und hinauf.

Ins Haus mit den Glocken. Ruft. Damit sie ein Gebet spricht. Für die Frau, die es gepflegt hat. Ruft. Damit sie die Liederbücher auslegt und die Heizung anstellt. An ihrer Stelle. Ruft. Bis sie die Klinke in der Hand hat … . Laute hört, Licht sieht.

Und wie in Trance die Tür aufreißt.

Neben dem Baum steht eine Leiter.

Ganz oben balanciert der Spötter. Und blafft:

Nicht erschrecken! Sie blafft zurück: Nicht erschrecken? Sie haben Nerven! Kopf und Körper katapultieren sie nach vorn. Kurz vor der Leiter kommt sie zum Stehen. Und kommandiert: Runter! Sofort!

Der Spötter kontert: Nicht rauf kommen!

Sonst passiert noch was!

Die Leiter ist neu.

Metallen und makellos. Berührt sie den Boden.

Auf den Sprossen spreizen sich die Beine des Spötters. Als sei es schon immer so gewesen. Als sei es gar nichts besonderes. Steckt er dem Baum die Lichterkette auf. Sie blickt. Zu den Beinen und zum Baum.

Und begreift: Die Kerzen werden leuchten.

Ob sie will oder nicht.

Kopf und Körper raten:

Lass ihn! Und rasen zur Tür.

Der Spötter kokettiert: Na, endlich haben Sie es kapiert! Ich bin schon ein großer Junge. Ich kümmere mich auch um den Rest. Sie haben morgen mehr als genug zu tun. Also, husch, husch. Ab ins Körbchen!

Erschüttert von Grimm. Ergriffen von Gram.

Ergreift sie die Flucht.

Im Haus wartet die Dame mit Hut.

Warm und weit. Spannen sich ihre Arme aus.

Als wüsste sie alles. Wiegt sie die Jüngere. Im Rhythmus ihres Herzschlags. Bis sie sich von ihr löst. Und fragt: Haben wir noch Buchstabensuppe? Damit ich Worte finden kann.

Für das, was ich eben gesehen und gehört habe.

Neben den Buchstaben schwimmen Knochen.

Sie schöpft sich einen auf den Teller: Du auch?

Die Dame mit Hut verneint: Ich habe schon gegessen. Weil ich nicht wusste, wie viel Zeit Du brauchst. Für die Frau, die das Haus mit den Glocken gepflegt hat. Und für Dich. Ein Gebet kann helfen.

Aber tun müssen, was sie getan hat?

So kurz nach ihrem Tod?

Sie schiebt ihren Löffel.

Unter den Knochen: Kein Tod ohne Tabubrecher.

Einer steckt unserem Baum gerade die Lichterkette auf, die sie bei ihrem Sturz in den Händen hielt. Die Dame mit Hut deutet auf den Knochen. Den sie aus der Suppe gehoben hat. Wie eine Monstranz:

Beinhart und bedenkenlos. Sind nicht wenige.

Schon zu Lebzeiten.

Der Löffel schaukelt den Knochen.

Gemeinsam mit ihrer Hand. Auf und ab:

Und doch möchte ich die Knochen in Deiner Suppe nicht missen. Sie lenken das Fließende. Sie würzen das Fade. Mit gelebtem Leben. Durch all seine Kraft, all seinen Saft.

Wirkt es weiter. Auch in Dir und in mir.

Die Dame mit Hut stammelt:

Und die … die Knochen in Deinem Traum?

Sie lässt den Löffel sinken: Die lagen in einer Schublade! Haben geklagt und geklappert: *Was vorüber ist, ist nicht vorüber. Es wächst weiter in deinen Zellen ...* . Die Augen der Älteren folgen dem Löffel. Der den Knochen zurück in die Suppe legt: In einer Schublade?

Waren es Deine Knochen?

Sie hebt den Löffel erneut:

Nein, nicht meine! Die Dame mit Hut starrt auf den Löffel.

Der jetzt leicht und luftig über dem Teller schwebt. Sie stottert: Ich … ich habe … ich habe mich … ! Macht einen zweiten Versuch. Und stöhnt: Ich … ich habe mich selbst gesehen.

Als halbes Skelett!

Der Löffel fällt auf die Tischplatte.

Kopf und Körper sind fassungslos: Als halbes Skelett?

Die Dame mit Hut hebt die Hände auf ihre Hüften: Von hier abwärts. War ich abgenagt. Wie ein Huhn. Ihre Stimme bricht. Ihre Schultern beben. Reißen ihre Hände hoch. Zu den Augen.

Berühren und bedecken sie.

Als würde das Bild dadurch gelöscht.

Oder getauscht.

Gegen ein Billett. Ins Leben.

Das ihre Knochen wieder umkleidet. Mit Fleisch. Mit Form. Und die Fahrt freigibt. In ein Land voller Freudenkraut. Unausrottbar. Wie die Dame mit Hut. Die ihre Hände unvermittelt von den Augen nimmt.

Aus denen es leise und lautlos weint.

Und ein Lächeln wagt.

Sie lächelt zurück.

Trotz und Tapferkeit. Ergreifen die beiden.

Über den Tisch hinweg. Suchen und finden sich ihre Hände. Sie flüstert: Morgen essen wir keine Suppe! Kein Huhn! Knochen ade! Die Dame mit Hut schüttelt ihr Haupt. Und die darauf sitzende schwarzweiße Kappe: À dieu ohne Knochen?

Kommen. Gehen. Ohne nacktes Gebein?

Ich wollte nur nicht allein sein. Mit meinem Traum.

Du bist nicht allein!

Wir können weiterreden, weiterdenken … .

Nein, Kindchen. Es ist ohnehin alles gesagt! Du weißt es. Ich weiß es. Und das ist gut so! Die Dame mit Hut steht auf. Ihr Glas in der

Hand: Auf unsere Knochen! Auf unser Fleisch! Und unsere Seele! Die an ihnen hängt. Sie belebt und prägt.

Vom ersten bis zum letzten Tag.

63

Ihr letzter Tag scheint noch fern.

Und doch besucht sie ein halb abgenagter Körper.

Im Morgengrauen. Kniet er vor der Kommode. Nimmt die Knochen aus der Schublade. Wirft sie hoch. Fängt sie auf … . Wieder und wieder. Die Knochen werden zu Keulen. Beschwingt und bunt.

Wirbeln sie durch die Luft.

Beim Erwachen fallen sie.

Auf ihre Bettdecke. Sind Arme.

Die sich recken und strecken. Bereit zu tun, was getan werden muss. Sie springt aus dem Bett. Und öffnet das Fenster: Häkchen tanzen vom Himmel. Mittendrin tanzen die Großmutter und der Großvater.

In ihrem schönsten Gewand.

Sie winkt ihnen zu und weiß:

Heute darf sie den Leuchter nicht vergessen!

Den Gefährten der Freude. Nach überstandener Gefahr wird auf ihm Abend für Abend eine Kerze mehr entzündet. Anders als bei den Lichtern am Baum. Die auf einmal erstrahlen. In diesem Jahr beginnen Baum und Leuchter gemeinsam ihr Fest.

Beschenken sie. Mit einem Harnisch.

Aus Heiterkeit.

Das Geschirr auf dem Tisch.

Den sie am Vormittag für den Abend deckt.

Das Gespräch an der Tür. Mit den Eltern des toten Mädchens, die ihr eine Rose schenken. Die Generalprobe mit dem Jungen, dessen rotzig raue Stimme aus den heiligen Schriften liest. Werden ihr zum schützenden Schild. Das sie unter ihrem weiten und langen Kleid trägt. Als sie wenige Stunden später die Gaffer begrüßt.

Vor denen der Leiter der Ermittlungen gewarnt hatte.

Sie füllen das Haus mit den Glocken.

Bis unters Dach. Fotografieren den Platz.

An dem die Leiter stand. Und den Baum mit der Lichterkette. An der noch die Fingerabdrücke der Toten kleben … . Sie stellt sich genau dorthin, wo ihre Mitarbeiterin lag. Und spricht über den Schrei des Kinds. Den Schrei der Frau. Und den Schutz.

Den vor allem Schwache und Schwankende brauchen.

Dem Spötter ins Gesicht.

Der Spötter sitzt auf der vordersten Bank.

Schulter an Schulter mit der Ehrenvorsitzenden.

Die am Ende einen Nachruf spricht. Auf die Frau, die das Haus mit den Glocken pflegte. Gesetzt und geschickt. Gibt sie den Gaffern das Gefühl, dass ihr Tod dem Gremium einen großen Verlust zugefügt hat.

Kopf und Körper giften: Die ist froh, dass sie tot ist!

Die wünscht Dir nichts anderes!

Sie verwünscht die beiden.

Für diesen Hieb. Unter dem sich die Heiterkeit weg duckt.

Und in der Hocke verharrt. Während sie an der Tür steht und die Gaffer verabschiedet. Sie loben die Ehrenvorsitzende und den Spötter. Der allen erzählt zu haben scheint, dass er eine neue Leiter besorgt hat.

Und dem Baum die Lichter aufgesteckt hat.

Gegen ihren Willen.

64

Willkommen und Dank.

Kommen ihr erst im Haus entgegen.

In Gestalt des Leuchters. Auf dem die erste Kerze brennt. In Gestalt der Dame mit Hut, die wieder ihre Baskenmütze trägt. Gefeit und gewappnet gegen jeden Angriff. Glüht und sprüht sie:

Wunderbar hast du das gemacht!

Ganz wunderbar!

Bei diesen Worten.

Erhebt sich die Heiterkeit. Aus der Hocke.

Und spannt ihr Kleid aus. Wie einen Schirm. Unter dem die beiden Platz nehmen. Bis sie zum zweiten Mal ins Haus mit den Glocken muss. Der Junge mit der rotzig rauen Stimme steht an der Tür: Meinen Sie, dass wir heute ein Zeichen bekommen?

Von der verunglückten Frau, die dieses Haus gepflegt hat.

Und von meinem toten Mädchen … .

Sie gibt ihm die Hand:

Ich weiß es nicht. Aber unmöglich ist es nicht.

Der Junge denkt an die Buche. Und an das Namensschild. Das seinen Finger gewärmt hat: Ja, unmöglich ist es nicht! Er stellt die Glocken an. Als wollte er die beiden aus großer Ferne herbeirufen.

Und die Menschen im Dorf einladen.

Zur Feier des Lebens. Geboren in Nacht und Not.

Nimmermehr Gaffer.

Nur Gebeugte. Auf der Suche nach Glück.

Kommen herbei. Lauschen dem Geläut. Das auf und ab wogt. Laben sich am Licht. Das sich vom Baum her ausbreitet. Lenken den Blick. Zu dem Ort, an dem eine von ihnen starb. Plötzlich donnert ein Schlag durch das Haus mit den Glocken.

Streckt Geläut und Licht nieder. Auf einen Streich.

Angezählt wie Boxer.

Hängen sie den Seilen. Rappeln sich hoch.

Aus Schweigen und Schwärze. Im allerletzten Moment. Wogen und strömen weiter. Als sei nichts geschehen. Doch der Junge mit der rotzig rauen Stimme und sie wissen: Es ist mehr geschehen. Als sie zu hoffen wagten. Und begrüßen die Toten und Lebenden.

Mit einem bezaubernden Lächeln.

Das Lächeln breitet sich aus.

Von Gesicht zu Gesicht. Von Bank zu Bank.

Bestaunen die Menschen das wieder erwachte Läuten und Licht. Verharren viele Minuten aufmerksam und andächtig. Im Resonanzraum ihrer Kraft und Klarheit. Bis Schweigen und Schwärze besiegt sind.

Nach Punkten.

65

Mit dem Sieg in der Tasche.

Kehrt sie zu ihrer Freundin zurück:

Hast Du gehört, wie lange die Glocken geläutet haben? Die Dame mit Hut deutet auf den Leuchter: Ich habe es gehört und gesehen! Unsere Kerze ist fast niedergebrannt. Jetzt glänzen Deine Augen.

So hell und hehr. Wie ihr Licht.

Sie lacht. Und lässt sich fallen.

Auf den Stuhl neben dem Leuchter: Und Du?

Die Stimme der Älteren flackert im Rhythmus der Kerze: Meine Toten rufen nach mir. Sie sitzen zuhause an unserem großen Tisch. Wie jedes Jahr um diese Zeit … . Verstehst Du? Sie versteht sofort: Dann bringe ich Dich zu ihnen. Dann fahre ich Dich morgen nach hause.

Die Kerze auf dem Leuchter verlischt.

Das würdest Du tun?

Sie schaut auf den Wachsrest im Leuchter:

Ich werde Dich vermissen. Aber ich weiß, dass Du gehen musst. Ich würde das auch wollen. Wenn die Großmutter und der Großvater mich rufen: Ungeduldig und unabweisbar. In ihrer Sehnsucht. Nach mir.

In meiner Sehnsucht. Nach ihnen.

Du verstehst mich. Wie niemand zuvor.

Die Dame mit Hut erneuert die Kerze auf dem Leuchter:

Viele haben sich abgewendet. Weil ich es nicht aushalte, lang und länger von zuhause weg zu sein. Sie bedauern mich. Als sei es verrückt. Die Ohren zu öffnen. Für Unerhörtes. Und die Augen.

Für Unsichtbares.

Ein Streichholz in der einen Hand.

Die Schachtel in der anderen. Sinniert sie:

Ohne Reibung kein Funke. Keine Flamme. Und nicht die Frage: Wofür brennen wir? Du und ich. Wofür? Die Dame mit Hut lässt das Streichholz an der Schachtel entlang gleiten. Es zischt und zündet.

Das Feuer fasst Fuß.

Am Lebensfaden der Kerze.

Das Knistern greift über.

Auf Körper und Kopf. Bis sie zum Klavier eilt.

In Tönen entflammt. Und das Haus füllt. Mit Klang und Gesang. Ihre Zuhörerin klatscht: Was für ein ergreifendes Stück! Woher hast Du das? Sie setzt sich wieder an den Tisch: Das war … .

Das ist. Mein erstes Lied.

Dein erstes Lied?

Die Dame mit Hut lächelt: Es klingt.

Als hättest Du nie etwas anderes getan und gewollt! Sie deutet auf die Kerze: Wollen würde ich schon! Mein Singen glüht in mir. Wie ein Feuer ohne Flamme. Magst Du hören, wie alles begonnen hat? Die Ältere öffnet eine Flasche Wein: Natürlich möchte ich!

Vom ersten Auftakt an.

Da holt sie den Kellner.

Mit an den Tisch. Schenkt zwei Gläser voll Wein ein.

Und erzählt. Und erzählt. Und erzählt. Die Schublade ruckt und rutscht weiter aus der Kommode. Ganz hinten rollt ein Schlüssel unter der Schürze des Kellners hervor. Gerade groß genug, um nicht übersehen zu werden. Glänzt und gleißt er wie Gold. Sie greift danach.

Und erwacht.

66

Den Kopf auf ihrem Teller.

Die Arme auf dem Tisch. Ächzt der Körper:

Wie konntest Du nur! Ätzend! Sie stemmt sich hoch. Und sieht sich um: Zwei Gläser. Zwei Weinflaschen. Dazwischen der Leuchter. Mit zwei neuen Kerzen … . Die Küchenuhr zeigt zwei vor Halbzehn.

Gleich wird es läuten. Und sie muss wieder hinauf.

Ins Haus mit den Glocken.

Zu zweit stehen sie auch hier.

In der Tür. Der Mann mit dem halblangen Haar.

Und neben ihm die Frau, die das Haus mit den Glocken pflegte. Die Frau zwinkert ihr zu: Alleine schafft er es nicht. Außerdem sehne ich mich nach Ihnen. Sie zwinkert zurück. Der Mann mit dem halblangen Haar fragt: Alles in Ordnung mit Ihnen?

Ihre Augen zucken. Als seien Sie todmüde.

Tot bin ich nicht.

Aber sehr, sehr müde. Das stimmt.

Antwortet die Frau, die das Haus mit den Glocken pflegte. An ihrer Stelle. Der Mann mit dem halblangen Haar gähnt: Geht mir genau so. Ist zum Glück nur Schongang heute. Und nachher ein Braten. Oder wie halten Sie das? Sie denkt an die Dame mit Hut.

Die sie nach hause fahren muss. Schweigt und schaut.

Nach vorn zu den Bänken.

Leer und leblos.

Laden sie zum Langmachen ein.

Die Frau, die das Haus mit den Glocken pflegte, hängt sich bei ihr ein. Gemeinsam berichtigen sie: Braten? Haben wir den nicht zur Genüge gerochen? Der Mann mit dem halblangen Haar zieht seine Brauen hoch: Wir? Sie zeigt hinunter ins Dorf: Ja, wir alle!

Erinnern Sie sich nicht?

Ihr Gegenüber wird rot:

Meinen Sie unsere letzte Sitzung?

Und was danach kam – hier und vor dem Haus Ihres Kollegen? Sie nickt: Da ist leider vieles angebrannt. Auch heute traue ich dem Braten nicht. So wenige kommen selten. Wo ist eigentlich unser Musiker? Der Mann mit dem halblangen Haar hebt seine Nase.

Schnuppert und schnüffelt:

Riecht nach Verrat.

Verraten und verkauft? Sie und ich?

Die Frau, die das Haus mit den Glocken pflegte, drückt.

Einen Ellenbogen in ihre Seite. Kopf und Körper nehmen den Druck auf und drängen: Komm! Spiel ein Lied. Komm! Sprich ein Gebet. Komm! Lies einen Text!

Und dann geh. Und komm nie wieder.

Wieder.

Wieder kommen wir alle.

Wiederholen lässt sich nichts.

Hält sie den beiden entgegen. Und bleibt in der Tür stehen. Die Frau, die das Haus mit den Glocken pflegte, huscht hinaus. Vorbei an dem Mann mit dem halblangen Haar. Der nichts spürt. Von ihrem Vorübergehen. Unwirklich und unabweisbar. Wie der Tag.

Der draußen anbricht.

Während sie drinnen alles abbricht.

Die Gekommenen bittet, gegen die Gerüchte anzugehen.

Und im Gedenken an den Mann aus Nazareth, wahrhaftig und widerständig zu sein. Damit im Haus mit den Glocken wieder Mitgefühl und Miteinander einziehen können. Der Mann mit dem halblangen Haar wünscht ihnen einen schönen Festtagsschmaus.

Und denkt an den Braten.

Den er gleich in den Backofen schieben wird.

67

Auch sie geht in ihre Küche.

Singt und säubert. Den Tisch.

Trägt Brötchen, Butter und Beilagen auf. Und kocht Kaffee. Die Tasse in beiden Händen. Schlürft und schmeckt sie. Schluck für Schluck. Als sei es das erste Mal. Als sei sie das erste Mal.

Stark. Wie ihr Kaffee.

Geröstet und gemahlen.

Aufgegossen. Unter Dampf.

Spiegelt die Schwärze. Das Weiß ihrer Nasenspitze. Kopf und Körper näseln: Diesmal hast Du die Nase vorn. Sie stellt die Tasse ab. Legt zwei Finger auf ihre Nasenflügel. Und näselt zurück: Ich hab's gerochen. Dass heute morgen Schluss sein muss.

Bevor es beginnt.

Bevor was beginnt?

Die Dame mit Hut klopft an den Türrahmen:

Ich hab' mir mal Deinen Bademantel geliehen! Aber wenn etwas beginnt … gleich jetzt … ich mach' mich sofort fertig! Sie steht auf und nimmt die Ältere in den Arm: Nur mit der Ruhe. Ich erklär's Dir.

Magst Du Kaffee und Brötchen?

Mit jedem Bissen.

Krümelt mehr Begreifen.

Auf den Teller der Dame mit Hut. Sie betrachtet die Krümel: Nur drei? Kein Musiker? Das ist zu wenig. Und zu viel. Für Dich. Sie malt ein Zeichen in die Luft. Kopf und Körper erkennen: Es ist der dritte Buchstabe. Aus der Sprache des Großvaters. Mit weit ausholendem Schritt. Langem Hals. Und nach vorne gerecktem Kopf.

Trabt er durch Wörter.

Und Wüsten. Wie ein Kamel.

Die drei ein Kamel?

Sie lacht und klopft sich selbst auf die Brust:

Das Kamel bin wohl eher ich! Die Dame mit Hut lacht nicht: Humor hast Du. Höcker auch. Aber die drei werden in die Welt tragen, was Du ihnen aufgeladen hast. Wenn Du Glück hast, bleiben sie dabei.

Aufrecht und aufrichtig.

Wie ihre behuften Artgenossen.

Du meinst, ich habe einen Fehler gemacht?

Hätte nicht sagen sollen, was ich gesagt habe?

Die Dame mit Hut zieht die Schultern hoch. Und lässt sie wieder fallen. Kopf und Körper falten ihr die Hände. Ohne dass sie es will und weiß. Ruhen sie in ihrem Schoß. Als sei sie ihre Großmutter, die stets so da saß. Wenn der Großvater etwas bedachte.

Das sie ihm aufgetischt hatte. Mit Temperament.

Meist willigte der Großvater ein.

In die Worte und Taten der Großmutter.

Seine Stirn glättete sich. Seine Augen glänzten wieder. Und die Hände der Großmutter wanderten. Aus ihrem Schoß quer über den Tisch. Zum Großvater. Der ihre zarten in seine starken Hände nahm.

Das Gespräch ging weiter.

68

Auch die Dame mit Hut spricht weiter:

Dass Du gesagt hast, was Du gesagt hast.

Lässt sich nicht mehr ändern. Und wer weiß, wofür es gut ist! Wir überblicken nie das Ganze. Überschauen nie, was durch uns zur Wirkung kommen will. Sie schenkt der Älteren Kaffee nach: Ja, wer weiß, wofür es gut ist! Dass ich gezeigt und gesagt habe, was mich bewegt! Ihre Freundin streift die Kapuze des Bademantels nach hinten.

Eine Fülle grauer Haare fließt hervor.

In diesem Moment klingelt es.

Willst Du wirklich aufmachen?

Kopf und Körper schauend sie warnend an.

Sekundenlang. Wägt sie ab. Setzt ein Lächeln auf und geht zur Haustür. Dahinter wartet ein Blumenstrauß. Und der Postbote: Ich möchte mich bedanken. Für neulich. Das war sehr schön.

Wir beide auf der Treppe.

Mit Kolter und 'ner Tasse Kaffee in der Hand.

Das aufgesetzte Lächeln weicht.

Aufrichtigem Lachen: Wie wunderbar!

Dass Sie daran noch denken. Kommen Sie herein. Wir haben Platz am Tisch. Sie leitet den Postboten in die Küche. Stellt ihn der Dame mit Hut vor. Die ihre Haare wieder mit der Kapuze bedeckt hat. Und holt eine Vase für die leuchtenden Blüten.

Eingebettet in duftendes und dunkles Tannengrün.

Der Postbote zeigt auf den Leuchter.

Auf dem jetzt die zwei Kerzen brennen:

Wie schön! Ich habe auch so ein Prachtstück! Die Dame mit Hut reicht ihm den Brotkorb: Das ist mehr als ein Prachtstück! Es ist ein Stück Heimat, junger Mann! Der Postbote greift in den Korb: Oh! Dann haben wir die gleichen Wurzeln.

Das ist genauso besonders. Wie die Kaffeepause.

Mit Blick zur Langnase.

Apropos. Der Postbote wendet sich ihr zu:

Wo ist denn unser kesser und kühler Kamerad?

Ihre Stimme erbebt: Der wurde umgebracht. Als ich weg war, um meine Freundin abzuholen. Die Dame mit Hut ergänzt: Als wir kamen, war der arme Kerl ein unförmiger Klumpen. Der Blick des Postboten wird starr: Und ich habe gedacht, diese Zeiten sind vorbei!

In denen Hetze und Hass regiert.

Und sich abreagiert. An den Wehrlosen.

Sie streicht über den Leuchter:

Wir lassen uns nicht unterkriegen!

Und irgendwann werde ich herauskriegen, wer meine Langnase zusammengetreten hat. Der Postbote bestreicht sein Brötchen mit Bedacht: Wenn nicht, helfe ich Ihnen. Die Dame mit Hut lächelt: Es ist gut, nicht alleine zu sein. Mit dem, was auf uns lastet.

Aus Geschichte und Gegenwart.

Ist Ihnen auch schon mal Gewalt widerfahren?

69

Der Postbote winkt ab.

Als wollte er nicht wissen, was er weiß.

Beißt in das Brötchen. Nimmt einen Schluck aus seiner Tasse. Wischt sich über den Mund. Und nestelt unter seinem Pullover eine Kette hervor. Sanft und sacht. Legt sie einen Stern in seine Hand.

Geformt aus zwei Dreiecken.

Gefällig und gleichschenkelig.

Ineinander verschränkt. Wirken sie.

Wie ein sechszackiger Strahlenkranz: Dieser Stern hat meiner Mutter gehört. Davor ihrer Mutter, Großmutter und Urgroßmutter. Ich bin vermutlich das letzte Familienmitglied, das er begleitet.

Bei Tag und bei Nacht.

Die Dame mit Hut beugt sich nach vorn.

Zu der Hand des Postboten hin. Die den Stern trägt.

Wie ein Teller: Was für ein schöner Schmuck! Er scheint sehr kostbar zu sein! Der Teller beginnt zu zittern. Der Postbote legt seine Finger über den Stern. Und lässt ihn wieder unter den Pullover gleiten:

Ja, sehr kostbar. Wie fast alles.

Was die Geschichte unserer Vorfahren ausmacht.

Sie stellt eine Kanne auf den Tisch:

Tschuldigung. Ich war abgelenkt. Vom Kaffee kochen.

Um was für einen Schmuck geht es? Darf ich ihn sehen? Der Postbote beißt erneut in sein Brötchen und brummt: Es ist ein Stern! Er schützt mich vor einer Vergangenheit, die meine Schuhe füllt mit Blut und mit Blei. Besser wir lassen ihn, wo er gerade ist.

Nämlich genau vor meinem Herz.

Das Herz der Älteren flimmert.

Während der Postbote spricht. Flattert und flieht es.

Für einen Moment zu ihrer ermordeten Familie zurück. Bis sie sich wieder fasst. Und fragt: Was haltet Ihr davon, wenn wir uns der Gegenwart zuwenden? Das Frühstück genießen.

Und besprechen, wie ich nach hause komme.

Am liebsten noch heute.

Der Postbote schaut zur Uhr:

Wie wäre es, wenn ich Sie zurück fahre?

Die Dame mit Hut strahlt ihn an: Das wäre famos! Einfach fantastisch! Zumal ich noch nie in einer rollenden Sonne gesessen habe! In einer rollenden Sonne? Der Postbote lächelt: Ein schöner Gedanke! Dass so viel Kraft und Energie mich begleiten.

Das Pedal werde ich aber nicht durchtreten.

Müssen Sie auch gar nicht!

Ich habe Geduld. Und ein Gästebett.

So dass wir gemütlich reisen können. Die Dame mit Hut gähnt. Entspannt und erleichtert. Gähnen Kopf und Körper mit. Sie gesteht: Das ist eine große Hilfe für mich! Ich muss morgen früh wieder im Haus mit den Glocken sein. Der Postbote lacht: Ich nicht. Erst am Spätnachmittag. Zu einem Kaffee auf der Treppe.

Vielleicht begrüßt mich dann ein neuer Kamerad.

Kess und kühl. Mit langer Nase.

70

Und tatsächlich.

Am nächsten Morgen flocken die Häkchen.

Als sei der Winter im Winter eine Selbstverständlichkeit. Und die Wiederkehr des Verlorenen auch. Sie atmet tief durch: Warum sollte das im Haus mit den Glocken anders sein? Warum ihre Worte nicht wirken?

Die sie gestern den drei Besuchern aufgeladen hatte.

Wie Lasttieren. Mit zwei Höckern.

Beschwingt von Zuversicht.

Springt sie die Treppe hinauf.

Die etwa gleichaltrige Frau steht in der Tür: Ich hoffe, ich habe alles richtig gemacht. Mit dem Brot und dem Wein. Sie hält inne. Und sieht nach vorn: Das sieht sehr festlich aus! Vielen Dank! Ist es nicht wunderbar, dass so viele die Einladung angenommen haben?

Ihre und meine.

Sie geht durch den Mittelgang.

Begrüßt Menschen. Rechts und links.

In der ersten Reihe sitzen der Spötter und die Ehrenvorsitzende. Sie deutet auf den Tisch unter dem Kreuz. Machen wir es mit Brot und Wein wie immer? Die beiden sagen wie aus einem Mund: Ja.

Und reichen ihr nacheinander die Hand.

Als sei es selbstverständlich.

Selbstverständlich.

Wie bei dem Mann aus Nazareth.

Der Brot und Wein teilte. Im Wissen um alles. Was Hände vermögen. Wenn das Herz sich verirrt. Und nicht zurückfindet. Zu der ihm eigenen Harmonie. Diesem Gleichtakt. Aus Fleisch und Blut.

Bereit. Sich zu hinzugeben.

An das Leben.

Kopf und Körper mögen diese Hingabe.

Einzig und allein gegeben durch Freiheit.

Unabhängig. Von Lob und Lamento. Von Zuneigung und Zorn. Macht sie Brot und Wein zu einer Macht. Aus der Erneuerung kommt. Wie an diesem Morgen. Als der Spötter, die Ehrenvorsitzende und sie gemeinsam verteilen. Was ihnen zuteil wird.

Im Augenblick.

Es ist ein Augenblick der Auflösung.

Von Du und Ich. In ein Wir. Das alle Abgründe überbrückt.

Im Vorgeschmack eines Friedens. Von dem schon der Mann aus Nazareth und seine Vorfahren wussten, wie zerbrechlich er ist. Vor allem, wenn ein Herz aus dem Takt gerät. Und um sich schlägt.

Mit Händen und Füßen.

Jetzt aber stehen sie.

Fuß an Fuß. Hand in Hand. Im Kreis.

Wünschen einander Frieden. Für den Weg. Zurück in die Welt. Von Häkchen bedeckt. Kleidet sie das Haus mit den Glocken in Stille. Bis sich die Tür öffnet. Und die jüngsten Besucher die Treppe hinunter stieben. Häkchen zu kleinen Bällen formen.

Die ihnen aus den Händen fliegen. Voller Überschwang.

Und Übermut.

71

Das Kind in ihr überlegt.

Ob es mitmachen soll. Überlegt.

Ob das zusammenpasst. Mit dem Pinguin. Den sie verkörpert.

Während sie vor der Tür steht. Umrahmt vom Ausblick auf das weiß überzuckerte Dorf. Und allen À dieu sagt. Erst als auch die etwa gleichaltrige Frau gegangen ist, weiß das Kind, was es will:

Eine Langnase bauen.

Noch vor dem Mittagessen.

Sie strahlt und stimmt zu.

Gemeinsam treten die beiden vors Haus.

Rollen und türmen. Die Kugeln. Suchen und finden. Die längste Karotte. Die schönsten Nüsse. Geben ihrem neuen Kameraden das alte Gesicht. Das Kind aber ruft: Diesmal bekommt er Besen und Hut!

Zur Verteidigung!

Gegen Kälte und Killer!

Der Besen und der Hut.

Warten im Keller. Verstaubt und Vergessen.

Freuen sie sich auf das Tageslicht. Und ihre Aufgabe. Zu schützen, was nicht beschützt werden kann. Und doch beschützt werden muss. Damit ihr Herz nicht aus dem Gleichtakt gerät. An diesem Tag. Und allen anderen Tagen. Nach diesem Wintertag.

Der ihr und dem Kind den Postboten zurückbringt.

Kurz vor dem Dunkelwerden.

Rollt er mit seiner Sonne herbei.

Das Sahnehäubchen hat der Fahrtwind abgeschleckt. Das Tempo ist schneller als beim ersten Mal. Aber langsam genug. Um den Häkchen die ihnen gebührende Aufmerksamkeit zu lassen.

Beim Lenken und Denken.

Sie öffnet die Tür und ruft:

Wie schön! Dass Sie wieder da sind!

Der Postbote dreht sich weg von seiner Sonne. Zu ihr und der Langnase hin: Ja! Das ist schön! Und noch schöner ist Ihr neuer Kamerad! Aber was machen wir damit? Er stellt eine Tüte vor ihren Füßen ab und holt einen Hut heraus. Kohlrabenschwarz und kreisrund: Den hat mir Ihre Freundin mitgegeben. Für Ihren neuen Kameraden.

Damit er behütet ist.

Der Hut ist zu klein.

Für die große Langnase.

Kopf und Körper drehen ihn. In ihren Händen. Vor und zurück. Wie ein Rad. Das Kind hält das Rad an. Und rät: Stell der großen Langnase doch eine kleine Langnase zur Seite! Häkchen gibt es.

Mehr als genug. Und Hilfe hast Du auch.

Also los!

72

Es ist der Postbote.

Der lachend die erste Kugel rollt.

Nachdem sie ihm vom Vorschlag des Kinds erzählt hat. Das Lachen reißt sie mit. Rollt gemeinsam mit ihr die zweite Kugel. Auf die dritte verzichten der Postbote und sie. Damit der Hut passt.

Und eine winzige Karotte auch.

Juhu! Ihr habt es geschafft!

Jauchzt und jubelt das Kind.

Und hüpft mit ihr um die neue Kameradin und den neuen Kameraden herum. Der Postbote ruft: Wann gibt es Kaffee? Sie ruft zurück: Wenn auch Sie einmal um die beiden herum gehüpft sind! Da schließt sich der Postbote an. Springt und singt.

Als hätte er nie etwas anderes getan.

Eine Kindheit lang.

Unbeschwert und unbekümmert.

War diese Kindheit nicht. Das begreift sie.

Beim Kaffee am Küchentisch. Auf dem Leuchter brennen drei Kerzen. Still und stumm. Wie sie. Der manches die Sprache verschlägt.

Was der Postbote mehr in seine Tasse spricht, als zu ihr hin. Kopf und Körper lassen sie schließlich sagen: Für das, was Sie niederdrückt.

Und für das, was Ihrer Familie widerfahren ist.

Müssen Sie sich nicht schämen.

Ich schäme mich nicht!

Aber ich will es endlich loswerden!

Nicht mehr wissen, was ich weiß! Nicht mehr fühlen, was ich fühle! Der Postbote ist außer sich. Sein heftiger Atem bringt die Kerzen zum Flackern: Oder wie ginge es Ihnen? Wenn Sie fast jede Nacht aufgeschreckt würden von dem Schuß einer Pistole.

Der Ihrem Urgroßvater die Schläfe zerfetzt hat.

Und wie stünde es um Sie?

Wenn Sie ständig Schreie hören müssten.

Die Schreie Ihrer Urgroßmutter und Großmutter. Denen Soldaten die Kleider heruntergerissen haben. Und über sie hergefallen sind. Während beide das Bewußtsein verloren. Um nie mehr aufzuwachen.

Verstehen Sie? Nie mehr!

Die Kerzen verlöschen.

Mit seinen Worten. Wird auch sie eingetaucht.

In Dunkel und Drangsal. Bis ein leises Klicken die Flammen wieder entfacht. Und der Postbote flüstert: Wie gut, dass ich fast immer ein Feuerzeug in der Hosentasche habe. Wie gut, dass Sie hier geblieben sind. Hier am Tisch. Hier bei mir.

Obwohl mein Kaffee soviel Bitterstoffe freigesetzt hat.

Tschuldigung! Das wollte ich nicht!

Das will keiner und keine!

Woher wissen Sie denn von alledem?

Der Postbote legt das Feuerzeug auf den Tisch: Von meinem Vater. Er war versteckt hinterm Ofenholz. Gemeinsam mit meinem Großvater, den sie eigentlich holen wollten. Er hat seinem kleinen Sohn den

Mund zugehalten. Das hat sie beide gerettet. Zumindest hat mein Großvater es später so erinnert und erzählt.

Und mein Vater hat es mir weitererzählt.

Der Postbote hält ihr seine Tasse hin:

Haben Sie noch einen Schluck für mich?

Sie gießt ihm und sich nach. Und löffelt etwas Zucker in ihren Kaffee: Damit wir uns nicht verlieren in der Bitternis! Ihr Gegenüber lächelt: Das ist es, was ich mir wünsche. Dass ich endlich teilhaben kann an der Süße des Lebens! Mich nicht verbeiße und verschleiße.

Am Schicksal meiner Familie.

Sie deutet auf eine Schüssel.

Im Regal: Die ist von meiner Großmutter.

Wenn der Schmerz um ihren ermordeten Mann sie zu überwältigen drohte, hat sie darin Teig angerührt. Teig für Plinsen. Mit Butter und Zucker satt. Es war ein Genuss, der Gram und Grauen von ihr genommen hat. Der Postbote seufzt: Dann darf ich nochmals vorbei kommen?

Und Sie backen Plinsen?

Nach dem Rezept Ihrer Großmutter? Sie nickt.

73

Und nickt wieder.

Als spät am Abend das Telefon klingelt.

Die Dame mit Hut klingt besorgt: Hast Du Zeit? Ich muss Dir vom Postboten erzählen! Ihr Nicken findet hinein in eine Antwort: Ja, gerne! Denn auch ich habe vieles gehört! Von ihm und über ihn.

Und über das Los seiner Familie. Aber zuerst Du!

Du und der Postbote.

Sie erfährt von der Fahrt.

Mit der gelben Sonne. Durch Schnee und Eis.

Von den Fragen der Dame mit Hut. Die dem Postboten einen Weg eröffnet haben: Zu dem, was ihm die Lebensfreude von den Knochen nagt. Zu dem, was er nicht erinnern will, aber erinnern muss. Für einen Neuanfang. Im Hier und Jetzt.

Das für ihn eine andere Wirklichkeit birgt.

Als für sie. Und die Dame mit Hut.

Es ist ein schwerer Weg.

An dessen Rand ein Spross keimt. Mitten im Winter.

Die Dame mit Hut weiß um die Grünkraft, die in ihm steckt. Wenn sich der Postbote seinen Erinnerungen stellt: Ich habe ihm einen Namen genannt. Und eine Adresse. Sie entgegnet: Du meinst, ich kann ihm nicht helfen? Und Du auch nicht?

Es knackt und knarrt in der Leitung.

Nach einer Weile hört sie wieder.

Entstört und ernst. Die Stimme der Dame mit Hut:

Nein, Kindchen. Das können wir nicht! Ich bin zu alt. Und Du bist zu unerfahren. Um mit ihm durch die Hölle zu gehen, die sein Vater in ihm entfacht hat. Weil er nicht wusste, wohin mit seinen Qualen, musste sein Jungen herhalten. Für alles.

Was er alleine nicht aushalten konnte.

Der Postbote ist nicht älter als ich.

Warum überfällt ihn, was ich überstanden habe?

Sie presst den Hörer an ihr Ohr. Wie eine Muschel. Die eine Perle birgt. Die Dame mit Hut zeigt ihr die Perle: Du hattest Großeltern und Eltern, die sehr viel Wissen und Weisheit in sich trugen. Sie konnten über sich selbst hinausschauen und Dich schützen.

Auch vor dem, was an ihnen nagte und fraß.

Beim Postboten war das nicht so.

Der Großvater belud seinen Vater.

Mit der Erinnerung. An den Tod seiner Familie.

Und der Vater des Postboten hat es dann ähnlich gemacht. Bis der

Junge auf und davon lief. Um nicht zu verglühen im Sog eines Feuers. Das immer wieder in ihm lodert. Und ihn leiden lässt.

Als hätte er mit seinem Vater und Großvater ausgeharrt.

Hinterm Ofenholz.

Die Dame mit Hut holt tief Luft:

Und Erklären allein nutzt nichts! Glaube es mir!

Unser Freund muss das alles selbst ergründen und entdecken können. Deshalb bitte kein Wort darüber. Von Dir zu ihm. Sie nimmt die Erläuterungen der Älteren in sich auf. Wie eine scharfe Medizin.

Kopf und Körper schütteln sich.

Schicken Entsetzen.

Und Einverständnis. Zu ihr und ihrer Freundin.

Die ihr gemeinsames Schweigen nach einer Weile bricht. Und mit warmer und weicher Stimme fragt: Das klingt sehr hart für Dich, oder? Sie antwortet ebenso warm und weich: Zumindest weiß ich jetzt, dass die Plinsen meiner Großmutter ihm nicht helfen werden.

Und dass ich sehr viel Glück hatte.

Ich danke Dir sehr!

Mit diesem Dank.

Verabschieden sich die beiden Frauen.

Lassen sich ein. Auf die Ruhe und Rast einer Nacht. Zu deren Beginn sie sich weiter für einander geöffnet haben. Um auszuloten und auszusprechen. Was ihnen möglich ist.

Und was nicht.

74

Das Annehmen eigener Grenzen.

Haben Kopf und Körper ihr schon lange gewünscht.

Wenn sie meinte, helfen zu müssen. Obwohl es über ihre Aufgaben weit hinausging. Obwohl sie von Anbeginn an spürte, dass jemand zu sehr nach ihr griff. Angelockt von ihrem langen und weiten Kleid. Und dem Ansehen, das ihm Jahrhunderte lang anhaftete.

Und immer noch anhaftet. Wenn sie es überstreift.

Wie eine zweite Haut.

Diese Haut nährte auch in ihr die Fantasie.

Der Unbegrenztheit. Ihrer Kräfte und ihres Könnens.

Nähte sie ein. In ein wenig Weiß und viel Schwarz. Als gäbe es für sie kein Anrecht zu unterscheiden. Zwischen dem, was möglich ist. Und was zu viel. In der Begegnung mit dem Wollen und Wünschen.

Des Spötters und der Ehrenvorsitzenden.

Und vieler anderer.

Doch diesmal locken sie Kopf und Körper.

Zur Bank am See. Lassen sie die zweite Haut ablegen.

Lehren sie Pause zu machen. Mitten an einem klirrend kalten Arbeitstag. Die Weide trägt gefrorene Häkchen im Haar. Der Sand ist von Firnis bedeckt. Das Holz der Bank reckt und räkelt sich.

In der Sonne. Lädt sie ein.

Zum Verweilen.

Sie nimmt die Einladung an.

Fühlt sich verbunden. Mit den Fischen.

Die im Winter rasten und ruhen. Abseits der Hauptströmung. Wo auch der Großvater und die Großmutter sich gerne aufhalten. Sie hofft, dass die beiden wach sind. Und hören. Wie sie sich bedankt. Für ihr Wissen und ihre Weisheit. Die ihr den Weg gezeigt haben.

Ins Leben und Lieben.

Allen Wirren und allem Irren der Geschichte zum Trotz.

Plötzlich sitzt die Großmutter neben ihr.

Und murmelt: Nicht Du musst Dich bedanken.

Sondern ich. Erst mit Dir kam wieder Licht in meine Tage. Erst durch Dich habe ich Abstand gewinnen können von allem, was dem

Großvater und mir angetan wurde. Und ich bin sicher. Deinen Eltern ging es nicht anders … . Du warst und bleibst.

Unser Sonnenschein.

Ihr Gesicht strahlt.

Wie zur Bestätigung. Und sieht der Großmutter nach.

Die zum Großvater eilt. Der ihr noch einen Buchstaben beibringen möchte. Vor dem Mittagsschläfchen. Der Buchstabe besteht aus zwei Strichen. Sie stoßen im rechten Winkel aufeinander. Der eine zeigt senkrecht nach unten. Der andere nach links.

Er ist etwas kürzer. Und doppelt so breit.

Wie sein aufrechter Gefährte.

Die Großmutter fragt:

Fehlt da nicht ein Strich? Es sieht unfertig aus.

Als hätte jemand seinen Stift etwas zu früh beiseite gelegt. Der Großvater freut sich. Über seine findige Schülerin. Und erklärt: Deine Beobachtung ist richtig und falsch zugleich.

Oder wie sonst ließe sich eine Tür darstellen?

Drei Striche zeigen einen Türrahmen.

Zwei die Tür. Wie sie aufgeht und zugeht.

Wie sie einlädt und abweist. Wie sie sich öffnet und schließt. Die Großmutter schmunzelt. Vielsagend und vielversprechend. Zum Großvater hin. Malt den Buchstaben mit ihrem Finger in den feuchten Sand.

Und zieht ihn hinter die Tür.

75

Das erinnert sie.

An einen Satz aus dem heiligen Buch:

Ich bin die Tür. Sagt der Mann aus Nazareth. Und fügt hinzu: *Wer durch mich hineingeht, wird glücklich werden.* Um an sich selbst deutlich zu machen, dass manche Menschen anderen zu einer Tür werden können.

Zu einer Tür, die ihnen hilft ihr Glück zu suchen und zu finden.

Und abzuschließen mit dem.

Was sie hinter sich lassen möchten oder müssen.

Die Großmutter war eine Tür.

Für sie und den Großvater. Und umgekehrt.

War auch sie eine Tür für die Großmutter. Das nimmt sie mit. Von der Bank am See. Auf der Fahrt nach hause muss sie an den Jahreswechsel denken. Der kurz bevor steht.

Für viele Menschen ist auch dieser Übergang eine Tür.

Durch die sie mit guten Vorsätzen gehen.

Manche klopfen bei ihr an.

Um diese Vorsätze zu besprechen.

Als es gegen Abend klingelt, vermutet sie ein solches Ansinnen. Öffnet willig und weicht zurück: Sie? Der Kollege lächelt. Froh und frei: Ja, ich! Haben Sie ein wenig Zeit für mich? Wieder in der Küche?

Dort habe ich früher besonders gerne gesessen.

Mit Blick aus dem Fenster.

Sie seufzt und setzt sich.

Mit dem Kollegen an den Küchentisch.

Wo ihm vor kurzem alles ausweglos schien. Legt er seine Unterarme auf das Holz. Und lächelt erneut: Die Eltern meines Mädchens und ich. Wir haben uns bei der Buche getroffen. Gesprochen und geweint.

Und miteinander versöhnt.

Erstaunt und ergriffen.

Steigen auch in ihr Tränen auf.

Kopf und Körper halten die Tränen zurück: Bewahre Distanz! Wer weiß, was noch kommt. Wo er gerade heute zu Dir kommt! Der Kollege fährt fort: Jetzt kann ich endlich wegziehen! Und die Vergangenheit hinter mir lassen. So gut das in meinem Alter noch geht.

Finden Sie nicht auch?

Er nimmt seine Unterarme vom Tisch.

Und betrachtet das Holz. Forschend und fragend.

Als wäre es eine aus den Angeln geratene Tür. Für die es an der Zeit ist zurückzufinden. In einen passenden Rahmen. Ihre Antwort hebt seinen Blick: Wegziehen können Sie. Aber werden Sie ohne das Grab Ihrer verbluteten Liebe auskommen?

Die für Sie weitergelebt hat in Ihrer Tochter.

Sie vergessen das Grab meiner Frau.

Die auch hier begraben ist. Nicht unweit der Mutter.

Meines und unseres Mädchens. Der Finger des Kollegen zeichnet einen Weg auf die Tischplatte. Um anzudeuten, was nur er sehen kann. In Erinnerung an die vielen Schritte. Die ihn von einem Grab zum nächsten Grab getragen haben. Und wieder zurück.

Als ob es keine Tür gäbe. Die ihn hinausführt.

Aus Reue und Ratlosigkeit.

76

Kopf und Körper spüren.

Wie sich die Ratlosigkeit ausbreitet.

Nach ihnen zu greifen sucht. Über den Tisch hinweg. Da steht sie auf. Stellt etwas Gebäck und zwei Gläser auf das Holz. Der Ratlosigkeit zum Trotz. Um anzustoßen. Auf die Hoffnung ihres Kollegen, dass er noch einmal von vorne beginnen kann.

Und in die richtige Richtung späht und geht.

Weg von der Schwarzweißmalerei.

Der letzten Wochen. Hin zu der Vielfalt.

Die zwischen Licht und Dunkel wohnt. Und Menschen in unendlich vielen Nuancen erstrahlen lässt. Wie ihren Leuchter. Auf dem jetzt sieben Kerzen brennen. Ohne dass eine der anderen gleicht.

In ihrer Art und Weise.

Sich der Flamme des Lebens anzuvertrauen.

Der Kollege verharrt.

Die Nase über dem Glas.

Nah bei den Kerzen: Danke! Danke für Ihre Geduld und diese Geste! So etwas habe ich lange nicht mehr erlebt. Danach prosten sie einander zu. Mit einem Likör. Den ihr die Dame mit Hut mitgebracht hat. In einer kugelrunden Flasche. Süß und sämig.

Für besondere Anlässe.

Besonders ist auch.

Was der Kollege ihr bei Gebäck und Likör gesteht:

Sie sollten noch wissen, dass ich mein Haus nicht verkaufe. Sondern verschenke. An die Flüchtlingshilfe. In der Hoffnung, dass mir dann etwas früher vergeben wird. Dass ich viel zu lange davon gelaufen bin.

Vor meiner Verantwortung für andere.

Und vor mir selbst.

Sein Eingeständnis bringt ihn zum Husten.

Auch ihr bleibt etwas im Hals stecken. Bei seinen Worten.

Ist es ein letztes Pigment? Von der Palette der Schwarzweißmalerei. Oder doch nur ein Krümel? Der Kopf rätselt. Der Körper reicht ihr ein Glas Wasser. Um aufzulösen, was ihr den Atem nimmt.

Ihren Herzschlag beschleunigt.

Und sie erschüttert. Wie aus dem Nichts.

Dieses Nicht ist nicht Nichts.

Sondern immer noch angefüllt mit ihrem Argwohn.

Gegenüber dem Spötter. Der die Flüchtlingshilfe leitet. Dennoch gelingt es ihr, zurückzufinden an den Tisch. Auf dem jetzt das ganze Vorhaben des Kollegen liegt. Offen wie eine Tür. Die Menschen in Not und ihm eine zweite Chance beschert.

Gleich zu Beginn des neuen Jahres.

Doch was wird sich auftun in ihr?

Und für sie? Ganz am Ende des morgigen Tages.

Ihre Gedanken tragen sie. Zum Kellner. Und zur Dame mit Hut. Sie werden ihr neues Jahr beginnen ohne sie. Obwohl sie gerne bei und mit ihnen wäre. Am meisten würde es sie freuen, wenn plötzlich der Kellner vor ihrer Tür stünde.

Mit einem Tablett voller Klang.

Die Worte des Kollegen wischen.

Ihren Wunsch und ihre Wehmut beiseite:

Was meinen Sie? Wäre das ein Weg? Um endlich mit dem Alten abzuschließen. Und sich für Neues zu öffnen. Schließlich haben wir nur alle 365 Tage die Gelegenheit miteinander anzustoßen.

Auf eine bessere Zukunft.

Beim Glockengeläut um Mitternacht.

77

Der Klang der Glocken ein Türöffner?

Der Kollege ist schon lange gegangen.

Als ihr der Schlüssel in den Sinn kommt. Der goldene Schlüssel. Der in ihrem Traum in der Schublade lag. Sie holt ihn sich. Vor ihr inneres Auge. Und erkennt. Ebenso fasziniert wie irritiert.

Dass es kein Schlüssel für eine Schrank- oder Zimmertür ist.

Sondern ein Notenschlüssel.

Der Notenschlüssel sieht aus wie ein Ohr.

Sein langgezogenes Oval ist nach links geöffnet.

Es umarmt ein Wunderwerk. Aus Härchen und Häuten. Das auf die tiefen und tragenden Töne lauscht. Die von den Linien der Partitur aufsteigen wie Vögel. Wenn eine Stimme die Noten erklingen lässt.

Die rechts neben dem Ohr stehen.

Das erinnert sie an ein Zeichen.

In der Sprache des Großvaters. Das dem Ohr gleicht.

Dort aber für einen Mund steht. Der ein P oder F ausspricht. Die

Großmutter weiß nicht, ob sie die beiden Konsonanten aussprechen soll. Während sie den Buchstaben schreibt. Oder versuchen, sie in ihrem Inneren zu hören. Sie fragt den Großvater:

Was war eigentlich zuerst da? Ohr oder Mund?

Das Kind in ihr wartet die Antwort nicht ab.

Wühlt in den Noten. Wählt eines seiner Lieblingslieder.

Und singt. Zusammen mit ihr: *Volare, oh, oh! – Cantare, oh, oh, oh oh! – Nel blu, dipinto di blu, – felice di stare lassù! – E volavo, volavo* ... . Sie überlässt sich dem beschwingten und beschwingenden Klang. Der zu ihr und aus ihr zu kommen scheint.

Als würde sie ihre Stimme zugleich einatmen.

Und ausatmen.

Die Großmutter ist sprachlos. Vor Glück.

Der Großvater spürt, dass ihre Frage beantwortet ist.

Durch das Lied. Sein Text, seine Melodie zeigen auch ihm, dass Ohr und Mund zusammengehören. Von Anfang an. Weil sie nur gemeinsam Töne und Texte empor fliegen lassen können.

Ins schimmernde Licht.

Eines weiten und werbenden Klangs.

Sie liebt diesen Klang.

Nimmt ihn mit in den Schlaf.

Und möchte noch einmal träumen. Von dem goldenen Schlüssel. In der Kommode. Deren Schublade weiter und weiter nach vorne rutscht. Damit sie Ohr und Mund öffnet. Wie eine Tür.

Die für sie einen beflügelnden Ausblick bereit hält.

Zur Jahreswende.

78

Dass alles endet.

Und sich wendet. In der Zeit. Besingt auch der Kellner.

Sie teilt seine Hoffnung, diesem stetigen Sterben trotzen zu können im Augenblick. Weiß jedoch: Auch eine besonders erfüllende oder quälende Sekunde voller Ewigkeit wendet und endet Schicksale.

Und spricht darüber. Zum Jahresabschluss.

Im Haus mit den Glocken.

Die Eltern des toten Mädchens danken ihr.

Und sagen wie aus einem Mund: Wissen Sie es schon?

Dass wir mit Ihrem Kollegen bei der Buche waren? Dass wir uns ausgesprochen haben? Aus seinem Haus soll ein Zufluchtsort für Flüchtlinge werden! Und das Schönste ist:

Es soll den Namen unseres Mädchens tragen!

Wissen Sie das schon?

Ihr Worte klingen.

Nicht mehr abgehackt und abgestumpft.

Sie schweben. In ihr Ohr. Wie der Gesang eines Vogels. Der sich erhebt. Seine Schwingen ausbreitet. Und aufbricht in neue Gefilde. Flügelschlag um Flügelschlag. Als sei es vollkommen gefahrlos.

Sich Wind und Wetter anzuvertrauen.

Hoch über der Erde.

Sie möchte diese Leichtigkeit aufnehmen.

Doch ihre Stimme wirkt schwer. Und schwankend.

Während sie sagt: Wie schön! Ich freue mich! Für Sie alle! Ein Bisschen was, wusste ich ja schon! Aber dass der Name Ihres Mädchens zum Namen dieses neuen Zufluchtsorts für Flüchtlinge werden soll.

Das wusste ich nicht!

Die Eltern sprechen und sprudeln weiter:

Ihr Kollege lässt auch Möbel und Geschirr da.

So dass sofort zehn bis fünfzehn Flüchtlinge einziehen können. Außerdem soll eine kleine Verwaltung eingerichtet werden. Für die Formalien. Haben Sie nicht Lust, mit uns darauf anzustoßen?

Heute um Mitternacht? Beim Glockengeläut?
Ihr Kollege will auch kommen!

Bei mir klappt es leider nicht!

Ihre Stimme klingt noch schwerer.

Aber nicht mehr schwankend: Ich bin verabredet! Der Körper sticht ihr in die Seite: Warum lügst Du? Sie stottert: Das ist keine Lüge! Ich will die Dame mit Hut anrufen. Der Kopf sticht ihr in die Schläfe:

Warum lässt Du dieses Herausreden nicht sein?

Vor uns und vor Dir selbst!

Die Stiche wird sie nicht los.

Auch als sich die Eltern verabschiedet haben.

Mit Bedauern. Und vielen guten Wünschen. Plagen sie Kopf und Körper. Pochen darauf, dass etwas nicht stimmt. Mit ihrer Stimme und Stimmung. Die nur wenig Weiß und viel Schwarz verströmt.

Ohne ersichtlichen Grund.

Sie flieht unter ihre Bettdecke.

Dämmert dahin. Wie in einer Höhle.

Bis die Beschwerden nachlassen. Und ein Bärenhunger sie in die Küche treibt. Dort wartet eine Schüssel mit Salat auf sie. Wie ihn schon ihre Großmutter gerne gemacht und gegessen hat.

Mit Würstchen.

79

Während sie die Würstchen wärmt.

Sehnt sie sich nach der Großmutter:

Gemeinsam schmeckt's besser! Sagte sie stets. Und füllte ihr den Teller. Mit Nahrung und Nähe. Bewegt vom Hunger nach solcher Geborgenheit, setzt sie sich mit ihrem Essen auf die Treppe vorm Haus.

Ihre neue Kameradin, ihr neuer Kamerad staunen.

Über den späten Besuch.

Ist Dir nicht zu kalt? Und warum vereist Du?

Wenn andere Dich einladen. Unter die Sonne ihres Glücks.

Der Frost, der uns gut tut, schadet Dir! Sie gibt den beiden Recht. Geht zurück ins Haus. Greift ihre dickste Jacke. Setzt sich erneut mit ihrem Teller auf die Treppe. Und nickt den Langnasen zu.

Die ihr guten Appetit wünschen.

Zart besaitet. Nähren sie.

Die Würstchen. Sättigen sie die Kartoffeln.

Samt der ihnen eigenen Stärke. Unter die sich Gewürzgurken und Mayonnaise gemischt haben. Reich an Geschmack. Füllen sie ihr den Mund mit süßsaurem Schmelz. Bis sie innehält. Gebannt von zwei halben Eiern. Die zu sagen scheinen: *Dein Ort ist, wo Augen dich ansehen.*

Wo Augen sich treffen, entstehst Du.

Kopf und Körper kichern.

Weil sie den Eihälften zwei Verse andichtet.

Verse einer Dichterin, die ihr und anderen den Mut zur Begegnung wünschen. Da ruft eine Stimme von der Straße her. Rotzig und rau: Ich möchte Sie abholen! Die dazu gehörige Gestalt macht einige Schritte auf sie zu. Und deutet auf den Teller.

Mit dem Rest des Salats und den halben Eiern:

Das gab's heute nicht nur bei Ihnen!

Sie schaut zu dem Jungen hoch.

Der ihr seine Hand hinhält: Kommen Sie!

Es ist nicht mehr viel Zeit bis Mitternacht. Den Teller können Sie später reintragen. Und keine Widerrede! Kneifen gilt nicht! Sie legt ihre Hand in die Hand des Jungen. Lässt sich hochziehen und mitziehen. Zum Haus des Kollegen. Über dessen Tür eine Girlande hängt.

Als sei hier das Tor zum Paradies.

Verloren und wiedergefunden.

Durch den Mut des Kollegen zum Neubeginn.

Durch die Aussprache mit den Eltern. Denen Tränen in die Augen steigen. Während sie einander begrüßen. Und der Junge sagt: Sehen Sie! Ich hab's gewusst! Wenn ich hingehe, kommt sie mit! In diesem Moment lassen Kopf und Körper einen Schauer durch sie hindurch rieseln.

Der alles Schwere abwäscht.

Und ihr Gesicht in ein helles Strahlen taucht.

Das Strahlen begleitet sie ins Haus.

Das gefüllt ist. Mit Frauen, Männern und Kindern.

Aus dem Dorf und aus der Ferne. Mittendrin steht der Spötter. Auch sein Gesicht leuchtet. Er winkt sie herbei und drückt ihr ein Glas in die Hand: Damit wir gleich anstoßen können! Auf Ihren Kollegen.

Und die künftige Bestimmung seines Hauses.

Sie nimmt das Glas.

Und stößt mit dem Spötter an.

Genau zu dem Zeitpunkt als die Glocken ertönen. Schwungvoll und schwerelos. Tragen sie ihre Melodie. Über die Schwelle des Jahres in das neue Zuhause der Flüchtlinge hinein. In dem jetzt alle Gläser erklingen. Und viele Gesichter erhellt sind. Von der Hoffnung.

Hilfe empfangen und geben zu können.

Am Ende des Geläuts.

Findet diese Hoffnung ins Wort.

Der Kollege. Der Spötter. Und eine Sprecherin der Flüchtlinge reden von einem Hort der Zuversicht und Zukunft. Ein Fotograf der örtlichen Presse macht ein Bild von den Dreien. Neben dem wenig später ein Bericht zu lesen sein wird. Mit der Überschrift:

Ein historischer Augenblick!

80

Sie ist dankbar.

Dass sie im Hintergrund bleiben kann.

In diesem historischen Augenblick. Er ist für viele im Haus der Beginn einer langen Nacht. Voller Begegnung und Bewegung. Nach außen hin kaum zu unterscheiden.

Von den anderen langen Nächten. Rings herum.

Und doch ist manches anders.

Menschen feiern und finden zusammen.

Die von der Sprache der anderen wenig verstehen. Kosten von Getränken und Speisen. Die sie nicht kennen. Leben und lachen ihre Leiden weg. Und vergessen für ein paar kostbare Stunden.

Dass sie fliehen mussten.

Aus ihren Häusern und ihrer Heimat.

Eine der Frauen kommt auf sie zu.

Es ist die Sprecherin der Flüchtlinge.

Ihre Haut und ihr Haar sind schwarz. Die Zähne weiß. Kopf und Körper wispern: Ein wenig Weiß und viel Schwarz – wie Du. In Deinem langen und weiten Kleid. Seid Ihr Geschwister? Sie wispert zurück: Wir alle sind Schwestern und Brüder!

Und denkt an den Erdling und die Lebensspenderin.

Dieses allererste Menschenpaar.

Do you wanna dance?

Die Frage der Frau klingt und schwingt.

In ihr Herz hinein. Es antwortet: Yes! But I can't dance. And I can't speak English. Die Sprecherin der Flüchtlinge lächelt und lockt sie in eine erste Bewegung hinein. Ergreift ihre Hände. Und dreht sich mit ihr zu den Rhythmen der Musik. Immer schneller und schneller.

Bis sie zum Stehen kommen.

Prustend und pustend. Vor Vergnügen.

Dass Sie so ausgelassen sein können!

Das hätten wir nie und nimmer gedacht!

Die Eltern des toten Mädchens klatschen in die Hände! Und der

Junge ruft: Aber es passt total! Wenn Sie wollen, kann ich übersetzen. In Englisch bin ich ganz gut! Sie erwidert:

Sag bitte, dass mir das Tanzen viel Freude gemacht hat.

Und dass ich jetzt gehe, weil ich sehr müde bin.

Die Frau wendet ein Ohr.

Dem sprechenden Jungen zu. Nickt.

Neigt es nach rechts. Schiebt ihre zusammengelegten Handflächen unter das Ohr. Wie ein Kissen. Und lächelt erneut. Sie lächelt zurück. Wiederholt die Geste. Ohne zu merken, dass sich darin ihr Tanz fortsetzt. Und sie beschenkt.

Mit dem Wunsch nach einem Wiedersehen.

Als könnte sie etwas lernen.

Von der schwarz-weißen Schwester.

Die zur Sprecherin der Flüchtlinge geworden ist. Weil sie sehr gut Englisch kann. Und darauf vertraut, dass ein Hinübersetzen ihrer Lebensträume ans Ufer einer anderen Sprache und Kultur möglich ist.

Für sie selbst und alle.

Die unter der Girlande hindurchgegangen sind.

Ausgespannt.

Und aufgespannt. Über dem großen Strom.

Bestückt und bestärkt die blühende Kette auch ihre Träume von einem Neuanfang. Aus denen sie erst gegen Mittag erwacht. Geweckt vom wiederholten Schrillen des Telefons.

Und der Dame mit Hut.

81

Hallo, Kindchen!

Ich wünsch' Dir einen guten Start!

Ins Neue und Erneuernde! Die Stimme der Älteren wirkt aufgeräumt: Ich hoffe, ich hab' Dich nicht aufgeweckt! Sie gähnt ins Telefon:

Doch, hast Du. Aber dies ist das Schönste, was mir passieren kann. An diesem Neujahrsmorgen –

Deine Stimme als erste aller Stimmen!

Die Dame mit Hut echot:

Das geht mir ganz genauso!

Ich hab' schon die ganze Zeit gewartet, dass ich Dich anrufen kann. Denn Du warst ja sicher unterwegs letzte Nacht! Sie erzählt, was geschehen ist. Und fragt: Wie war es bei Dir? Hast Du geschlafen?

Oder mit Deinen Nachbarn angestoßen?

In der Mitte der Nacht!

Die Nachbarn treffen sich.

Jedes Jahr. Unten vorm Haus. Die Ältere ächzt:

Nur ich mag und mache das nicht! Neben den Gedenksteinen für unsere Vorfahren stehen. Und Feuer in den Himmel schießen. Auf dem Rücken von Raketen. Deren stählerne Verwandte das Verderben gebracht haben und bringen. Über so viele und vieles … .

Nein! Das ist nichts für mich!

Lieber nehme ich Tabletten.

Damit ich nichts höre und nichts sehe.

Und schlafen kann. Als hätte mich Morpheus höchst persönlich in seine Arme genommen. Kannst Du das verstehen? Sie braucht einige Sekunden. Um antworten zu können. Erschlagen von der Schwermut ihrer Freundin, erwidert sie: Ich versuche es.

Auch wenn ich Dir mehr Leichtigkeit wünsche.

Und ein bisschen Paradies.

Die Dame mit Hut sinniert.

In singendem und schwingendem Ton:

Du wirst es erleben! Du wirst es erleben und leben. Für mich ist es ein wenig spät. Aber das macht nichts. Wichtiger ist, dass Du diesen verlorenen Garten findest und betrittst. Weniger arbeitest. Mehr geniesst.

Um zu verhindern, dass Du unverträglich und ungenießbar wirst.

Wie eine unreife Frucht.

Die nicht genügend Sonne abbekommen hat.

Sie unterbricht die andere.

Erschüttert und erschrocken:

Wirke ich so auf Dich? Ich selbst empfinde es ganz anders. Ihre Freundin erwidert: Nein! Denn bisher hast Du nicht aufgehört zu hoffen, dass auch für Dich bessere Zeiten kommen. Und Du teilhaben kannst an dem bisschen Paradies, das Du mir wünschst.

Aber das kann sich ändern.

Wenn Du immer nur an die anderen denkst.

Ich könnte an mich denken!

Gleich heute! Und zu Dir kommen!

Sie klingt leicht und lebensfroh: Die nächsten zwei Tage habe ich keinen Termin. Wenn ich hier bleibe, werde ich mich kaum ausruhen können. Auf dem Schreibtisch stapelt es sich. Hättest Du denn Zeit?

Um Orpheus und mich zu empfangen?

Meinst Du Orpheus?

Oder Morpheus? Die Dame mit Hut kichert.

Als sei sie wieder das Mädchen in ihrer Bildergalerie. Das Freude daran hat, sich zu verwandeln. Hut und Obhut zu nehmen. Im Raum ihrer Fantasie: Ich habe viel Zeit! Und mein Gästebett sollte reichen.

Für Morpheus, Orpheus und Dich.

82

Sie überlegt hin und her.

Wo dieses große Gästebett stehen könnte.

Durchstreift die Wohnung der Dame mit Hut. In Gedanken. Ohne sich erinnern zu können. An ein solches Bett. Oder an ein Gästezimmer mit Bett. Kopf und Körper schmunzeln: Nur Geduld! Bald weißt Du es.

Und jetzt steh auf – frühstücke, packe und dann fahre zügig los!
Bevor jemand Dich ausbremst.
Dir mit Not oder Tod in die Quere kommt.

Das Telefon schrillt.
Als sie am Küchentisch sitzt.
Ist es der Kellner? Der Postbote? Oder etwas Dienstliches? Kopf und Köper schwanken zwischen Rangehen und Weggehen. Sie beginnt zu schwitzen und schnaufen. Während sie das Nötigste zusammensucht. Und darauf hofft, dass die Störung abbricht.
Bevor sie aufbricht.

Die Langnasen wünschen gute Fahrt.
Freuen sich, dass sie ihre Freundin besucht.
Und sich nicht heimsuchen lässt von ihrem Pflichtgefühl. Das sie viel zu oft ihre eigenen Empfindungen und Bedürfnisse zurückstellen lässt. Bis sie am Ende eines Tages wieder zuhause ankommt.
Unendlich weit entfernt von sich selbst.

Die Dame mit Hut ermutigt sie.
Zu sich selbst. Wie niemand sonst.
Stellt ihre Tasche neben die Garderobe und fragt: Wie wäre es mit ein wenig Suppe zur Stärkung? Bevor ich Dir Dein Zimmer zeige! Denn dazu müssen wir durchs Treppenhaus bis unters Dach.
Dort habe ich eine Mansarde.
Für Gäste wie Morpheus und Orpheus und Dich.

Warm und wohlig.
Breiten sich ihre Sätze und Suppe aus.
Sinken hinab in den Körper. Lassen den Kopf auf ihre Brust sacken. Einmal. Zweimal. Dreimal … . So dass die Dame mit Hut vorschlägt: Am besten, wir gehen jetzt nach oben.
Damit Du Dich erholen kannst.
Von der letzten Nacht und der langen Fahrt.

Ihr Kopf sackt nochmals.

Auf ihre Brust. Die Ältere lächelt:

Na, wenn das keine Zustimmung ist! Steht auf und steigt vor ihr die letzten Stufen der Treppe hinauf. Auch hier gibt das mit Blättern verzierte Geländer ihren Händen sicheren Halt. Die hölzernen Stufen glänzen. Und geleiten sie in einen Flur.

Der seine Arme nach beiden Seiten ausstreckt.

Um sie willkommen zu heißen.

Wir müssen nach links.

Die Dame mit Hut spricht. Leise und langsam:

Hier. Gleich die erste Tür. Das Arbeitszimmer meines Vaters. Sie zückt einen Schlüssel. An dem ein Herz hängt. Dreht ihn zweimal im Schloss. Bis die Tür nach innen schwingt. Und den Blick frei gibt.

Auf einen im Halbdunkel liegenden Raum.

Ich hoffe, es gefällt Dir!

Ihre Gastgeberin verschwindet in der Mansarde.

Ohne den Lichtschalter zu betätigen. Kopf und Körper zögern. Sie sagt: Kannst Du bitte das Licht anmachen! Ich sehe fast nichts! Oh, entschuldige, Kindchen. Natürlich brauchst Du Licht! Bei mir ist das anders. Ich kenne diesen Raum in- und auswendig.

Von Kindesbeinen an. Nur das Bett gab es damals nicht.

Doch sieh selbst!

83

Mit dem Licht.

Tritt Erkennen ins Zimmer.

Und Ergriffenheit auf ihr Gesicht. Zwischen zwei Fensternischen steht ein Flügel. Sein Deckel lässt sich zum Bett hin öffnen. Die Scharniere des Deckels sind einem Schreibtisch an der gegenüberliegenden Zimmerwand zuneigt. Sie ist durchbrochen.

Von einer weiteren Tür.

Wer das Zimmer betritt.

Sieht zuerst auf den Flügel und die Fenster.

Die Dame mit Hut erklärt: Meinem Vater hat es viel bedeutet, dass er beim Spielen hinaus schauen konnte. Und einen zu ihm und seinem Instrument passenden Ort hatte. Voller Leben und Licht.

Innen wie außen.

War Dein Vater ein Pianist?

Sie fragt. Mit überspringender Stimme.

Weiterhin überrascht und überwältigt. Von dem Instrument vor ihr. Und dem Bett neben ihr. Das es von seinen Ausmaßen her mit dem Flügel aufnehmen kann. Groß und gediegen.

Verwandeln beide die Mansarde. In eine Wiege.

Für Atem und Klang.

Nein, mein Vater war kein Pianist.

Sondern ein Lehrer. Für Klavier und Gesang.

Erst an einer Schule. Dann zuhause. Um sich und uns zu schützen, hat er seine Schülerinnen und Schüler hier empfangen. Sie waren ihm allermeist wichtiger als wir. Wenigstens habe ich das gedacht. Weil er häufig den ganzen Tag hier oben saß.

Und habe mich geweigert, auch nur eine Note zu lernen.

Bis *zerbrochen ist die Klaviatür.*

Ist das nicht aus einem Gedicht?

Die Dame mit Hut schnieft und schnäuzt: Ja.

Aus einem Gedicht. Und mitten aus meinem Herz. Weil es mich bis heute fast zerbricht. Dass ich mit meinen Vater nicht geteilt habe, was er gerne mit mir geteilt hätte. Und dann war es zu spät. Alle waren tot. Nur das Haus und die Möbel sind mir geblieben.

Wie durch ein Wunder.

Die Dame mit Hut streicht über den Flügel.

Als müsse sie sich seiner Gegenwart vergewissern.

Sie tritt neben sie und fragt: Folgt solch ein Wunder nicht fast immer auf eine Bitte? Zumindest heißt es am Ende dieser Verse einer Verfemten und Verfolgten: *Ach liebe Engel öffnet mir – Ich aß vom bitteren Brote — Mir lebend schon die Himmelstür,*
Auch wider dem Verbote.

Meine Bitte war, bleiben zu dürfen.

Wo mir meine Familie genommen wurde.

Die Ältere nimmt die Hand vom Instrument ihres Vaters: Dass dadurch das Verlorene nicht ersetzt werden kann, habe ich erst sehr viel später begriffen. Aber es trägt dazu bei, es gegenwärtig zu machen.

So wie eben. Ich wollte Dir Dein Zimmer zeigen.

Und habe soviel mehr gesagt.

Ach, und eines noch:

Die Tür neben dem Schreibtisch führt ins Bad.

Das habe ich später einbauen lassen. In die ehemalige Abstellkammer. So dass Du nachts und morgens nicht runter musst zu mir. Ich hoffe, Du kannst Dich hier wohlfühlen!

In der Nähe des Verlorenen. Das sich verwandeln kann.

In Unverlierbares.

Sie verneigt sich.

Tief berührt und tief bewegt.

Vor der Dame mit Hut. Und dem, was sie ihr anvertraut hat. Bereit. Den Schlüssel für die Mansarde entgegenzunehmen. Bereit. Sich hinzugeben an Morpheus und Orpheus. Die sie gemeinsam hinabziehen.

Auf das breite und bequeme Bett.

In ihr Reich.

84

Euridice, oh dio! Rispondi – rispondi!

Orpheus ringt um die Wiederkehr der Verlorenen.

Singt voller Inbrunst. Bis sie im ersten Morgengrauen erwacht. Doch woher kommt sein Bitten und Flehen? Von außen oder von innen? Und was will er von ihr? Die sie nicht seine Euridice ist und gerne ein wenig länger verweilt hätte.

In den Armen von Morpheus.

Sie trägt den Ruf des Orpheus.

Die Treppe hinab. Stufe für Stufe.

Wiederholt sie seinen Gesang. Bis Kopf und Körper dämmert: Vermutlich möchte er nicht alleine sein. Mit Schmerz und Sehnsucht. Und die beiden drängeln: Frage doch die Dame mit Hut.

Ob es Noten gibt dazu … .

Ob Du spielen darfst. Auf dem Flügel ihres Vaters.

Gleich nach dem ersten Schluck Kaffee.

Nimmt sie ihren Mut zusammen und fragt.

Die Dame mit Hut fragt zurück: Und Du bist sicher, dass es dieses Lied ist? Sie stellt ihre Tasse ab und erwidert: Ja, ganz sicher! Die Hand der Älteren zittert, als sie auf sich selbst deutet: Auch ich höre es, wenn ich länger in der Mansarde bin!

Aber ich habe gedacht, es sei eine Einbildung.

Verrückt und verschroben. Wie ich.

Sie beugt sich nach vorn.

Streckt ihre Hand aus. Quer über den Tisch.

Bis die Dame mit Hut ihre Hand hineinlegt. Und das Zittern allmählich nachlässt. Als hätte die eine Hand der anderen Hand einen Halt geben können. Im Nichtbegreifen und Nichtverstehen. Jenseits dessen, was Kopf und Körper erklären können.

Selbst dann, wenn sie ganz sachlich sind.

Gerade, wenn sie ganz sachlich sind.

Und wie geht und ergeht es Dir?

Wenn Du das Lied des Orpheus hörst. In der Mansarde.

Sie zieht ihre Hand behutsam aus der Hand der Älteren. Weil sie etwas essen möchte. Um anzukommen im Hier und Jetzt. Die Dame mit Hut reicht ihr den Brotkorb: Wenn ich das Lied höre, bekomme auch ich Hunger. Habe das Bedürfnis mich zu stärken.

Nur weiß ich nicht warum.

Und für was.

Vielleicht ist es ja ein Knochen.

Der da ruft. Nach Deiner und meiner Kraft.

Eine Erfahrung, die etwas mit Deinem Vater, seinen Schülern und Schülerinnen zu tun hat. Am besten, wir suchen die Noten. Ich übe das Stück. Und wenn ich es einigermaßen kann, spiele ich es Dir vor.

Dann sehen wir, was geschieht.

Die Dame mit Hut willigt ein:

Aber zuvor lass uns ein wenig spazieren gehen.

Ich möchte Dir zwei Orte zeigen, hier in meiner Heimatstadt. Zwei Orte, die mir bis heute sehr viel bedeuten – die Allee im Park und die Universität. Auch wenn manches in Schutt und Asche lag.

Sind es meine Orte geblieben.

85

Wenig später gehen sie.

Bei Nebel und Nieselregen.

Über den Marktplatz. Am Café vorbei. Durch Straßen und Gassen. Zu der Allee im Park. Majestätisch und machtvoll. Säumen Bäume einen schnurgeraden Weg. Der bis weit hinter den Horizont zu reichen scheint. Und den Kies knirschen und knistern lässt.

Unter ihren Schritten.

Das sind meine treusten Gefährten!

Die Dame mit Hut spricht mit Nachdruck.

Und zeigt auf einige der Stämme und Kronen: Die meisten kenne ich seit meinen Kindertagen. Habe mich angelehnt, um ein Buch zu lesen. Oder im Schatten gesessen. Wenn es sehr heiß war. Zum Glück sind die Bomben nicht auf die Bäume gefallen.

Nur ganz dahinten! Da gab es einen Einschlag!

Komm! Ich zeige Dir den See!

See? Du hast doch gesagt …!

Die Dame mit Hut unterbricht sie: Genau!

Das geht eigentlich gar nicht! Ein Bombenkrater, der ein See wird. Manche hätten hier lieber ein Mahnmal gehabt. Doch die Stadtverwaltung wollte den Freizeitwert ihrer Grünanlagen erhöhen.

Also kam der See. Extra vergrößert.

Für Tretboote. Und Touristen.

Aber im Winter ist es ruhig.

Und Menschen wie ich stehen am Ufer.

Schauen aufs Wasser. Das für sie aus den Tränen vieler Millionen Menschen besteht. Die hier und anderswo getötet wurden. Oder um die Getöteten geweint haben ein Leben lang.

Obwohl ihr Leben weiterging. Wie es so schön heißt.

Weiter und weiter weg von ihren Liebsten.

Bist Du denn mal Boot gefahren?

Auf diesem See? Auf diesem Meer der Tränen?

Nicht um Dich zu vergnügen. Sondern um zu verstehen. Was andere auf das Wasser hinaus lockt. Die Dame mit Hut schüttelt ihr Haupt. Auf dem diesmal eine Pelzkappe sitzt: Nein. Das geht nicht.

Das kann und möchte ich nicht. Aber Du!

Du könntest es tun. Für mich.

Gleich im nächsten Frühjahr!

Um mir zu erzählen, wie Du Dich dabei fühlst.

Sie schaut über den See und schnäuzt in ihr Taschentuch: Vielleicht wird es ja dadurch einfacher für mich. Wenn hier im Sommer alles bunt und bewegt ist. Und so laut, dass ich bis zum Ende der Allee laufen muss. Um nichts mehr davon hören zu müssen

Und meine Ruhe zu haben.

Schulter an Schulter.

Gehen sie weiter. Auf das Ende der Allee zu.

Von der Seite her grüßen Rasenflächen. Farblos und feucht. Warten sie auf Wärme. Und den Körper. Der sich über die Bedenken des Kopfes hinwegsetzt. Ihr Stiefel und Strümpfe auszieht. Damit sie barfuß darüber laufen kann. Als wäre es Sommer.

Und der Kellner neben ihr.

Huh, ist das kalt!

Ihr Ausruf bringt die Dame mit Hut zum Stehen.

In Gedanken versunken hatte sie nicht bemerkt, dass ihre Weggefährtin zurückgeblieben war. Mit nackten Füßen. Rennt sie jetzt auf sie zu und ruft unablässig: Huh, ist das kalt! Huh ist das kalt! Bis das Kind in ihr genug hat. Und sie keuchend neben der Älteren ankommt.

Um sich wieder zu verwandeln. In eine Frau.

Die Strümpfe und Stiefel trägt.

Entschuldige!

Aber das musste sein!

Um meiner selbst willen musste das sein. Da lächelt die Dame mit Hut. Warm und wehmütig: Ich sehe, Du wirst es schaffen! Du wirst den verlorenen Garten betreten. Du bist viel näher dran.

Als Du es weißt. Und wissen kannst.

86

Am Ende der Allee.

Schauen sie kurz zurück.

Auf den schnurgeraden Weg. Die Dame mit Hut bekennt: Als Kind habe ich mir gewünscht, dass mein Leben so verläuft. Ohne Abwege und Abgründe. Von Tor zu Tor. Eine glatte und gediegene Bahn. Es kam anders … ! Aber vermutlich muss das so sein.

Auch bei Dir.

Kopf und Körper protestieren.

Pumpen Röte und Rage in ihr Gesicht.

Sie presst hervor: Wieso? Wieso auch bei mir? Bevor die Dame mit Hut antwortet, dreht sie sich um. Und zeigt aus dem Park hinaus. Auf eine stark befahrene Straße: Weil das Leben unbezähmbar und unberechenbar ist. Zum Bösen wie zum Guten hin.

Oder haben wir wissen können, dass wir uns begegnen?

Im Café auf dem Markplatz.

Mein Vater hätte behauptet:

Alles nur eine Frage der Resonanz.

Aber darüber können wir später reden. Jetzt lass uns weiterziehen. Du sollst doch die Universität sehen! Zumindest das alte Hauptgebäude! Es wurde nicht abgerissen, sondern wieder aufgebaut. Ich gehe öfter mal hin. Und hinein. Um mich besser erinnern zu können.

An meine schönste Zeit.

An deine schönste Zeit?

Sie folgt der Dame mit Hut. Mit gerunzelter Stirn.

Weil das Trottoir sehr schmal ist, müssen sie hintereinander gehen. Auf einmal beschleunigt die Ältere ihren Schritt. Als könnte sie es kaum abwarten, ihre Alma Mater wiederzusehen.

Diese den Geist nährende Mutter.

An Mutter statt. Hatte sie ihr den Weg ins Lebens gezeigt.

So erzählt und erklärt sie es.

Während sie vor dem Hauptgebäude stehen.

Am Fuß einer Treppe, deren Stufen bewacht werden. Von einer antiken Frauengestalt. Bekleidet mit einer Rüstung. Bewehrt mit Speer und Helm. Schaut sie prüfend von ihrem Sockel herab. Um Kunst und Wissenschaft zu schützen. Vor all denen, die sie geschändet haben.

Und schänden. Im Gleichschritt.

Mit Gedankenlosigkeit, Gewalt und Gier.

Die Alma Mater hat das nötig!

Immer noch und immer mehr nötig!

Die Stimme der Dame mit Hut wird härter und hastiger. Als wäre ihre Pelzkappe zum Helm geworden und ihr Regenschirm zum Speer: Sie braucht Studierende und Lehrende, die allein der Wahrhaftigkeit ihres Erkennens verpflichtet sind.

Keinen Parteien, Konzernen und Mäzenen.

Sie braucht … .

Hatschi! Haatschii! Haaatschiii!

Kopf und Körper stoppen den Eifer der Älteren.

Und geben ihr Gelegenheit zu einer Erwiderung: Also für mich war die Zeit an der Universität nicht meine schönste. Es wurde zu viel Unwahres gelehrt über den Mann aus Nazareth. Und Frauen schien es für meine Professoren nicht zu geben.

Weder im heiligen Buch. Noch im Hörsaal.

So war und blieb ich ein häßliches Entlein.

Auf der Suche nach seinen wahren Verwandten.

Pinguin und Rabe sind auch nicht die meinen. Oder warum sonst sollte soviel Gezänk und Gezeter, Gehetze und Gehacke sein? Wenn ich zusammentreffe mit meinen Schwestern und Brüdern im Herrn.

Häufig ist es schwieriger und schlimmer.

Als auf dem Entenhof.

87

Der Entenhof ist überall.

Vergiss das nicht, Kindchen!

Die Dame mit Hut hakt sich unter bei ihr. Ihre Stimme ist wieder sanft und sacht: Zu sich selbst zu stehen, macht einsam. Auch unter Artgenossen sind eigenwillige Exemplare selten gern gesehen. In diesem Punkt hat sich das Märchen geirrt.

Nicht jede und jeder wird freudig begrüßt.

Schau mich an!

Gab es denn nie einen Schwan?

Eine hilfreiche Zufallsbegegnung?

Durch die Du nicht mehr ganz so einsam warst? Es dauert einige Schritte lang, bis die Dame mit Hut antwortet. Es sind Schritte, die sie hinaufführen in das Hauptgebäude der Universität:

Hier war ich nicht einsam. Hatte Bücher um mich.

Die mir gezeigt haben, wer ich bin.

Aber Bücher sind doch kein Schwan!

Sie schaut der Dame mit Hut ins Gesicht:

Ich meine eher einen Schwarm! Einen, der Dich ins Schweben gebracht hat. Wie mich der Kellner … . Oder möchtest Du dazu nichts sagen? Die Ältere erwidert ihren Blick: Ich kann nichts sagen! Ich habe keine Erinnerung. Das ist ja das Schlimme.

Irgend ein Ereignis hat diesen Bereich ausradiert.

Aus meinem Lebensbuch.

Und in der Mansarde?

Kommt es da nicht zum Klingen?

Was Du in diesen heiligen Hallen verdrängt und vergessen hast. Um Dich hingeben zu können an Deine zweite Mutter. Die Alma Mater. Die Dame mit Hut erstarrt. Als hätten sie die Gedanken der anderen in Eiswasser getaucht. Pelzkappe, Mantel und Kleid durchnässt.

Bis auf die Haut.

Kopf und Körper möchten ihr helfen.

Sie hauchen: *Euridice, oh dio! Rispondi – rispondi!*

Kaum hörbar, aber hörenswert. Wiederholen sie den Gesang des

Orpheus. Klagend und klangvoll. Bis die Gestalt der Älteren sich regt. Und aufgeregt ruft: Jetzt weiß ich es wieder! Wer das gesungen hat!

Für mich. Für mich ganz allein.

Oben in der Mansarde.

Ihr Ruf hallt zurück.

Von Wänden und Türen des Hauptgebäudes.

Macht die Eingangshalle für Sekunden zum Vorhof der Unterwelt. In die Orpheus seufzend und singend seiner Euridice folgt. Um sie zu retten. Und wie schon damals: Das Verlorene steigt herauf. Aus Vergehen und Vergessen ersteht ein vages Bild.

Erinnert ihre Freundin. An einen Namen.

Und einen Gesang.

Es war ein Gesang.

Dem sie jeden zweiten Tag lauschte.

Weil ihr der junge Mann sehr gefiel. Der bei ihrem Vater Unterricht nahm. Weil sie dem jungen Mann sehr gefiel. Der in dem Mädchen schon die Frau sah. In ihrer Neugier bereits die Neigung auf ihn hin. Bis zu der Stunde, die tödliche Stille einkehren ließ ins Dachgeschoß.

Tonlos und trostlos. Jagte sie den jungen Mann.

Auf und davon.

Die Dame mit Hut atmet schwer.

Während sie die Erinnerung an ihn aufsteigen lässt.

In ihre Wahrnehmung und Worte. Behutsam und bedächtig. Erfragt sie bei der Älteren, was ihr unverständlich bleibt: Aber wie hast Du hören können, was der junge Mann übte? Ein Glanz und ein Glühen huscht über das betagte Gesicht: Ich habe gelauscht!

Vor der Tür!

Unentdeckt und unerkannt.

Viele Wochen und Monate lang.

Aber eines Tages endete die Singstunde früher als sonst. Mein

Vater und sein Schüler haben mich gefunden. Haben gelacht und gelästert. Dass ich wohl doch noch Noten lernen würde. Durchs Zuhören.

Und den Zauber der Melodien.

Denen ich fortan in der Mansarde folgen durfte.

88

Sollen wir jetzt gehen?

Zurück zu Dir und Deiner Mansarde.

Verzaubert von Melodien, die wichtiger für Dich sind, als Du geahnt hast? Sie schaut die Dame mit Hut an. Die mehr nach innen als nach außen zu sehen scheint. Anstelle einer Antwort summt die Ältere plötzlich: *Euridice, oh dio! Rispondi – rispondi!*

Nimmt sie bei der Hand. Und eilt gemeinsam mit ihr.

Aus dem Hauptgebäude der Universität hinaus.

Du hast mir sehr geholfen!

Es ist höchste Zeit, dass ich mich einlasse.

Auf die letzten weißen Flecken in meiner Vergangenheit. Auch wenn es weh tut, ist es wichtig und wertvoll. Wer weiß, vielleicht finden wir ein Foto. Von diesem Schüler meines ermordeten Vaters.

An den ich mich nicht erinnern konnte.

Etwas später sitzen sie.

Im Gehege ihres geräumigen Wohnzimmers.

Während die Dame mit Hut ein von Zeitungspapier umhülltes Päckchen aufschnürt, klingelt das Telefon. Sie steht auf und schaut auf die Rufnummer: Das ist der Postbote! Soll ich rangehen?

Unwillkürlich steht auch sie auf: Ja, bitte!

Es muss etwas wichtiges ein! Sicher braucht er einen Rat.

Ist Ihre Freundin da?

Aufgeregt und aufgescheucht.

Flattert die Stimme des Postboten vom Ohr der Dame mit Hut bis zu ihr hin: Sie muss sofort kommen! Es ist wichtig! Ihre Gastgeberin antwortet: Ja, meine Freundin ist da! Seit gestern! Am besten sagen Sie ihr persönlich, was los ist! Dann kann sie selbst entscheiden.

Ob sie bleibt oder zurückfahren muss.

Ich reiche Sie mal weiter.

Sie nimmt den Hörer.

Ihre Stimme holpert und poltert:

Müssen muss ich nichts! Ich habe frei! Der Postbote stöhnt und stottert: Oh, Entschuldigung, das habe ich nicht gewusst! Aber vielleicht interessiert es Sie trotzdem, dass ein Mob vor Ihrem Haus stand. Als ich einige Briefe vorbeigebracht habe.

Die Leute haben sich beschwert, dass Sie nie da sind.

Wenn man Sie braucht.

Haben Sie denn verstanden, warum?

Was ist geschehen, dass ich gebraucht werde?

Der Postbote entschuldigt sich nochmals: Ach je! Ich hab' gedacht, Sie wissen das. Dabei können Sie das gar nicht wissen, wenn Sie schon seit gestern weg sind. Ich bin wirklich durcheinander.

Ihre Kollegin … die drei Dörfer weiter … .

Sie saß tot am Schreibtisch.

Tot am Schreibtisch?

Ja, die Polizei hat ihre Tür aufgebrochen.

Und sie mit einem Stift in der Hand gefunden … so erzählen es die Nachbarn! Manche behaupten, sie hätte ein Messer im Rücken gehabt. Ich weiß nicht, ob das stimmt! Musste aber gleich an Ihre Langnase denken. Und wie übel die zugerichtet war.

Ich will nicht, dass es Ihnen genauso ergeht!

Oder auch mir! Deshalb … !

Sie unterbricht ihn:

Vielen lieben Dank! Und es tut mir leid!

Dass ich eben so ungehalten war … aber das ist wirklich wichtig! Ich fahre sofort zurück! Wenn Sie mögen, kommen Sie doch morgen mal vorbei. Vielleicht weiß ich dann, was dran ist an den Gerüchten.

Was ich tun kann und muss.

Auch wenn ich viel lieber hier bleiben würde.

89

Betroffen und betrübt.

Blickt sie zur Dame mit Hut.

Die schweigend vor dem halb aufgeschnürten Päckchen sitzt. Und sich in ihren Schal gehüllt hat. Sie setzt sich dicht neben die Ältere. Voller Zuneigung und Zärtlichkeit. Legt sie den Arm um ihre Schultern: Ich komme wieder, so schnell ich nur kann!

Damit Du dieses Päckchen nicht alleine öffnen musst.

Nicht alleine die Fotos betrachten musst.

Die Freundin schmiegt sich in ihren Arm:

Stimmt, es sind Fotos. Vom Unterricht meines Vaters.

Er muss sie kurz vor seinem Tod zusammengesucht und zusammengepackt haben. Um sie mitnehmen zu können. Falls wir fliehen müssen. Vor einem Mob. Aufgewiegelt und aufgestachelt. Von nichts als gemeingefährlichen Gerüchten.

Die heute auch Dich zwingen aufzubrechen.

Obwohl Du bleiben möchtest!

Sie sieht, dass sie Ältere weint.

Während sie weiterdenkt und weiterspricht:

Ich weiß nicht, ob ich wegen damals weine oder wegen heute. Und den Mobs und Mobbern. Die Freude daran haben, Leben zu stören und zu zerstören. Aber natürlich musst Du zurückfahren. Am besten holst Du gleich Deine Tasche aus der Mansarde.

Ich mach' Dir inzwischen ein paar Brote.

Und eine Thermoskanne Tee.

Der Tee wärmt sie.

Bei ihrer ersten und zweiten Rast.

Lässt sie ihn schluckweise durch ihre Kehle rinnen. Und muss an die Kollegin denken. Drei Dörfer weiter. Durch deren Kehle kein Getränk und kein Atem mehr fließt. Sie hatte sie bewundert. Weil sie sich nie beschwerte über zu viel Arbeit, Aufgaben und Anliegen.

Und seit zwei Jahren eine unbesetzte Stelle mitversorgte.

Ohne zusätzliche Vergütung.

So viel Kraft hast Du nicht!

Warnten Kopf und Körper. Wieder und wieder.

Wurden sie krank. Das hatte sie davor bewahrt, sich noch mehr aufzuladen und aufladen zu lassen. Doch was jetzt? Jetzt, wo die Kollegin tot ist? Die Brote, die ihre Freundin mit Liebe belegt hat, scheinen zu sagen: Jetzt iss und stärke Dich!

Du weißt doch – unsere Vorstellung, was kommt, ist das eine.

Und was tatsächlich kommt, das andere.

Sie beißt in das erste Brot.

Und wenig später in das zweite.

Während sie kaut, kommt ihr ein Prophet aus dem heiligen Buch in den Sinn. Ein Engel brachte ihm Wasser und Brot. Mitten in der Wüste. Damit er sich nicht aufgab. Und neuen Mut bekam für seinen Weg. Ins Ungewisse und Unbekannte.

Ist die Dame mit Hut so ein Engel für sie?

Gesandt. Von der anderen Seite des Geschehens her?

Die Frage begleitet sie.

Auf ihrer weiteren und weiten Fahrt.

Lässt sie nah bei der Freundin verweilen. Obwohl jeder Kilometer sie weiter wegführt von ihr. Und dem halb aufgeschnürten Päckchen in Zeitungspapier. Das Erinnerungen des ermordeten Vaters birgt.

An sein Leben. Mit Klavier und Gesang.

Und an viele seiner Schülerinnen und Schülern.

Einer davon war besonders.

Für ihre lauschende und liebende Freundin.

So besonders, wie es für sie der Kellner ist. Den sie singen hört in sich. Als sie zu hause ankommt. Und mit der Frage, was wohl tatsächlich geschehen ist, an ihrem Schreibtisch sitzt. Um den Anrufbeantworter abzuhören. Und die E-Mails zu lesen.

Diese elektronischen und elektrisierenden Eindringlinge.

In ihr Haus. Und ihr Herz.

90

Ihr Herz wird geschützt.

Von der klaren Stimme des Kellners.

Die den anderen Stimmen ihr Gewicht nimmt. Mit einem Lied über seine Lieder: Nicht dazu da, anderen zu gefallen. Nur dazu da, das eigene Wollen und Wünschen hinauszutragen in die Welt. Von Seele und Kehle geformt. Beschenkt sie der Text mit Abstand.

Zu dem, was sie hört und liest.

Über die tote Kollegin.

Die ihr Herz nicht schützen konnte.

Vor Stress und Stalking. Durch Termine und Trampel aller Art. So dass es aus dem Takt geriet. Einfach stehen blieb. Wie ein defektes Metronom. Und nicht mehr in Gang gesetzt werden konnte.

Nachdem man sie gefunden hatte.

Bereit für den Aufbruch.

Zum Friedhof im mitversorgten Dorf.

Auf dem sie einen Toten verabschieden sollte. Und zum Entsetzen der Lebenden nicht ersetzt werden konnte. So dass viele der E-Mails und Anrufe schimpfen und schelten. Als wäre der letzte Abschied nicht viel mehr als ein Bühnenstück.

Mit einer Zweitbesetzung hinter den Kulissen.

Der keine Pause zusteht.

Da steht sie auf.

Und gönnt sich eine Pause.

In der sie das Lied des Kellners summt. Und die Dame mit Hut anruft: Es war kein Mord, meine Liebe! Wenn man mal davon absieht, dass pausenlose Plackerei tödlich sein kann. Es war ein Herzinfarkt.

Wie ich ihn schon mehrfach erlebt habe.

Bei Kolleginnen und Kollegen.

Schon mehrfach?

Die Ältere klingt besorgt.

Sie versucht, ihr die Sorge zu nehmen. Zählt und erzählt: Der Erste verschleppte eine Grippe. Ein Zweiter rauchte zu viel. Ein Dritter vergaß seine Tabletten. Und zwei Kolleginnen haben ihr Herz selbst zum Stillstand gebracht. Die Eine schoß sich eine Kugel in den Kopf.

Die Andere sprang aus dem sechsten Stock.

Schrecklich – aber mir passiert sowas sicher nicht!

Stimmt! Das passiert Dir nicht!

Weil Du den Widerstand in Dir ernst nimmst.

Gegen ein Zuviel an Arbeit, an Ärger, an Abwertung. Waren die Kolleginnen denn sehr beliebt? Die Sorge der Freundin ist ihrer Sorgfalt gewichen. Im Denken und Deuten. Sie schickt ein Lächeln durch das Telefon. Während sie antwortet: Sie waren mehr als beliebt.

Fast schon umschwärmt. Und allezeit hilfsbereit und heiter.

Aber wieso vermutest Du das?

Die Dame mit Hut entgegnet:

Ich habe einige solcher Menschen begleitet.

Sie verstecken sich. Vor sich selbst und anderen. Hinter einer Fassade aus Liebenswürdigkeit und Lachen. Aber in der Tiefe ihrer Seele kämpfen sie. Mit Traurigkeit und Tränen. Allermeist ohne zu fragen, woher das kommt. Fliehen und flüchten sie. In das Äußere.

Suchen Anerkennung und Ablenkung.

Von ihrer eigenen Not.

Sie sind also hilflos?

Im Umgang mit sich selbst?

Obwohl sie anderen helfen möchten und können. Die Dame mit Hut stimmt zu: Ganz genau! Nur merkt das kaum jemand … . Also lieber mal streiken und streiten. Als immer strammstehen. Vor dem unbarmherzigen Diktat der Pflichten und Pflichtbeflissenen.

Zumindest habe ich das so gemacht.

Je länger, um so mehr.

Das ist leicht gesagt.

Und schwer getan. Sie seufzt:

Zumindest, wenn Du so ein langes und weites Kleid wie ich im Haus hast. Es wird erwartet, dass Du immer einsatzbereit bist. Der Anruf des Postboten hat es gezeigt. Dass ich für viele nicht mehr bin.

Als ein Pinguin oder ein Rabe … .

91

Sind Sie da? Bitte aufmachen!

Der Ruf unterbricht sie mitten im Satz.

Schnell sagt sie Á dieu. Und schnellt zur Tür. Draußen stehen der Spötter und die Ehrenvorsitzende: Wir haben Ihren Wagen gesehen! Und wollen Sie warnen! Vor dem, was sich zusammenbraut. Über Ihnen und über uns. Seitdem man Ihre Kollegin tot aufgefunden hat.

Zieht eine Sturmflut auf.

Von unseren Nachbardörfern her.

Von den Nachbardörfern her?

Kommen Sie doch erstmal herein.

Ich mache uns einen Tee. Einverstanden? Der Spötter grinst: Sehr einverstanden! Es muss nicht immer Sekt sein. Kopf und Körper raunen: Bleibe vorsichtig! Sie raunt zurück: Vorsicht und ein Lächeln im Gesicht! Und bittet den Spötter und die Ehrenvorsitzende in ihre Küche:

Hier lässt sich gut reden!

Hübsch haben Sie es hier!

Die Blicke der Ehrenvorsitzenden schweifen.

Bis zur Decke hinauf. An der Rosen aus Gips ranken. Der Spötter bemerkt: Ja, wirklich hübsch. Hat auch ein hübsches Sümmchen gekostet, den Stuck in allen Räumen zu erhalten.

Nachdem Ihr Kollege ausgezogen war.

Nur dass Sie ausziehen sollen.

Das ist ganz und gar nicht hübsch.

Weil Sie gestern nicht da waren. Haben die anderen sich bei Ihrem Vorgesetzten beschwert. Bitter und böse. Und der hat sofort Ihre Versetzung in Aussicht gestellt. Als seien Sie ein Hündchen.

Das stets seinem Herrchen folgen muss.

Scharf und schrill.

Pfeift in diesem Moment der Wasserkessel nach ihr.

Sie nimmt ihn vom Herd. Wie in Trance. Gießt den Tee auf. Und tippt sich selbst auf die Stirn: Das hätte er gerne! Dass ich mich an die Leine nehmen lasse. Von ihm und völlig überzogenen Vorschriften.

Über die Erreichbarkeit zu jeder Zeit.

Wohin das führt, zeigt der Tod.

Der Tod der Kollegin. Drei Dörfer weiter.

Aber das will mal wieder keiner wissen. Ich soll parieren. Wie ein Hündchen. Da haben Sie vollkommen recht! Der Spötter und die Ehrenvorsitzende nicken. Im Gleichtakt. Als wären ihre Köpfe an unsichtbaren Fäden in die Hand eines Marionettenspielers gelegt.

Der sie synchron sagen lässt:

Und wir sollen mitmachen bei diesem Dressurakt!

Aber wir sind ungeeignet. Für die Hundeschule.

Der Spötter lächelt und löffelt Zucker in seinen Tee:

Wir brauchen Sie für unser Freigelände. Für das Haus mit den Flüchtlingen und für das Haus mit den Glocken! Kopf und Körper trauen ihren Ohren nicht. Sie aber traut sich. Und tönt: Wie und wieso das? Wir haben doch bis vor kurzem gekämpft.

Nicht miteinander, sondern gegeneinander.

Gegeneinander und umeinander.

Denn wir waren und sind ebenbürtig.

Das hat mich noch lange beschäftigt. Nach unserem Zusammenstoß! Die Ehrenvorsitzende schlürft mehrere Schlucke aus ihrer Tasse: Ich bin es gewohnt, dass sich alle nach mir richten. Deshalb hat es mich so aufgeregt, dass Sie sich nicht haben unterkriegen lassen.

Aber jetzt kann uns das nutzen.

Ihre Wahrhaftigkeit und meine Wehrhaftigkeit.

Das sind die Dornen der Rosen.

Der Spötter deutet mit ausgestrecktem Arm zur Decke:

Doch seit vorgestern Nacht liegt auch sehr viel Duft in der Luft. Finden Sie nicht? Auch sie schaut unwillkürlich nach oben. Und ergänzt: Ja, das war und ist so! Außerdem gibt es eine Rose ohne Dornen. Sie trägt den Namen des Mannes aus Nazareth.

Weiß und weich. Trotzen ihre Blüten.

Der Kälte des Winters. Und der Kälte der Welt.

Nicht mehr lange.

Dann werden ihre Blüten aufgehen.

Hier bei mir im Garten. Und vielleicht können wir ja bis dahin die Angelegenheit zu unseren Gunsten regeln. Ich werde gleich morgen bei meinem Vorgesetzten anrufen.

Und um einen Termin bitten. Für uns drei.

Äh, das ... also, bitte nicht böse sein!

Das ... das haben wir schon getan!

Der Spötter und die Ehrenvorsitzende reden durcheinander. Während der Marionettenspieler seine Figuren aus der Hand legt. Um ihnen die Freiheit zu lassen, die ihnen gebührt. Losgelöst von Missgunst und

Machtmissbrauch beginnen sie, aufrichtig und aufständig zu sein.

Im Geist und Gefolge des Manns aus Nazareth.

Und im alltäglichen Leben.

92

Der Alltag greift nach ihnen.

Gleich am nächsten Morgen. Um neun Uhr.

Empfangen sie gemeinsam den Vorgesetzten. In ihrem Sitzungsraum. Er hustet. Bellend und bittend: Ein Tee? Wäre das möglich? Ich wollte nicht absagen. Aber … . Er hustet wieder. Sich selbst ins Wort.

Sie deutet auf Kanne und Tassen in der Tischmitte:

Ist schon hier! Wie wir auch!

Der Spötter schenkt den Tee ein:

Sie sehen, wir sind sehr gut versorgt!

Fast rund um die Uhr >tea and time<. Der Vorgesetzte hebt zu einer Antwort an. Hustet erneut. Heftig und hart. In seine Tasse hinein. Bis der Tee zum Tsunami wird. Den Rand der Tasse überspringt.

Und seinen Kalender flutet.

Sofort springt die Ehrenvorsitzende auf.

Saust in die Küche und wieder zurück.

Und säuselt. Eine Küchenrolle in der Hand: Ach je, mein Lieber! Sie wären wohl besser zu hause geblieben. Aber um so mehr wissen wir zu schätzen, dass Sie gekommen sind.

Damit sich auch die Wellen und Wogen legen können.

Gegen die so eine Rolle nichts nutzt.

Der Vorgesetzte beobachtet.

Wie die Ehrenvorsitzende den Tee wegwischt.

Und dabei den nassen Kalender hochhebt. Als sei er ein Tabernakel. Hinter dessen Türen das Allerheiligste wohnt. Zugleich gießt ihm der Spötter neuen Tee ein und hält ihm die gefüllte Tasse hin: Vielleicht trinken Sie erstmal ein Schlückchen? Oder sogar zwei oder drei?

Mit viel Milch und Honig.

Das tut der Stimme und Stimmung immer gut.

Kopf und Körper zwicken sie.

Unterhalb ihres Zwerchfells:

Na, siehst Du! Dem werdet Ihr schon den Zahn ziehen! Mit dem er Dich wegbeißen will! Es könnte doch mehr als ein Zufall sein, dass ihm gerade heute sein Sprechwerkzeug so zu schaffen macht.

Also nutze die gute Gelegenheit.

Die Dir zufällt.

Da nutzt sie die Gesprächspause.

Um ihm gelassen und gesetzt zu widersprechen:

Also, ich wüsste nicht, warum ich mich wegreißen lassen sollte von hier! Wir sollten mit einander versuchen, die bevorstehende Sturmflut abzuwenden. Die Menschen in den Nachbardörfern schimpfen und schäumen nur, weil sie sehr schockiert sind.

Angesichts des mehr als tragischen Tods der Kollegin.

Und seinen Folgen.

Die Tasse des Vorgesetzten klirrt.

Auf die Untertasse hinab. Während er knirscht:

Und was bitte soll ich Ihrer Meinung nach tun? Es gibt in der Nähe keine Kollegin und keinen Kollegen – außer Ihnen. Der Spötter kontert: Sind wir etwa niemand? Und nicht kompetent genug, um zu helfen? Die anderen könnten doch zu uns kommen.

Im Haus mit den Glocken ist mehr als genug Platz.

Beten und Betreuung – all inclusive.

Auch inclusive der letzten Abschiede?

Für die es mehr als einen guten Willen braucht!

Ein weiterer Hustenanfall nimmt dem Vorgesetzten den Atem. Er krächzt und keucht an seiner Tasse vorbei. Eine Woge von Tröpfchen auf den Tisch. Schnäuzt sich mehrfach. Steckt sein Taschentuch und seinen Terminkalender weg. Und schiebt seinen Stuhl zurück.

Bleibt aber sitzen, als sie sagt:

Es ließe sich ein Vertretungsplan machen.

Rundherum. In der Region.

Mit allen Kolleginnen und Kollegen.

Die Ehrenvorsitzende ergänzt: Die Planung könnten wir übernehmen. Und den Betroffenen erklären, warum alles anders organisiert werden muss als bisher. Aber jetzt kurieren Sie sich erstmal aus.

Wir informieren.

Zunächst nur die Nachbardörfer.

93

Die Nachbardörfer erhalten Post.

Noch am selben Tag gehen die Briefe heraus.

Der Spötter und die Ehrenvorsitzende haben sie verfasst. Sie staunt, wie geschickt sie die heran donnernden Wogen zu brechen suchen: Zusammenhalt in der Not. Zukunft aus der Not.

Heißen die Vorschläge. Für das neue Miteinander.

Ihre Nichterreichbarkeit.

Kurz nach dem Tod der Kollegin.

Wird in dem Schreiben nicht erwähnt. Auf diese Weise zeigen die beiden, dass sie diese Form von Pflichtbewusstsein für genauso absurd halten wie sie selbst. Und werden so. Ungewollt und ungeplant.

Zu ihren Verbündeten.

Auf dem Weg zu mehr Verständigung.

Vorbehalt und Vorsicht.

Verbleiben trotzdem. Tief in ihr.

Verlangen nach dem Großvater. Der wusste, welche Bündnisse ein gemeinsamer Gegner zu schaffen vermag. Es dauert dieses Mal sehr lange, bis sie ihn und die Großmutter entdeckt: Sie sind im Garten. Und bewundern die Rose ohne Dornen.

Deren Knospen zu Blüten geworden sind.

Der Großvater deutet auf die Blüten:

Schau, wie sich das Leben wandelt und weitet!

Von jetzt auf gleich! Kann uns einleuchten, dass uns mehr verbindet als trennt. Wir öffnen uns wie diese Rose. Ohne Arg und Angst. Vor dem Anderssein der Anderen. Und wachsen.

Über uns selbst hinaus.

In eine belebte und belebende Gemeinschaft hinein.

Zu der auch Dein Vorgesetzter gehört!

Die Großmutter hebt ihren rechten Zeigefinger.

Wie ein unverzichtbares Ausrufezeichen. Kopf und Körper klagen: Du hast gut reden! Du musst nicht mit ihm klarkommen! Da lacht die Großmutter: Ach, Ihr zwei! Der ist doch harmlos im Vergleich zu denen, die uns verraten und verfolgt haben.

Betrogen um ihre eigene Menschlichkeit.

Tun sie mir heute noch leid.

Sie legt ihre Stirn in Falten:

Das verstehe ich nicht wirklich.

Leidest Du an ihnen oder bemitleidest Du sie? Die Großmutter lächelt: Was Du alles heraus hörst aus meinen Worten! Es geht mir tatsächlich um beides: Ich leide unter dem, was sie über uns gebracht haben. Und sie tun mir leid, weil sie selbst Opfer sind.

Eines Denkens, das Grenzen zieht und Gewalt züchtet.

Statt Brücken zu bauen.

Die Menschen verbinden.

Und miteinander versöhnen.

Die Großmutter seufzt: Genau genommen sind wir selbst es, die zu einer Brücke werden müssen. Damit aus dem Leiden an anderen Mitleiden werden kann. Das Löcher in Grenzzäune schneidet. Und Mauern untergräbt. Wenn es sein muss mit den bloßen Händen.

Und einer Rose in Haar.

Gerührt und geläutert.

Umarmt sie die Großmutter:

Du und der Großvater seid eine solche Brücke für mich! Wenn ich Euch rufe, kommt Ihr herbei. Obwohl Ihr schon so lange hinabgesunken seid in den großen Strom der Geschicke und Geschichte.

Was sollte ich nur … .

94

Hallo! Ist da wer?

Die Stimme des Postboten unterbricht sie.

Noch bevor sie ihn sehen kann. Biegt sein Ruf um die Ecke des Hauses. Schnell und schnittig. Beugt sie sich zu den Rosen hinab. Und beschließt, einige davon abzuschneiden.

Für die Kristallvase ihrer Großmutter.

Auf dem Fensterbrett.

Ich hab' gedacht, Sie haben Besuch!

Der Postbote tritt neben sie. Und starrt auf die Blüten:

Blumen im Winter! Wie kann das sein? Mit denen täte ich auch reden. Mich bedanken, dass sie da sind. In frostigen Zeiten. Aber ich glaube, Sie wollten gerade welche abschneiden? Sie sieht zu ihm hoch: Stimmt, dann wachsen mehr Knospen nach.

Das hat mir mal meine Großmutter erklärt.

Sie liebte Rosen ohne Dornen.

Der Postbote ruft:

Eine Rose ohne Dornen! In der kältesten Jahreszeit!

Das sind ja gleich zwei Wunder. Als hätten Frost und Frust eine Friedensflagge gehisst! Sie richtet sich auf, drei der weißen Rosen in der

Hand: Das ist ein wunderbarer Gedanke! Er passt zur Situation. Aber das erzähle ich Ihnen lieber in der Küche.

Kommen Sie, ich mache uns einen Kaffee.

Und die versprochenen Plinsen.

Während die Hefe geht und gärt.

Schäumen ihre Worte zum Postboten hinüber.

Bilden Bläschen aus Zucker, Milch und Luft. Erwärmt von der Triebkraft eines Zusammenwirkens, das sie bis vor kurzem für unmöglich gehalten hatte. Jetzt aber sagt sie: Ich bin zuversichtlich, dass wir unsere Kräfte vermehren und verfeinern können.

Wie die Hefe den Teig.

Und wie Butter und Zucker die Plinsen.

Wollen Sie es selbst ausprobieren?

Das mit der Hefe und den anderen Zutaten.

Sie schiebt dem Postboten die Rührschüssel und einen Schneebesen zu. Der Postbote lacht: Sie meinen wohl, ich hätte noch nie einen Teig angerührt! Sie lacht zurück: Aber der hier ist besonders. Weil er nicht zu flüssig und nicht zu fest sein darf.

Und weil ich kein Rezept habe. Mit Mengenangaben.

Geht alles nach Gefühl.

Oh je! Ich und Gefühl!

Der Postbote schaut ratlos auf die leere Schüssel.

Sie wissen doch, damit habe ich so meine Schwierigkeiten. Deshalb werde ich ab nächstem Monat regelmäßig zum Gespräch gehen. Um mich und meine Knochen zu sortieren.

So wie es Ihre Freundin vorgeschlagen hat.

Sie zieht die leere Schüssel.

Zurück zu sich. Gießt Milch hinein.

Fügt rohe Eier hinzu. Rührt alles schaumig und siebt Mehl in das halb gefüllte Gefäß. Der Postbote beobachtet jeden ihrer Handgriffe.

Streckt unvermittelt den Arm nach der Schüssel aus und stottert: Ich, ich glaube … ich will es doch probieren.

Mit dem richtigen Gemenge. Nach Gefühl.

Gibt man zum Schluss die Hefe hinzu?

Ja, genau! Sie reicht ihm erneut den Schneebesen:

Dann alles kräftig durchrühren. Und entscheiden, ob noch Milch oder Mehl fehlen. Der Postbote rührt die Hefe unter, lässt den Teig mehrfach vom Schneebesen tropfen und sagt:

Also ich meine, noch ein wenig Milch und viele Minuten.

Im warmen Wasserbad. Bis die Hefe gewirkt hat.

He! Sie machen das super!

Genau das braucht es: Gefühl und Geduld.

Auch beim Sortieren der Knochen. Aber heute kommen nur Kaffee und Küchenwecker dran. Damit wir unser Kunstwerk zur rechten Zeit fertigstellen und futtern können.

Sie greift nach dem Wasserkessel und dem Wecker.

In diesem Moment klingelt es.

95

Befreit und bereit.

Ihre Plinsen mit dem ganzen Dorf zu teilen.

Reißt sie die Tür auf und ruft: Was eine Überraschung! Dich habe ich herbeigewünscht! Erst zwei Tage ist es her! Der Kellner macht einen Schritt auf sie zu: Und ich hab' mir gedacht, dass man dem Schicksal manchmal einen Schubs geben muss.

Da sind wir nun – der Schubs und ich!

Hast Du Zeit? Für mich. Für uns. Und die Musik.

Sie ergreift seine Hand.

Zieht ihn ins Haus und in die Küche:

Das ist unser Postbote! Ich zeige ihm gerade wie man Plinsen zubereitet. Danach habe ich Zeit. Hast Du Hunger? Der Keller drückt ihre Hand: Klar doch! Deshalb bin ich ja hier! Der Postbote kichert:

So keck möchte ich auch mal sein können.

In der Gegenwart einer Frau.

Der Keller setzt sich neben den Postboten:

Sie meinen, in Gegenwart einer sehr schönen Frau.

Ihr Gesicht errötet. Im Feuer seiner Worte. Ihre Gestalt erzittert. Weil er tatsächlich gekommen ist. Als hätte ihr Wunsch sein Wollen gelenkt. Durch eine Schwingung, die Menschen zu verbinden vermag.

Über große Entfernung hinweg.

Auf den weglosen Wegen des Himmels.

Verhalten und vorsichtig.

Lenken sie den Schritt. Aus dem Hintergrund.

Um eine oder einen weiterzubringen. Mit sich selbst. So zumindest hatte es die Großmutter erlebt und erzählt. An die sie denken muss, als sie zur Pfanne greift. Um die Plinsen zu backen. Der Kellner fragt: Können wir Dir helfen? Sie deutet auf die Butter:

Die muss geschmolzen werden. Auf dem Stövchen.

Zum Bestreichen der Plinsen.

Ich kann Zucker darauf streuen.

Ergänzt der Postbote. Und sie zusammenrollen!

Das ist doch richtig, oder? Sie nickt und nimmt den ersten gebackenen Plinsen aus der Pfanne. Sobald sich alle Plinsen auf einer Platte türmen, jubelt sie: Sieht das nicht lecker aus?

Jetzt brauchen wir nur noch Teller und Tassen.

Dann kann es losgehen.

Kopf und Körper lechzen.

Nach den lauwarmen Plinsen.

Erst als der dritte auf ihrem Teller liegt, hält sie inne. Leckt sich Butter und Zucker von den Fingern. Und fragt: Schmeckt’s? Die beiden

Männer brummen Zustimmung. Während auch sie einen Plinsen nach dem anderen verzehren. Verzückt und verführt.

Von dieser Köstlichkeit.

Aus der verlorenen Heimat ihrer Großmutter.

96

Weit im Osten.

Wo Birken im Sandboden wurzeln.

Und stets ein Wind weht. War die Großmutter daheim. Im einfachen Bauernhaus mit dünnen Fensterscheiben. Auf denen Eisblumen wuchsen im Winter … . Gerade will sie dem Kellner und dem Postboten von den Eisblumen erzählen, da klopft es an ihr Küchenfenster.

Die Hand ist schwarz.

Mit ein wenig Weiß zwischen den Fingern.

Sie öffnet einen Fensterflügel.

Und erkennt im Halbdunkel ihre Tanzpartnerin.

Aus dem Haus der Flüchtlinge. Ihr Mund ruft zu ihnen hinein: Come! You must come! Immediatly! Ihr Arm winkt sie aus der Küche heraus. Als ginge es um Leben und Tod.

Für sie und andere. Fernab der Heimat.

In ihrem neuen Zuhause.

Der Kellner ruft: Schnell!

Wir müssen sofort los! Wir werden gebraucht!

Sie reißt sich die Schürze vom Leib. Stürzt in den Flur. Und schreit: Ja, schnell. Ich weiß den Weg. Greift nach ihrem Mantel und der Hand des Kellners. Gemeinsam rennen sie los.

Der Postbote rennt hinterher.

Schulter an Schulter mit der Sprecherin der Flüchtlinge.

Schwer atmend und schwitzend.

Kommen sie an. Werden gestoppt und geblendet.

Vom Blaulicht eines Streifenwagens. Der bereits vor dem Eingang steht. Umringt von Fremden und Einheimischen. Die auf eine Polizistin einreden. Und auf das Haus deuten.

Der Kellner flüstert: Komm, wir schauen mal nach.

Was drinnen los ist.

Drinnen liegen Glassplitter auf dem Boden.

Dazwischen Steine. Umwickelt mit Lappen.

Die nach Benzin stinken. Sie haben mehrere Fenster durchschlagen. Der Kellner greift nach einem der Steine, um ihn genauer zu betrachten. Ein Mann in Zivil hält ihn zurück: Bitte lassen Sie alles liegen! Wir müssen erst die Spuren sichern.

Sie erkennt den Leiter der Ermittlungen sofort.

Begrüßt ihn und fragt:

Was ist denn geschehen?

Dass Sie schon wieder kommen müssen.

Es wirkt auf mich, als wäre manchen die Tote im Haus mit den Glocken nicht genug. Der Leiter der Ermittlungen antwortet: Genau so ist es! Aber vermutlich sind die Täter gestört worden. Bevor sie die Lappen entzünden konnten. Haben nur noch die Steine geworfen.

Und sind geflohen.

Wir hatten einen ganz ähnlichen Fall.

Drei Dörfer weiter. Wo auch ihre Kollegin verstorben ist.

Die Leute erzählen, dass sie dagegen vorgehen wollte. Denn zwei Flüchtlinge sind verbrannt. Im stillgelegten Gasthof. Zum Glück waren erst wenige Zimmer belegt. Der Kellner seufzt:

Wie furchtbar! Dass Hetze und Hass nicht aussterben.

Und so vielen Menschen ihr Leben nehmen.

Muß das Haus jetzt geräumt werden?

Der Postbote ist inzwischen zu ihnen getreten.

Dicht neben ihm steht die Sprecherin der Flüchtlinge. Der Leiter der Ermittlungen schaut erst zu ihr, dann zu ihm: Nein, das ist nicht nötig. Wir sind hier in ein oder zwei Stunden fertig. Und soweit ich weiß, sind die Fenster in den Schlafräumen in Ordnung.

Der Postbote übersetzt, was der Leiter der Ermittlungen sagt.

Die Sprecherin der Flüchtlinge schüttelt den Kopf.

Hin und her. Her und hin.

Dass ihre Locken fliegen: That's … .

That's impossible! We're afraid to stay! Wie wäre es, wenn wir hier bleiben? Der Postbote zeigt auf sich, den Kellner und sie. Und fährt zweisprachig fort: Dann seid Ihr nicht allein und müsst keine Angst haben. Then you're not alone and don' t have to be afraid.

And tomorrow … tomorrow we'll send someone else.

Und morgen schicken wir jemand anders.

97

Der Kellner und sie schauen einander an.

Wissen, dass sie keine andere Wahl haben.

Als ihr Wünschen und Wollen zurückzustellen. Für das Wohl derer, die knapp einem Anschlag entronnen sind. Sie sagen wie aus einem Mund: We'll stay with you to night. Wir bleiben bei Euch heute nacht. Okay? Okay! Wiederholt die Sprecherin der Flüchtlinge.

Und schmiegt sich an den Postboten.

Der Postbote nimmt sie in den Arm.

Während sie zu den anderen Flüchtlingen gehen.

Die immer noch bei der Polizistin stehen. Gemeinsam gelingt es ihnen, die Frauen, Männer und Kinder zu beruhigen. Und zu erklären, dass sie bleiben können. Weil sie behütet und beschützt werden.

Bei Tag und Nacht. Bei Nacht und Tag.

Das erinnert Kopf und Körper.

An ein uraltes Lied. Aus dem heiligen Buch.

Gedichtet und gesungen. In der Sprache des Großvaters. Erzählt es von einem Hirten. Der die Menschen niemals alleine lässt. Und ihnen den Tisch deckt. Während Feinde sich heranschleichen.

Hinterlistig und hasserfüllt.

Fasziniert vom Gleichklang.

Zwischen Geschichte und Gegenwart.

Fragt sie den Kellner, ob er dieses Liedes kennt. In dem es heißt: *Auch wenn ich gehen muss durch die Todesschattenschlucht, ... Du rüstest den Tisch mir, meinen Drängern zugegen ....* Er schüttelt den Kopf und schlägt vor: Wir könnten es machen wie der Hirte.

Den Tisch decken. Gemeinsam essen, trinken und singen.

Das mindert die Angst und mehrt den Mut.

Was eine wunderbare Idee!

Spontan und sprühend. Umarmt sie den Kellner:

Ich könnte von meinem Arbeitszimmer aus einige Dorfbewohner anrufen, die uns unterstützen: mit Getränk, Gebäck und ihrer Gegenwart. Was meinst Du? Der Kellner schäkert: Waaas? Du willst mich verlassen? Wo wir uns doch eben erst gefunden haben!

Also los, geben wir dem Schicksal noch einen Schubs –
einen revolutionären Schubs!

Dieser Schubs ist überwältigend.

Als sie zurückkommt, sind die Steine weggeräumt.

Die beschädigten Fensterscheiben zugeklebt. Und alle verfügbaren Tische im Erdgeschoß des Hauses zusammen gestellt. Der Leiter der Ermittlungen empfängt sie an der Tür: So etwas habe ich noch nie erlebt! Dass am Tatort eine Tafel aufgebaut wird.

Er zeigt auf die Tücher über ihrem Arm:
Sind das Tischdecken?

Sie legt die Tücher ab:

Ja! Weiße Tischdecken! Friedenstischdecken!

Gleich kommen ein paar Leute aus dem Dorf. Mit Käse und Brot und Wein. Wollen Sie bleiben? Und mit uns ein Zeichen setzen gegen Hetze und Hass? Der Leiter der Ermittlungen brummt:

Wollen würde ich schon. Dürfen darf ich leider nicht.

Man könnte mir Parteinahme vorwerfen.

Diese Parteinahme doch nicht!

Der Kellner hilft ihr die Tischdecken aufzulegen.

Nimmt den Leiter der Ermittlungen beim Arm. Und führt ihn mit sich. Schnaufend und schnaubend. Schieben sie wenig später zusammen mit drei anderen Männern ein Klavier in den Raum.

Sie staunt: Wo war das denn?

Ich wusste gar nicht, dass eines hier ist!

98

Es stand unter der Treppe.

Als hätte es jemand nicht mehr gebraucht.

Aber gehofft, es irgendwann wieder benutzen zu können. Der Kellner setzt sich vor die Klaviatur: Ich finde, es klingt immer noch ganz passabel. Hör mal. Sie hört. Und in Kürze hören auch alle anderen.

Wie der Kellner einen ermordeten Freund besingt.

Und zum Zusammenhalt auffordert.

Dieser Zusammenhalt wird konkret.

Als sie wenig später miteinander an der Tafel sitzen.

Ernst und erwartungsvoll. Schauen alle Gesichter zu ihr. Geben ihr zu verstehen, dass sie etwas sagen sollte. Etwas, was auch ohne Übersetzung von und zu ihnen spricht. Da erhebt sie sich.

Und summt und singt. In der Sprache des Großvaters.

Von der Sehnsucht nach Frieden.

Hevenu shalom alejchem … .

Hevenu shalom, shalom, shalom alejchem.

Der Postbote singt und klatscht sofort mit. Ohne Text und Noten. Finden auch die anderen hinein in die Melodie. Und einen immer schneller werdenden Rhythmus. Bis Tempo und Takt nach unzähligen Wiederholungen einen Salto machen … .

Und sich das gemeinsame Summen und Singen auflöst.

In Lachen und Leichtigkeit.

Sie hebt ihr gefülltes Glas.

Dankt denen, die Essen und Trinken gebracht haben.

Erinnert daran, dass beides Leib und Seele zusammenhält. Und lässt sich auf ihren Stuhl fallen. Der Kellner lächelt: So werden wir die Nacht gut überstehen. Du singst und ich spiele! Sie schüttelt den Kopf. Wie es vorher die Botin der Flüchtlinge getan hat:

Das war eine Ausnahme! Ich kann nicht singen!

You can! Don’t be afraid!

Der Kellner ergreift ihre Hand:

Oder bist Du etwa auf der Flucht? Vor Deiner eigenen Stimme? Sie entzieht ihm die Hand. Leert ihr Glas. Gießt nach. Leert es erneut. Und gibt zu: Ich befürchte, Du hast recht! Mir ist lieber niemand hört, was mich bewegt. Aber vielleicht … .

Vielleicht ist es wirklich Zeit aufzubrechen.

Zu mir selbst.

Der Kellner zieht sie zum Klavier:

Du weißt doch, das Schicksal braucht einen Schubs!

Und manchmal schubst es uns! Damit wir endlich aufhören wegzulaufen. Vor den uns geschenkten Begabungen. Aus denen Aufgaben erwachsen. Zumindest hat es mal eine Malerin so gesagt.

Die geächtet wurde von den Betreibern der Gaskammern.

Um ihrer Gesinnung willen.

Und was mache ich?

Die ich nicht fliehen muss. Vor Drangsal und Diktatur.

Sie umklammert ihr Glas: Ich stutze mir selbst die Flügel. Nehme mir nicht die Zeit und den Raum, um hinaufzusteigen zum Funkeln der Sterne. Zu diesem Weiß inmitten von Schwarz.

Der Kellner widerspricht: Du irrst!

Du fliegst bereits. Wenn Du singst, höre ich es!

99

Er greift in die Tasten.

Sie ruft ihm zu: *Cantare ... volare!* Das kenne ich.

Und schon breitet das Lied seine Schwingen aus. Trägt die Stimmen der beiden. Auf den Händen des Kellners. Der die Melodie ausschmückt. Bis sie zum Schluß wieder landen, wo sie gestartet sind.

Neben einer Tafel am Tatort.

An der alle still geworden sind. Um ihnen zu lauschen.

Von der Tür her ruft es: Bravo!

Sehr geeignet für das Haus mit den Glocken!

Der Spötter geht auf sie zu und grinst: Das hat sich neulich noch ganz anders angehört … ! Sie gibt ihm die Hand: Wir versuchen nur, den Ereignissen ihre Schwere zu nehmen. Er deutet zu der Tafel.

An der wieder gesprochen und gelacht wird:

Das gelingt Ihnen bestens!

Wollen Sie sich dazu setzen?

Der Spötter verneint. Und erzählt vom Kollegen.

Den er anrufen möchte. Um zu schildern, was geschehen ist. Sie informiert ihn über die Ereignisse. Läßt den Kollegen grüßen und fügt hinzu: Und danken Sie ihm bitte. An meiner Stelle. Für das Klavier, das er unter der Treppe hat stehen lassen.

Wir können es sehr gut gebrauchen.

Während sie sprechen.

Hat der Kellner ein weiteres Lied angestimmt.

Einige der Erwachsenen singen mit. Die meisten Kinder stehen dicht neben ihm. Bestaunen das Auf und Ab der Tasten. Und die daraus entstehenden Klänge. So dass sich der Kellner schließlich selbst unterbricht. Einen Jungen auf den Schoß nimmt.

Und gemeinsam mit ihm nach Tönen sucht.

Die eine Melodie ergeben.

Einfach und ergreifend.

Üben sie. Wieder und wieder.

Bis aus dem Stocken ein Fließen wird. Und der Kellner seine Hand von der Hand des Jungen nimmt. Der in sich selbst versunken weiter auf die Tasten drückt. Nur Weiß und kein Schwarz. Der Kellner lächelt zu ihr und dem Spötter herüber: Klavierunterricht!

Kann das nicht organisiert werden? Kostenfrei?

Für alle, die es möchten.

Der Spötter lächelt zurück:

Wie wär's denn mit Ihnen? Wohnen Sie weit weg?

Kopf und Körper nörgeln: Immer diese Neugier! Fehlt nur, dass er wissen will, woher Ihr Euch kennt. Gewieft und gewiss. Dass der Kellner ihr Geheimnis nicht preisgibt. Nimmt sie den beiden ihre Not: Das hört sich gut an! Ja, richtig gut! Echot der Kellner.

Und führt die Hand des Jungen zu den schwarzen Tasten:

Nur habe ich leider keine Zeit!

Das geht mir genauso!

Der Spötter schaut auf seine Uhr:

Ich muss ja weg! Ihren Kollegen anrufen! Vielleicht weiß er jemand für den Klavierunterricht! Wirklich schade, dass Sie nicht können! Er verabschiedet sich und verschwindet. Schnell und schnörkellos.

Wie er gekommen ist.

Der Kellner und sie schauen sich an.

Still und strahlend. Ob ihres Zusammenklangs.

Ohne Worte. Verweilen sie auch den Rest des Abends und der Nacht nebeneinander. Helfen, die Kinder ins Bett zu bringen. Halten Wache. Zusammen mit dem Postboten. Holen Melodien herbei. Aus dem Klavier des Kollegen. Und ihren Kehlen.

Bis sich Ruhe ausbreitet. Im ganzen Haus.

100

Das Herz des Hauses ist die Tafel.

Die sie bei Tagesanbruch für das Frühstück deckt.

Während der Atem des Kellners vom Sofa herüber weht. Leise und leicht. Als würde er im Schlaf das Morgenrot ihres Miteinanders besingen. Wider die Kälte des Winters und der Welt.

Denen es an Wärme fehlt.

Kaffee schenkt Wärme.

Doch wie viel werden sie brauchen?

Um Kraft zu sammeln. Für den Widerstand gegen die Vereiser und Verächter des Lebens. Sie geht in die Küche. Setzt Wasser auf. Legt Brötchen in den Backofen. Und stellt einige Kannen bereit.

Bunt und blumig. Bieten ihre Kurven.

Sonne und Sommer feil.

Gerne würde sie zugreifen.

Mit dem Kellner in blühende Wiesen fliehen.

Eintauchen. In die Grünkraft des Glücks. Bis sie einschlafen. Unter einem Mond. Golden und groß. Vor Staunen über ein Menschenpaar. Das so arglos die letzte Mitte betritt. Haut an Haut. Pore an Pore.

Ein kosmisches Tor.

Zu grenzenlosem Sein und Werden.

So grenzenlos wie das Willkommen.

Das sie sich für alle Flüchtlinge wünscht.

Um deretwillen sie jetzt die Kannen und die Küche füllt. Mit betöhrendem Duft. Da ruft es vom Sofa her: *Caldo come l'inferno, negro come il diavolo, pure come un angelo e dolce come l'amore.* Sie füllt einen Kaffeebecher. Und trägt ihn zum Kellner:

Ich glaube, das war nicht nur eine Beschreibung.

Sondern auch eine Bestellung.

Der Kellner richtet sich auf:

Ich wusste, dass Du mich verstehst.

Aber kannst auch verstehen, dass ich gleich weg muss? Zu den anderen im Hotel. Wir sind auf Tournee. Und müssen weiter. Nicht nach Italien. Sondern nach Norden. Noch einige Monate lang.

Bis in den Sommer hinein.

Sie denkt an die Kannen.

Und setzt sich zu ihm auf das Sofa:

Vielleicht schubst uns das Schicksal ja dann in die Wiesen. Wo niemand und nichts uns abhalten kann. Von Dir. Von mir. Von uns. Der Kellner nickt. Und nimmt einen Umschlag aus seiner Jacke: Ich habe Dir etwas mitgebracht. Damit es nicht zu lange dauert.

Bis zu unserem Wiedersehen.

Kopf und Körper flüstern:

Das ist garantiert eine Eintrittskarte.

Der Kellner fällt ihnen ins Wort: Es sind zwei Eintrittskarten. In ein Konzerthaus, das aussieht wie ein Schiff. Es wurde auf dem Sockel eines alten Getreidespeichers erbaut. Mitten im Wasser. Es wäre sehr schön für mich, Dich dort zu wissen.

Mit mir auf dem Fluss. Besonders und bedeutsam.

Wie die Stadt, die ihm zu Füßen liegt.

Aber wieso zwei Karten?

Der Kellner lächelt: Du sollst Platz haben.

Und fügt nach einer kleinen Pause hinzu: Für eine Freundin und Dich. Oder möchtest Du die weite Reise lieber ohne Begleitung machen?

Sie denkt sofort an die Dame mit Hut: Das ist ganz wunderbar! Vorausgedacht und vorausgefühlt. Ich werde kommen.

Und meine Freundin auch.

Vorausgesetzt sie muss nicht Zug fahren.

Auf Gleisen, die für sie Gleise des Todes waren und sind.

Die Hand des Kellners gleitet in die ihre: Ich kenne das allgegenwärtige Gewappnetsein gegenüber dieser Gefahr. Von meinen Eltern. Die mich ermutigt haben. Zum aufrechten Gang.

Eine Kindheit lang.

101

Das Kind in ihr jubelt.

Über dieses Eingeständnis des Kellners.

Das seine Geschichte nah an die Geschichte der Dame mit Hut heranrückt: Jetzt gibt es wirklich keinen Grund mehr, nicht zu singen und nicht zu spielen. Du wirst schon herausfinden, was zu Dir passt.

Ein wenig Weiß und viel Schwarz.

Oder umgekehrt?

Beim Frühstück entscheidet sich eine Kinderhand.

Für die weißen Tasten allein. Erinnert eine Melodie.

Pausiert. Während der zu ihr gehörige Junge suchend zur Tafel schaut. Sie bemerkt seinen Blick. Geht zum Klavier. Und winkt den Postboten und die Sprecherin der Flüchtlinge herbei. Die ihre Sätze hinüber setzen. In die Sprache des Jungen.

Bis er versteht. Dass der Kellner weg musste.

Um der klingenden Tasten willen.

Die jetzt klirren und klagen.

Weil der Junge sie wahllos niederdrückt.

In seinem Schmerz. Über den Verlust seines ersten Klavierlehrers. Die Sprecherin der Flüchtlinge holt ihm eine Brötchenhälfte. Drückt sie in seine freie Hand. Und sagt zum Postboten: Seine Geschwister sind verschollen. Seine Eltern und Großeltern wurden ermordet.

Möchtest nicht Du sein Papa werden?

Sie sieht wie der Postbote erblasst.

Den Mund öffnet und schließt und … .

Wie ein Fisch auf dem Trockenen. Nach Luft schnappt. Und neben der Sprecherin der Flüchtlinge zu Boden sackt. Ihr Zupacken mildert seinen Aufprall ab. Und ihr Zureden holt ihn zurück.

Aus Lähmung und Lautlosigkeit.

Ins Wort.

Gestammelt und gestottert.

Lässt es die Sprecherin der Flüchtlinge wissen.

Warum ihm das Schicksal des Jungen den Boden unter den Füßen wegzieht. Als wäre es sein eigenes. Warum er selbst Hilfe braucht. Um Hilfe geben zu können. Hilfe, die sie ihm gewährt.

Indem sie seine Hand hält. Und ihr Herz weit öffnet.

Für eine gemeinsame Zukunft.

Mit ihm und dem Jungen.

Der vom Klavierhocker aufgesprungen ist.

Und dem Postboten seine angebissene Brötchenhälfte hinhält. Als ahnte er, dass auch er zum Opfer gemacht wurde. Von Tätern und Tötern. Die nur durch Menschen besiegt werden können. Denen die Fähigkeit zu lieben nicht abhanden kommt. Trotz allem.

Und allem zum Trotz.

Da nimmt der Postbote das Brötchen.

Beißt hinein. Sagt: Hmm! Wie lecker!

Und gibt das letzte Stück der Sprecherin der Flüchtlinge. Sie hebt den Jungen auf ihren Schoß. Zaust ihm durchs Haar und zaubert die Melodie, die er mit dem Kellner eingeübt hat, auf ihre Lippen:

Nur Weiß. Und kein Schwarz.

Das Leben ist nicht so.

Lamentieren Kopf und Körper.

Als sie wenig später nach hause geht. Müde und mitgenommen. Von der durchwachten Nacht. Muss sie sich sofort hinlegen. Unfähig weiterzumachen. Sinkt sie tief und tiefer hinab. Zum Ufer des großen Stroms. Die Fische singen ihr und den Großeltern.

Ein uraltes Lied.

Traurig froh.

Tönt und tanzt es. Durch das Wasser.

Umspült einen Buchstaben. Aus Tang und Wurzeln hat ihn der Großvater gebaut. Er ähnelt einem Tor. Doppelt so hoch wie breit. Die Großmutter fragt. Aufgewühlt und aufgeweckt: Du hast gesagt, es gäbe kein Zeichen für einen Türrahmen.

Aber dieser Buchstabe sieht ganz danach aus.

Hab' ich was falsch verstanden?

Der Großvater wäscht seine Hände.

Spült Tang und Wurzeln ab. Und beruhigt die Großmutter:

Du hast alles richtig verstanden. Dieser Buchstabe sieht zwar aus wie ein Türrahmen oder Tor. Er meint aber sehr viel mehr. Als letzter Buchstabe in unserem Alphabet steht er für das Ende.

Also für den Aufbruch ins Ganze.

Und zeitlose Glück.

Oh je! Ist das schön und schwierig zugleich!

Die Großmutter malt den Buchstaben in die Luft:

Und wie soll ich ihn nennen, wenn er kein Türrahmen und kein Tor ist. Und doch so auf mich wirkt? Der Großvater lächelt. Vielsagend und vielversprechend: Du kannst ihn ruhig Tor nennen. Wenn Du dabei nicht vergisst, dass es das letzte Tor ist.

Und ein Zeichen.

Dass wir beide bald zurückkehren sollten.

Das Zeichen schreckt sie auf.

Sie schreit: Bitte nicht! Bitte bleibt noch … !

Der Großvater unterbricht sie: Keine Sorge! Wir sorgen nur vor. Für unsere Heimkehr. Weil Du immer mehr bei Dir selbst ankommst. Und uns kaum noch brauchst. Ist das nicht ein gutes Zeichen?

Ein Tor zum Glück – auch für Dich?

Sie denkt zurück.

An ihren ersten Konzertbesuch.

Und an das Tor der Töne. Durch das sie der Kellner gelockt hat. Mitten in der Metropole. Als sei es ein Leichtes, sich selbst zu erkennen. Und die Kehle zum Schwingungsraum der Seele werden zu lassen. Um mehr und mehr in Resonanz treten zu können.

Mit den Menschen und Möglichkeiten am Wegesrand.

An jedem neuen Tag.

Erst wenige Wochen und Monate ist das her.

Und doch ist ihr, als sei sie endlich fähig und frei.

Der Melodie ihres Lebens zu folgen. In Dur oder Moll zu singen und zu spielen. Mal weiß. Mal schwarz. Mal beides zugleich. Aber stets gewiss, dass es ihr Ton ist, der sie leitet und begleitet.

Bis zum letzten Tor.

Ihre Großeltern stehen vor diesem Tor.

Obwohl sie es schon lange durchschritten haben.

Müssen sie es in ihrer Traumwelt ein weiteres Mal durchschreiten. Damit sie beginnt, die beiden loszulassen. Und sich ganz und gar auf sich selbst zu verlassen. Sie fragt:

Wie wär's, wenn ihr noch ein wenig zuseht?

Wo und wie es mit mir weitergeht.

Die beiden stimmen zu.

Üben miteinander den neuen Buchstaben.

Ohne ihn beim Namen zu nennen. Und wachen über ihre Enkeltochter. Bis sie am Spätnachmittag erwacht. Ergriffen und erfüllt. Von ihrem Erleben. Jenseits des Erklärbaren.

Erklärt es ihr viel.

103

Das müssen Sie mir erklären!

Der Leiter der Ermittlungen steht vor ihrer Tür.

Und deutet auf das Gerät in seiner Hand. Hören Sie doch bitte mal, wer das sein könnte! Er drückt den Knopf seines Aufnahmegeräts. Eine rotzige raue Stimme ertönt.

Nach wenigen Sekunden drückt er den Knopf wieder.

Die Stimme erstickt. In Fiepen und Piepen.

Als müsse sie decodiert werden.

Von Wesen. Denen Wörter und Sätze fremd sind.

Sie will die rotzig raue Stimme schützen. Vor diesen Wesen und der Welt. Und fragt: Warum bedarf diese Stimme einer Erklärung? Was hat sie Ihnen mitgeteilt? Ich müsste die ganze Aufnahme hören.

Um sie unterscheiden zu können.

Von anderen Stimmen.

Leider darf ich nicht mehr vorspielen!

Denn es handelt sich um einen Täterhinweis.

Wir können ihm nur folgen, wenn wir wissen, wer hier spricht. Wissen Sie es wirklich nicht? Er schaut sie prüfend an. Kopf und Körper warnen: Sag es nicht! Du solltest zuerst mit dem Jungen reden. Vielleicht gibt er sich dann selbst zu erkennen.

Da antwortet sie. Ohne zu antworten:

Ich kann es Ihnen nicht sagen!

Der Leiter der Ermittlungen versteht sie auf Anhieb:

Wäre wirklich super, wenn Sie mich unterstützen könnten.

Und sei es, dass Sie die Person stützen, die hier spricht. Damit sie sich stellt und zu ihrer Aussage steht. Vorausgesetzt das ist nicht nur Wichtigtuerei. Sondern eine Wegweisung.

Die ich gestern vom Anrufbeantworter kopiert habe.

Für unsere Ermittlungen.

Ach, und was in jedem Fall wegweisend ist.

Für Sie und uns. Wegen dem tödlichen Unfall … .

Der Leiter der Ermittlungen zeigt zum Haus mit den Glocken: Fremdeinwirkung ist ausgeschlossen worden. Auch der Ehemann verzichtet auf rechtliche Schritte. So dass die Bahn frei ist. Für einen Abschied, wie er ihn sich wünscht.

Und wie er Ihrer Mitarbeiterin gebührt.

Sie ist ihrem Gegenüber dankbar.

Dass er ihr Gespräch umlenkt. Sie beschenkt.

Mit Entlastung und Erleichterung. Auch wenn das die Frau, die das Haus mit den Glocken gepflegt hat, nicht mehr lebendig macht. Spüren Kopf und Körper, wie ihnen neue Kraft zufließt. Aufgerichtet und aufgeräumt. Antwortet sie: Ich danke Ihnen sehr!

Für diese gute Nachricht!

Vielleicht kann ich Ihnen ja auch eine bescheren!

Dabei denkt sie an den Nachmittag.

Und das Treffen mit den Mädchen und Jungen.

Die Woche für Woche gemeinsam mit ihr die heiligen Schriften erkunden. Um nach dem Woher und Wohin ihres Lebens zu fragen. Als der Junge mit der rotzig rauen Stimme den Raum betritt, begrüßt sie ihn mit Handschlag: Wie schön, dass Du da bist!

Ich hoffe, es geht Dir ein bißchen besser?

Er senkt seinen Blick.

Ohne ihre Hand loszulassen. Und sagt:

Haben Sie nachher ein wenig Zeit für mich? Ich muss Ihnen etwas erzählen. Es lastet auf mir, wie ein Stein! Sie drückt seine Hand und erwidert: Gerne! Manche Steine werden durchs Reden leichter. Manche rollen sogar ganz zur Seite. Wie bei dem Mann aus Nazareth.

Der hinausgehen konnte. Aus seiner Gruft.

In ein neues Leben.

104

Äh, also … .

Also der Stein, der Stein auf mir … .

Der Junge mit der rotzig rauen Stimme muss mehrfach ansetzen: Dieser Stein ist ein Mädchen! Es sieht meinem toten Mädchen sehr ähnlich … ! Ja und ich weiß nicht … ! Was meinen Sie?

Sie staunt und stottert: Oh! Oh wie schön … wie … .

Ich hab' gedacht, Dein Stein wär' was anderes!

Der Junge scheint nur halb hingehört zu haben:

Sie meinen also, dass ich das Mädchen ansprechen darf?

Obwohl ich mit meinem toten Mädchen jeden Tag rede. Sie nicht vergessen kann und will. Allmählich gewinnt sie Abstand von ihrem Ansinnen und sagt: Natürlich darfst Du das! Vielleicht hat Dir Dein totes Mädchen ja dieses Mädchen geschickt … .

Weil es möchte, dass Du wieder nach vorne schaust.

Nicht nur zurück.

Zurück liegt noch etwas anderes.

Die rotzig raue Stimme wird zum Stimmchen.

Sie muss sich zu dem Jungen hinüberbeugen. Um ihn zu verstehen: Es sind viele Steine. Umwickelt mit Stoff. Getränkt mit Benzin. Sollten sie unseren Flüchtlingen den Tod bringen.

Ich habe die Steinewerfer gestört.

Ganz zufällig.

Sie rückt näher an den Jungen heran.

Flüstert und fragt: Könntest Du sie beschreiben?

Das Stimmchen des Jungen wird zum Hauch: Ja und Nein. Ich habe mehr gehört als gesehen. Es war ja schon dunkel. Aber weil der eine den anderen beim Namen gerufen hat, bin ich mir sicher.

Dass die beiden auf meiner Schule sind.

In der Abschlussklasse.

Die meisten Namen gibt es mehrfach!

Wie kannst Du Dir so sicher sein?

Sie behält den Flüsterton bei. Als webte das einen Kokon um sie und den Jungen. Der Junge flüstert zurück: Tattoo wird der eine genannt! Das gibt es doch nicht so oft! Oder? Und der andere Tattoo II.

Weil er tut, was der andere will.

Die halbe Schule hat vor den beiden Angst.

Und Du? Hast Du auch Angst?

Die Augen des Jungen bejahen.

Dunkel und düster. Sprechen aus ihnen Schmerz und Scham. Sie deutet auf sich: Hätte ich auch! Aber Du musst ganz schön mutig gewesen sein, dass die zwei fortgelaufen sind vor Dir!

Ich habe ganz laut gerufen: Weg hier! Weg hier!

So laut und lang ich konnte!

Die rotzig raue Stimme wird wieder hörbar:

Zugleich habe ich Kartoffeln geworfen. Eier.

Karotten. Äpfel. Zwiebeln. Alles, was ich zu den Flüchtlingen bringen wollte. Aus unserem Vorratskeller. Da sind einige aus dem Haus gekommen. Haben ebenfalls ganz laut gerufen und geschrieen.

Vielleicht war das unsere Rettung.

Ich weiß es nicht.

Aber ich weiß, dass Du zur Polizei gehen musst.

Anonym auf den Anrufbeantworter sprechen hilft nichts.

Der Junge sackt in sich zusammen: Und dann fackeln die beiden unseren Hof ab. Wenn sie wieder rauskommen. Das kann ich nicht tun.

Meine Mutter könnte keine Nacht mehr schlafen. Es ist schon so anstrengend genug. Mit unseren Biosachen.

Hatten und haben wir es viel schwerer als andere.

Die mit Gift und ohne Gewissen arbeiten.

Sie sieht den Jungen an.

Bis zu ihm spricht, was er ausgesprochen hat.

Und er murmelt: Mit Gift und ohne Gewissen. Mit Gift und ohne Gewissen. Mit Gift und … . Langsam richtet er sich auf. Seine Augen leuchten. Während er ruft: Stimmt! Ich muss zur Polizei!

Denn auch diese Steinewerfer säen Verderben und Tod.

Uns wird nichts passieren.

105

Was ist denn passiert?

Dass Du so lange nicht anrufst?

Die Dame mit Hut klingt besorgt: Es muss doch etwas geschehen sein! Dass Du des Tags und des Nachts nicht da bist! Ich habe es schon mehrmals probiert … ! Sie unterbricht die Ältere:

Es war … es ist … bestürzend, bedrohlich und beglückend.

Die Flüchtlinge, die Steine, der Kellner … die Polizei.

Am besten, Du erzählst der Reihe nach!

Seufzt die Dame mit Hut: So verstehe ich nichts.

Nur, dass Du ganz schön außer der Reihe bist. Als wäre der himmlische Raphael noch nie bei Dir gewesen. Du kennst ihn doch? Diesen geflügelten Begleiter. Der hilft und heilt.

Mitten im Weltgewirbel.

Gewirbelt hat es kräftig!

In mir und um mich herum! Sie stöhnt.

Und versucht der Reihe nach zu schildern, was geschehen ist. Was sich durch Kopf und Körper gedrängt hat. An Gestalten, Gedanken und Gefühlen. Als wären die beiden ein Tor. Wie es der Großvater und die Großmutter in den Sand gemalt haben:

Doppelt so hoch wie breit. Mit einem Häkchen.

Links unten.

Das Häkchen ist der Halt dieses Tors.

Flüstert da der himmlische Raphael:

Verankert in der Erde. Verändert es Dich vom Ende her. Und macht Dich standfest und stark. Denn wen oder was solltest Du fürchten, wenn alles einmal hindurchgeht durch dieses Tor? Sie wiederholt die beflügelnde Eingebung. In klarem und kräftigen Ton:

Wen oder was sollte ich fürchten?

Wenn alles einmal hindurchgehen wird durchs letzte Tor.

Die Dame mit Hut jauchzt ihr ins Ohr:

Jetzt hast Du verstanden, was ich meine!

Dem himmlischen Raphael sei Dank. Er wird auch weiterhin mit Dir sein. Bis Deine Kehle und Seele in vollkommener Übereinstimmung sind. Und das Weltgewirbel Dich nicht mehr durcheinander wirft.

Sondern werben muss.

Um Deine Aufmerksamkeit.

Du meinst, dass ich entscheide?

Was ich an mich heran lasse und was nicht?

Ihre Stimme klingt heiter und hell. Die Dame mit Hut nimmt ihren Ton auf: Ja, so wird es sein! Und Deine Freude am Leben mehren. Auch wenn Du bis zum Äußersten gefordert bist.

Wirst Du fühlen, wann Verlangsamung angesagt ist.

Wann Voranschreiten.

Das kenne ich.

Aus der Sprache der Musik.

Ritardando. Accelerando. Heißt es da. Sie flötet ins Telefon. Und fragt die Dame mit Hut: Klingt das nicht richtig gut? Als wäre es lediglich das rechte Tempo. Das darüber entscheidet, ob wir die Melodie des Lebens zu unserer eigenen machen können. Taste für Taste.

Weiß und Schwarz und Weiß.

Und Schwarz.

Für mich war das zu schwierig.

Die Dame mit Hut atmet schwer:

Seit der Ermordung meiner Familie bin ich fast unempfänglich für das mir angemessene Tempo. Stattdessen habe ich versucht, ihr Leben durch mein Leben vor dem endgültigen Verklingen zu bewahren. Habe intensiv gelebt. Und viel gearbeitet.

Sogar sehr viel.

So viel, dass Du eine Pause gebrauchen könntest?

In einem Konzerthaus, das wie ein Schiff im Wasser liegt.

Wehmütig und weich. Wogen ihre Worte zu der Älteren hinüber: Der Kellner hat mir zwei Eintrittskarten geschenkt. Für einen Abend in diesem Frühjahr. Ich habe natürlich sofort an Dich gedacht!

Und den verschollenen Schüler Deines Vaters.

Der gerne dort gesungen hätte.

Es wird still in der Leitung.

Während sich die Erinnerung ausdehnt.

Und der Dame mit Hut fühlbar gemacht, was sie empfunden hat und empfindet. Für diesen jungen Mann. Der sie am Ende der Gesprächspause sagen lässt: Wenn Du es mir überlässt, wie wir dorthin reisen, will ich mich aufraffen. Und aufbrechen … .

Ein allerletztes Mal.

106

Noch Tage später.

Muss sie an das allerletzte Mal denken.

Von dem die Dame mit Hut gesprochen hat. Als würde sie einen

Abschied vorbereiten. Doch welcher Abschied könnte das sein? Sie nimmt sich vor nachzufragen. Sobald sie die Frau, die das Haus mit den Glocken gepflegt hat, verabschiedet hat.

Deren Verlust sie bedrückt und bedrängt.

Obwohl es keine behördlichen Bedrängnisse mehr gibt.

Und ihr Mann sogar sagt:

Sie alle trifft keine Schuld!

Meine Frau hat gern viel riskiert. Ohne Helm auf dem Fahrrad. Ohne Seil auf dem Klettersteig. Ohne Schwimmweste auf dem Segelboot. Daran haben all meine Mahnungen nichts ändern können. Wenn wir erstmal auf Tour waren, gab es kein Halten mehr.

Es ist ja auch nie etwas … . Er fängt an zu weinen.

Mitten im Satz.

Sie sitzen in seinem Wohnzimmer.

Überall hängen Fotografien. Von den beiden.

Erinnern. An ihre Abenteuerreisen. Erzählen. Von ihrer Freude an Grenzerfahrungen. Noch weinend deutet er auf das größte aller Bilder: Hier stehen wir auf dem höchsten Berg der Alpen. Hier haben wir uns das Ja-Wort gegeben. Es hat uns gesichert. Besser als jedes Seil.

Uns geschützt. Besser als ein Helm.

Und war wie ’ne Schwimmweste für uns.

Eine Schwimmweste?

Sie sieht ihn an. Er lacht. Unter Tränen.

Wir zwei sind, wir waren aufrechte Menschen. Unseren Familien war das oft zu viel. Gesagt zu bekommen, was wir denken. Gezeigt zu bekommen, was wir fühlen. Müsst Ihr immer so anstrengend sein? Wurde gefragt. Da haben wir gelernt uns freizuschwimmen.

Bei höchstem Wellengang.

Sind erwachsen geworden.

Statt zu unterzugehen. Im Familiensumpf.

Er schüttelt sich. Als klebten noch Moral und Morast auf seiner Haut. Sie deutet auf die Fotografien: Haben Sie denn noch Kontakt? Zu Ihren Eltern, Geschwistern, Verwandten? Hier sehe ich nur Sie und Ihre Frau. Ihr Gegenüber steht auf. Und sagt im Hin- und Hergehen:

Genau so war und ist es. Bis heute.

Wir waren, wir sind allein.

Dass wir keine Kinder bekommen haben.

Nicht bereit waren, medizinisch nachzuhelfen.

Hat man uns am wenigsten verziehen. Meine Frau hat immer gesagt: Das wird schon einen Sinn haben. Und seitdem sie das Haus mit den Glocken gepflegt hat, hat sie gerne hinzugefügt:

Ich habe eine neue Familie.

Die zu mir passt. Und zu der ich passe.

107

Am Ende des Gesprächs sammeln sie.

Was ihnen passend und prägnant erscheint.

Für den Abschied von ihr. Der Mann wünscht sich, dass der Sarg im Haus mit den Glocken steht. Ohne Beschichtung. Ohne Beschläge. Ohne Blumen … . Kopf und Körper wird komisch. Sie knurren vor sich hin: Schon wieder ohne alles!

Woher soll er die nötige Kraft bekommen?

Wenn er vor so ’ner Holzkiste steht.

Sie ist den beiden dankbar.

Für ihre Bedenken. Und gibt sie weiter.

In der Hoffnung, dass sie die Frau, die das Haus mit den Glocken gepflegt hat, unterstützt. Von weit her. Eine Weile wirkt es, als könnte ihr Mann mit diesen Bedenken nichts anfangen. Doch dann sagt er: Ich werde den Sarg bemalen. Das hilft ihr und mir.

Über diesen letzten Grat.

Ganz sicher.

Secure come la morte?

Spötteln Kopf und Körper. In spitzem Ton:

Sprich mit ihm über die Farben! Bunt oder bleich? Nicht alles wird der neuen Familie seiner Frau gefallen. Sie spöttelt zurück: Ihr habt wohl Angst, dass es Ärger gibt? Ich nicht!

Ich werde ihn malen lassen. Ganz wie er es möchte.

Und was er mag.

Berge und Blumen.

Wellen und Wolken. Sonne und Segel.

Leuchten ihr eine Woche später entgegen. Während der Sarg in das Haus mit den Glocken gebracht wird. Farbenfroh und fantasievoll. Fügt sich Motiv an Motiv. Erzählt die Geschichte zweier Menschen. Wie sie sich abbildet. In der Erinnerung des Hinterbliebenen.

Beim Abschiednehmen.

Ihr laufen die Tränen.

Angesichts der bewegenden Bilder.

Die dieser Mann seiner Frau mit auf den letzten Weg gibt. Pinselstrich für Pinselstrich. Als sei sie unterwegs in einen lichten Raum. Der alle Farben und Formen ihres gelebten Lebens erhellt.

Überirdisch und übersinnlich.

Schön.

Der Bestatter sieht ihre Tränen:

Zum Weinen schön, nicht wahr?

Ich habe auch schon geweint! Sollen wir den Sarg quer stellen? So dass wenigstens eines großen Bilder gut zu sehen ist? Sie geht langsam um den Sarg herum: Und welche Seite würden Sie nehmen?

Um von daher etwas sagen zu können.

Was Trost schenkt.

Natürlich die mit dem Fluss und dem Meer!

Sehen Sie das Segelboot? Wie es vorwärts gedrängt wird?

Der Bestatter folgt mit seinem Finger dem fließenden Wasser. Das sich vor und hinter dem Boot ausdehnt wie ein immer breiter werdendes Band. Von der Quelle bis zur Mündung.

Gemalt im Blau des Himmels. Der sich über der Erde wölbt.

Wie ein Versprechen.

Darüber zu sprechen fällt ihr leicht.

Und schwer zugleich. Denn das Blau fließt.

In sie hinein. Durch sie hindurch. Tränkt ihre Worte mit Wasser und Salz. Bis sie die Frau im Sarg sagen hört: Wie schön, dass so viele ins Haus mit den Glocken gekommen sind. Um meinen Mann zu trösten. Um Abschied zu nehmen von mir.

Wenn ich könnte, würde ich öfter sterben für ihn.

Und meine neue Familie.

Damit sie schätzen lernen.

Was es zu erkunden und zu erkennen gibt.

Auf dem Weg, den wir alle gehen. Während der Himmel über die Erde rinnt. Durch Bäche, Flüsse und Meere rauscht. Um uns zu zeigen, dass alles sich wandelt. Und uns verwandelt. Bis wir uns auflösen.

Wie ein Tropfen im Ozean.

108

Dieser Ozean tost und tobt.

Auf das Haus mit den Glocken hinab.

Als der Sarg nach draußen getragen wird: Die Stufen hinunter. Die Dorfstraße entlang. Zum Friedhof hin. Durchfeuchtet er Hüte und Mützen. Durchdringt Mäntel und Jacken. Löst die Farben vom Holz. Und lässt die Bilder verschwimmen. Noch vor ihrem Verschwinden.

In der durchnässten Erde.

Schwer und schwarz.

Nimmt sie die Frau in Obhut. In ihrem Sarg.

Heftet sich an die Schuhe ihrer neuen Familie. Die vom Grab zu den Pfützen im Dorf eilt. Um die Erde von ihren Absätzen und Sohlen zu spülen. Und doch keinen einzigen Fuß hineintaucht.

Berührt von den Farben der Bilder.

Die darin schimmern.

Auch sie zieht es zu einer Pfütze.

Kopf und Körper zeigen auf den Regenbogen.

Der sich auf ihrer Oberfläche andeutet. Der Mann der Toten gesellt sich zu ihnen. Er deutet auf die ineinander fließenden Farben: Daran habe ich nicht gedacht. Dass es so furchtbar nass werden könnte.

Aber meiner Frau hätte es sehr gefallen.

Ohne Schutz durch den Platzregen getragen zu werden.

Es hat ihrer Frau sehr gefallen.

Erwidert sie leise. Und ergänzt etwas lauter:

Das war und ist besonders. Dass Sie ihren Sarg bemalt haben. Ich werde die Bilder niemals vergessen. Und ist nicht auch der Platzregen ein großer Künstler? Immerhin hat er die Farben in die Pfützen gelenkt.

Sie mit Pinselstrichen getränkt.

Auch hier werden sie vergehen.

Werden verschwimmen und verwehen.

Ihr Gegenüber wischt sich Tränen von der Wange: Wie gut, dass ich die Bilder auf dem Sarg meiner Frau fotografiert habe. Um sie wenigsten auf diese Weise bei mir zu behalten. Möchten Sie eine Aufnahme? Vielleicht eine von Fluss und Meer?

Freudig überrascht macht sie einen Schritt auf ihn zu.

Und tritt in die Pfütze.

Das Wasser löst die Erde.

Von ihren Stiefeln. Mischt sie mit Farbe.

Macht sie zu Matsch. In dem ihr langes und weites Kleid schleift. Erschrocken und erheitert. Über den bunten Kleb. Hebt sie den Saum.

Lässt ihn fallen. Hebt ihn wieder. Bis Lachen und Leichtigkeit nach ihr greifen. Und auf den Mann neben ihr übergreifen.

Während einige vorbeigehen.

Mit gerunzelter Stirn.

109

Davon unbeeindruckt.

Betritt sie wenig später ihre Küche.

Stellt die Stiefel vor die Heizung. Hängt das lange und weite Kleid neben das Spülbecken. Und macht sich einen Tee mit Rum. Wie es ihre Großmutter zu tun pflegte, wenn sie völlig durchgefroren war.

Aber keine Kraft hatte, den Ofen anzuheizen.

Für ein heißes Wannenbad.

Sie badet nie in der Wanne.

Schwebt und schwimmt lieber im See.

Den sie vor sich sieht, während sie an ihrer Tasse nippt. Schluck für Schluck. Gibt ihr das Getränk die Wärme zurück. Die ihr der Platzregen genommen hat. Ermutigt sie, noch einen Ausflug zu machen. Zu den uralten Weiden. Und der Bank am Ufer.

Am Ende eines Tages.

Der auf einmal nach Anfang schmeckt.

Die Weiden winken ihr zu.

Und lüften die Zweige im Wind.

Als wollten sie Platz schaffen für neue Pracht. Sie streicht über das herabhängende Geäst. Tritt ans Wasser. Nimmt ihre Mütze ab. Öffnet ihren Mantel. Breitet die Arme aus. Und lässt sich durchpusten. Von den frischen und forschen Böen.

Die alles von ihr zu nehmen scheinen.

Was nicht zu ihr gehört.

Wenig später setzt sie sich auf die Bank.

Entlastet und entledigt von ihren Aufgaben.

Kommt eine tief Freude in ihr auf. Ein Element unter anderen Elementen sein zu dürfen. Und teilzuhaben an Kräften, die sie in ihre eigene Tiefe und Weite und Mitte lenken. Um sie mit dem zu beschenken, was der Kellner den Schubs nennt.

Den Schubs, den das Schicksal manchmal braucht.

Hier am See wirkt der Schubs.

Lässt ihre Seele neue Segel setzen.

Macht sie zu einem Boot. Das bei Wind und Wetter über die Wellen tanzt. An seinen Ufern ankert. Und ab und zu mit den Fischen spricht. Vor allem dann, wenn sie plötzlich aus dem Wasser springen.

Um gemeinsam mit ihr ein Lied zu singen.

Leichtfertig und lebensfroh.

Sogar im Haus mit den Glocken.

Hat diese Lebensfreude einen festen Platz.

In Erinnerung an den Mann aus Nazareth, der sein Grab hinter sich ließ. Wird drei Tage lang gefeiert. Dass sich die Knospe zur Blüte wandelt. Und die Nacht zum Tag. Um zu zeigen: Immer und überall wirkt und wächst Leben. Inmitten von Leben.

Das leben will.

Doch noch ist es nicht soweit.

Selbstbesinnung und Selbstbeschränkung.

Sind die Vorzeichen. Für das gemeinsame Beten und Singen. Wollen der Erneuerung einen Weg bahnen. Innen wie Außen. Ermutigen sie Menschen zum Aufbruch. In Dorf und Stadt. In Land und Welt.

Hoffen, dass Dissonanzen zu Harmonien werden.

All zu viel Moll zurückfindet ins Dur.

Strahlendes A-Dur.

Das gehört zu Dir. Darauf gehe zu.

Rufen Kopf und Körper. Wie aus einem Mund. Und lenken ihren

Blick zum Horizont. In Nebel und Nachdenklichkeit gehüllt. Lockt er die Dämmerung herbei. Lässt die Bank und den See versinken.

In einem Meer von Tröpfchen.

Diesen Geschwistern des Platzregens.

110

Mit einem zweiten Tee.

Voller Wärme und Wellengang.

Sitzt sie wenig später wieder in ihrer Küche. Sieht sich über den See fahren. Unter einem weißem Segel. Getragen von einem schwarzen Mast. Während der Fahrt werden Segel und Mast zu Tasten.

Auf einem Flügel. In einer Mansarde.

Da gießt sie Rum nach.

Nimmt einen besonders großen Schluck.

Denkt an den Vater der Dame mit Hut. Und versucht, sich hinein zu fühlen in die allerletzten Stunden. Die er dort verbracht hat. War er allein? Hat er musiziert? Sah er kommen, was kam? Oder war alles wie immer? Bis die Mörder ihn wegzerrten und wegzogen.

Wie man Tiere wegzwingt.

Zum Schlachthof.

Kopf und Körper wird schlecht.

Bei dieser Vorstellung. Die mehr als eine Vorstellung ist.

Weil es das weiterhin gibt: Menschen- und Tierschlächter. In Uniform. Im Sakko oder Kostüm. Machen sie den massenhaften Tod. Parkettfähig und packfertig. Verwischen das Blut.

Das an ihren Händen klebt. Durch Betrügereien.

Und Börsengänge.

Sie spürt wie Kopf und Körper rotieren.

Abspringen möchten von diesem Karussell der Gewalt.

Zurück an den Küchentisch. Und hin zu allem, was sie die Dame mit Hut fragen möchte. Bevor es zu spät ist. Weil es jederzeit zugegen sein kann. Dieses allerletzte Mal.

Auch in ihrer beider Leben, Weben und Streben.

Das Klingeln des Telefons hält das Karussell an.

Und den Hörer an ihr Ohr: Wie schön, dass Du anrufst!

Begrüßt sie die Dame mit Hut. Ganz und gar sicher. Dass nur sie es sein kann, die sie befreit. Aus ihrem Kreisen. Um den Massenmord. An Menschen und Tieren. Kopf und Körper atmen auf.

Sie aber fragt, was sie fragen wollte.

Und will.

Wie hast Du das gemeint?

Das mit dem allerletzten Mal!

Bei unserem Gespräch über das Konzert des Kellners. Und unsere Fahrt dorthin. Ich muss ständig daran denken … möchte es wissen. Dir und mir zu liebe. Die Ältere bleibt ruhig und sachlich: Ich meine es so, wie es klingt. Es wird danach vermutlich keine Reise mehr geben.

Die ich machen möchte und kann.

Erlöst und erleichtert.

Wiederholt sie: Es geht also nur um das Reisen?

Ich muss mir ansonsten keine Sorgen um Dich machen? Sie spürt, wie die Dame mit Hut sich über die Augen wischt. Während sie weiterspricht: Ach, Kindchen … ! In meinem Alter ist alles sehr viel weniger gewiss als in Deinem.

Weiß ich, wie oft ich das Frühjahr noch begrüßen kann?

Dich höre oder sehe?

Ich versuche dankbar zu sein. Und zu bleiben.

Für jeden neuen Tag, den ich durchschreiten darf.

Und jedes Gespräch. Jede Begegnung mit Dir. Mein Vater hat bis zum Schluss auf seinem Flügel gespielt und unterrichtet. Das war seine Form von Widerstand. Gegenüber dem nahenden Ende. Vermutlich hat er es sogar geschafft, glücklich zu sein. Weil er im Augenblick verweilen konnte. In dem es kein allerletztes Mal gibt.

Nur das Ewige Immer.

111

Ewig und immer.

Das hatten wir uns versprochen!

Der Junge mit der rotzig rauen Stimme steht vor ihr. Am Tag nach dem Telefonat mit der Dame mit Hut. Zehrt und zerrt die Sehnsucht nach dem toten Mädchen an ihm: Ich sehe sie. Ich laufe ihr hinterher. Komme ihr näher und näher. Und plötzlich ist sie weg.

Vom Erdboden verschluckt.

Seine Schultern hängen herab.

Seine Blicke haften an seinen Schuhen.

Als wollte er am liebsten hinab in die Tiefe steigen. Und nicht hinauf ins Haus mit den Glocken. Wo gleich das Treffen der Mädchen und Jungen beginnt. Denen sie bald die Hände auflegen wird.

Um Kraft und Klarheit zu erbitten.

Für ihren Weg.

Sie zieht ihn ein Stück beiseite:

Redest Du von Deinem toten Mädchen?

Oder von dem anderen Mädchen? Von dem Du mir nach unserem letzten Treffen erzählt hast? Die Augen des Jungen flackern. Seine rotzig raue Stimme auch: Ich weiß es nicht. Die beiden wirken wie Zwillinge.

Aber mein Mädchen hatte keine Schwester.

Das weiß ich.

Wie wär's, wenn wir uns morgen treffen?

Gerade eben habe auch ich keine Erklärung parat.

Sie sieht ihn fragend an. Und fährt fort: Wir könnten gemeinsam einen Spaziergang machen. Zur Buche. Vielleicht hilft das Dir und mir zu verstehen. Was Du erlebst und erleidest. Wenn Du dieses Mädchen vor Dir siehst. Sie einholen möchtest.

Und doch nicht erreichen kannst.

Der Junge stimmt zu.

Rotzig rau. Wie fast immer.

Stürmt er vor ihr die Treppe hinauf. Und scheint den ganzen Nachmittag frech und fröhlich zu sein. Wie all die anderen Mädchen und Jungen. Nur ab und zu huscht ein Schatten über sein Gesicht.

Eine Schwere durch seine Augen.

Die sie erschrecken lässt.

Vor seiner Trauer.

Und dem Trauma. Das sie erahnt.

Ohne sagen zu können, was in und mit ihm geschieht. Hat sie das Gefühl, dass etwas nicht stimmt. Kopf und Körper stimmen zu. Und lassen sie am Abend erneut die Freundin anrufen. Rastlos und ratlos.

Erfragt sie ihren Rat.

Die Dame mit Hut rätselt eine Weile.

Vor sich hin. Als würde sie im Geist abwägen.

Welche Gedanken sie trügen. Welche etwas beizutragen vermögen. Zur Entschlüsselung der Situation. Und zur Entlastung des Jungen mit der rotzig rauen Stimme. Von dem sie in die stille Leitung sagt:

Du musst bedenken, es geht ihm schlecht.

Viel schlechter als kurz nach dem Tod des Mädchens!

Das passt! Erwidert die Ältere:

Zu dem, was ich mir eben gedacht habe.

Ich glaube, dieser junge Mann kann seine erste Liebe nicht loslassen. Und so kommt es, dass er das Mädchen sieht. Obwohl es nicht da ist. Wie bei einer Luftspiegelung. Die vortäuscht, dass sich Wasser angesammelt hat. Mit dem wir unseren Durst stillen können.

Bei lebensbedrohlicher Hitze.

Diese Hitze heizt ihm ein.

Trocknet sein Herz aus. Das durstig ist.

Und durstig bleibt. Solange er nicht loslässt … . Die Dame mit Hut hält inne. Als bräuchte sie selbst einen großen Schluck. Um ihr Verlangen zu stillen. Nach dem verschollenen Schüler ihres Vaters.

Der ihre erste und letzte Liebe war.

Sie füllt die Trinkpause.

Frisch und frei sprudelt es aus ihr heraus:

Das habt Ihr gemeinsam! Diesen Durst nach vergangenem Glück! Ist das nicht schön? Dass er nie versiegt? Auch wenn es schmerzt. Die Dame mit Hut lässt sich ihren Becher füllen: Es tut mir gut! Wie Du das sagt und siehst! Meist möchte ich dem Schmerz entgehen.

Den mir dieser Durst beschert.

Wie der Junge. Der sein totes Mädchen wiederhaben will.

Du solltest das Mädchen verabschieden.

Gemeinsam mit ihm. Wenn Ihr die Buche besucht.

Und vielleicht kannst Du mir helfen. Den verschollenen Schüler meines Vaters zu finden. So dass auch ich mich verabschieden kann. Das lindert den Durst. Zumindest hoffe ich das.

Für mich. Und noch viel mehr für den Jungen.

Damit sich kein Trauma in ihm festsetzt.

Ihn fesselt und fixiert. Auf sein totes Mädchen.

Das es in der ihm vertrauten Gestalt nicht mehr gibt. Und er tatsächlich beginnen kann. Nach vorne zu sehen und zu gehen. Wie es ihm und seiner rotzig rauen Stimme entspricht.

Die vor Willenskraft und Widerborstigkeit strotzt.

Um erhört zu werden.

Die Dame mit Hut hustet.

Heiser und hart. In den Hörer hinein.

Sie füllt ihr den Becher erneut: Wie wäre es, wenn wir auch den Faden lösen, der Dich fesselt? Miteinander das Päckchen Deines Vaters öffnen. Und seine Fotografien betrachten … .

Das könnte uns unterstützen.

Bei der Suche nach seinem verschollenen Schüler.

Ich, ich habe … !

Die Ältere beginnt zu schluchzen:

Ich habe das Päckchen in die Papiertonne geworfen. Gleich nachdem Du weg musstest. Habe das nicht ausgehalten. Die Fotos und ich – so nah. Und doch unendlich weit von einander entfernt … . Das Schluchzen wird heftiger und heftiger.

Lässt ihre Freundin bibbern und beben.

Kopf und Körper schlagen Alarm:

Du musst hinfahren! Jetzt gleich!

Sag dem Jungen, dass es ein oder zwei Tage später wird. Mit dem Spaziergang zur Buche. Und bitte die Dame mit Hut, etwas zum Essen für Dich zu machen. Dann ist sie beschäftigt und beruhigt.

Bis Du bei ihr bist. Und nachsehen kannst.

Ob die Papiertonne geleert ist.

Sie rechnet zurück.

Während sie vorwärts rast.

Kilometer um Kilometer. Wächst die Wahrscheinlichkeit. Dass die Zeit noch nicht um ist. Die eine Leerung von der nächsten trennt. Und das Päckchen von der Zerstückelung. Als bestünde es nur aus Pappe.

Und fotografischem Papperlapapp.

In vergilbtem Papier.

113

Die Papiertonne steht vorm Haus.

Reglos und ruhig. Wartet sie auf die Müllabfuhr.

Die heraushängenden Fetzen winken ihr zu. Wandeln ihre Aufregung in Erregung. Froh und frei. Eilt sie zur Dame mit Hut hinauf. Und eröffnet ihr: Stell Dir vor, der Papiermüll ist nicht geleert! Das Päckchen Deines Vaters nicht verloren!

Wir brauchen nur eine Taschenlampe.

Eine Taschenlampe?

Die Dame mit Hut strahlt:

Das hast Du von Anfang an im Sinn gehabt, nicht wahr? Dass wir zu retten versuchen, was zu retten ist! Zum Glück habe ich Dich! Und eine Taschenlampe! Damit wir heute Nacht suchen können.

Denn Morgen früh ist es zu spät.

Sofort gehen sie wieder hinunter.

Die Ältere leuchtet in die Papiertonne.

Während sie sich über den Rand legt. Lang und länger macht. Zu den untersten Lagen hinab taucht. Und mit der Hand in den Zeitungen, Kartons und Umschlägen fischt. Bis ein Faden ihre Hand streift.

Sie angelt den Faden.

Und zieht das Päckchen nach oben.

Wir haben es! Wir haben es wieder!

Sie hält das Päckchen der Dame mit Hut hin:

Ist das nicht wunderbar?! Wir mussten nicht einmal alles auskippen. Dank des Fadens. Mit dem alles zusammengeschnürt ist. Können wir den Faden aufnehmen. Und Dich zu entbinden suchen. Von der Ungewißheit, was aus dem Schüler geworden ist.

Der verschollen ist.

Und doch nicht verschwunden. Aus Dir.

Die Freundin schaut hinauf.

Zu dem Musikzimmer ihres Vaters:

Wie gut, dass Du das Päckchen gerettet hast! Sie presst das Bündel mit beiden Händen an ihr Herz: Jetzt können wir beruhigt schlafen gehen. Ich habe das Canapé im Wohnzimmer für Dich vorbereitet. Weil ich so verzweifelt und verloren war.

Wollte ich Dich nah bei mir haben.

Im Wohnzimmer angekommen.

Muss sie lachen. Denn vor dem Canapé stehen Canapés.

Bunt belegt. Betten sie ihren Gaumen in wohliges Grunzen. Bevor sie unter die Bettdecke kriecht. Und in Sekunden einschläft. Satt und sicher. Dass sie nicht umsonst durch die Nacht gefahren ist.

Um die Erinnerung zu retten.

An eine Vergangenheit. In der Zukunft liegt.

114

Im Zenit der Zeit.

Und des neuen Tages. Wird sie wach.

Licht durchflutet das Zimmer. Und zieht sie an den Tisch in der Küche. Neben Tassen und Tellern steht eine Kanne Kaffee. Die Dame mit Hut ist nicht zu sehen. Nicht zu hören. Kopf und Körper gähnen: Vermutlich holt sie gerade Brötchen und Butter.

Die fehlen nämlich noch. Oder siehst Du was?

Zum Raufschmieren und Reinbeißen.

Die beiden gähnen wieder.

So dass sie ins Bad geht. Und ihnen Erfrischung gönnt.

Klar und kalt. Wie der Prosecco. Zu dem die Dame mit Hut sie eingeladen hatte. Vor mehr als einem halben Jahr. Nun aber … nun sind sie einander vertraut. Wie sie es zuvor mit niemandem war. Außer mit ihrer Großmutter. Sie schenkt sich einen Kaffee ein.

Sinniert und sieht.

Zum Küchenfenster hinaus.

Auf die Kronen der Bäume.

In denen sich die ersten Blätter zeigen. Grün und kühn.

Bereit sich beschreiben zu lassen. Von Sonne, Regen und Wind. Und allem, was das Leben ihnen bringen wird. Während sie wachsen. In immer neue Farben und Formen ihres Wesens hinein.

Das weit mehr ist und bleibt.

Als ein wenig Weiß und viel Schwarz.

Sie schlürft und schluckt.

Ihren schwarzen Kaffee. Aus einer weißen Tasse.

Hört einen Schlüssel. Wie er sich dreht im Schloß. Hört den Schritt der Freundin im Flur. Und ruft: Hier! Hier bin ich! Kurz darauf schaut die Dame mit Hut zur Küche herein:

Ich habe uns Brötchen und Butter geholt.

Heute ist endlich wieder Markt. Zum Frühlingsbeginn.

Wollen wir später ins Café gehen?

Ich habe eben an unsere erste Begegnung gedacht!

Die Dame mit Hut lächelt: Gerne. Danach könnten wir einen Spaziergang machen. Dorthin, wo der verschollene Schüler meines Vaters gewohnt hat. Sie stellt ihre Tasse ab: Du hast eine Adresse? Ihre Freundin lächelt erneut: Ich habe das Päckchen aufgeschnürt!

Weil ich nicht einschlafen konnte.

Und den Faden aufgenommen. Den mein Vater gelegt hat.

Mit vielen Bildern.

Von seinen Schülerinnen und Schülern.

Bei Vortragsabenden. Überall in der Stadt. Und mit einem Unterrichtsverzeichnis. Es dokumentiert, wen er wann und wie oft unterrichtet hat. Wie alt die Mädchen und Jungen waren, als sie zu ihm kamen. Sogar welche Stücke sie in welcher Reihenfolge geübt haben.

Hat er sich notiert.

Und wo sie gewohnt haben auch.

Aber warum?

Warum hat er all diese Notizen eingepackt?

Die Dame mit Hut sieht sie fragend an. Sie fragt zurück: Vielleicht hat er geahnt, dass bald nichts mehr ist, wie es war? Und gehofft, später wieder Kontakt aufnehmen zu können?

Falls seine Schülerinnen und Schüler zerstreut würden.

In alle Welt.

115

Die Welt des Vaters ist schwarz-weiß.

Und begrüßt sie. Bebildert und beschriftet.

Oben in der Mansarde. Die Dame mit Hut hat die Fotografien auf dem Bett ausgebreitet. Viele der jungen Gesichter sehen zu ihr hin. Voller Haltung und Harmonie. Der Vater ihrer Freundin lächelt. Still und strahlend. Teilt er mit seiner Tochter.

Diesen Ausdruck der Lebensfreude.

Und Leichtigkeit.

Das ist anrührend!

Wie Du all die Aufnahmen angeordnet hast!

Ihr Blick wandert. Langsam und liebevoll. Von Bild zu Bild: Wer ist denn der Schüler, dem Du so gerne zugehört hast? Die Dame mit Hut setzt sich auf die Bettkante. Und berührt ein Foto am Rand: Das könnte, das müsste er sein … .

Hätte er die Aufnahme seiner Stimme hinzugefügt.

Ich wüßte es auf der Stelle.

Seine Stimme war dunkel.

Wie die Nacht. Und heller als der Tag.

So dass auch die tiefsten und höchsten Töne getragen waren. Von Glanz und Geheimnis. Ich habe in den Notizen meines Vaters gesehen, dass er öfter zu ihm gekommen ist als alle anderen. Könnte ja sein, dass er Sänger werden wollte … .

Die Dame mit Hut steht auf:

Und jetzt lass uns ins Café gehen.

Wie wär's mit dem hier?

Sie deutet auf einen Tisch in der Sonne.

Von dem aus sie zur Mansarde schauen können. Die Dame mit Hut willigt ein. Und bestellt Prosecco und Marktteller. Für sie beide: Ich möchte mit Dir anstoßen. Auf Dich und mich. Und die Fügung.

Die uns zusammen geführt hat.

Hier im Café.

Während die Gläser klingen.

Wünscht sie sich, was sie am meisten wünscht.

Ohne es auszusprechen. Ohne zu ahnen, dass auch ihre Freundin sich etwas wünscht. Erst als sie gegessen und getrunken haben, lugt der Wunsch der Dame mit Hut aus ihren Worten hervor: Meinst Du, er lebt? Meinst Du, wir können ihn finden?

Wenn wir seine alte Adresse aufsuchen.

Sie deutet zur Mansarde hinauf:

Wir haben die Fotografien wiedergefunden.

Warum sollte uns nicht auch das möglich sein? Stolz und stark. Sieht sie die Ältere an. Die Dame mit Hut hebt ihren Arm. Und winkt die Bedienung herbei: Ich möchte zahlen. Wir haben etwas vor.

Das keinen Aufschub mehr duldet.

Ihre Freundin holt einen Zettel hervor.

Darauf stehen Straße und Hausnummer:

Das ist am Rand der Stadt. Früher haben dort Familien gewohnt. Unterbemittelt und unerwünscht. Im gesellschaftlichen Leben. Heute ist es ein Studentenviertel. Beliebt und belebt.

Sollen wir hinlaufen? Oder lieber hinfahren?

Mit dem Bus.

Ich bin für's Hinfahren!

Mir steckt noch die kurze Nacht in den Knochen.

Sie sieht sich um: Wo ist denn die nächste Haltestelle? Die Ältere lächelt: Der Bus hält hier am Markt. Nach etwa zwanzig Minuten sollten wir dort sein. Und sehen können, was aus seinem Zuhause geworden ist. Vielleicht finden wir sogar einen Hinweis.

Auf seine Familie und ihn.

Der Hinweis erwartet sie

Im Trottoir vor dem Hauseingang.

Schon von weitem erkennen sie die Schuppen der Fische. Die auch hier aufgetaucht sind. Aus dem großen Strom. Damit jedes einzelne Geschick erinnert wird. Dem ein Gewehrkolben, ein Genickschuss, ein Galgen oder eine Gaskammer die Zukunft nahm.

Ihre Freundin bleibt stehen:

Ich glaube, ich kann nicht mehr weiter gehen.

Sie hakt sich unter bei ihr:

Doch, Du kannst! Du würdest bedauern und bereuen.

Es nicht gewagt zu haben. Wie bei dem Päckchen Deines Vaters. Und was die goldfarbenen Vierecke anbetrifft – sein Name muss nicht darauf stehen. Bitte! Geh diesen Schritt!

Geh ihn für Dich. Für mich. Und für ihn.

116

Der Schritt bringt Gewissheit.

Dass die Familie des verschollenen Schülers tot ist.

Großeltern. Eltern. Geschwister … . Sie zählen zwölf Schuppen, die seinen Nachnamen tragen. Die Dame mit Hut haucht: Das sind ja unglaublich viele! Viel mehr als bei mir!

Sein Name, sein Name ist nicht dabei! Oder?

Auch sie liest. Gebannt und gespannt:

Vornamen. Nachnamen. Geburtstage.

Und immer das gleiche Todesdatum. Zwölfmal ein und dieselbe Zahl. Kopf und Körper erstarren: Das muss ein Gemetzel gewesen sein.

Ein Gewaltakt. Der bis heute das Gebäude verseucht. Mit Grauen und Grausen und Gram. Gegen die kaum etwas hilft … .

Außer vielleicht Gesang.

Gesang wird angestimmt.

Während sie auf die Haustür zugehen.

Berührt ihr Herz. Und bewegt ihre Hände. Sicher, dass das Lied aus dem Erdgeschoss kommt. Drücken sie auf die untersten Klingeln. Bis die Melodie abbricht. Ein Zausel sich zeigt. Das Fenster öffnet. Und ungehalten und unwirsch ruft:

Zu wem wollen Sie denn?

Sie sehen doch, es ist niemand zuhause!

Niemand, der singt?

Sie lächelt ihn an: Niemand singt sehr schön!

Wir klingeln, weil wir nach einem anderen Sänger fragen möchten. Er hat einmal hier gewohnt. Die Dame mit Hut ergänzt: Er war ein Schüler meines Vaters und hieß … . Der Zausel schlägt das Fenster zu. Sowie er den Namen hört.

Reißt es Sekunden später wieder auf:

Also gut, wenn Sie es unbedingt wissen wollen!

Struppige Strähnen.

Hängen in seine Stirn. Als er vors Haus tritt:

Draußen oder drinnen? Wir brauchen nicht lang. Drinnen! Lächelt jetzt die Dame mit Hut. Sie sehen ja, ich bin schon älteres Semester. Ein Stuhl täte mir gut. Ein Glas Wasser auch. Der Zausel streicht sich die Strähnen aus der Stirn. Und stopft sein Hemd in die Hose.

Verfleckt und verdreckt.

Tappst er voran.

Durchs Treppenhaus.

In einen Flur. Zum Fürchten und Flüchten voll.

Mit Noten, Büchern und Prospekten. Neben halb gefüllten Kartons. Stapeln sie sich bis zur Decke. Und stoßen sie voran in ein Zimmer. Übersät mit Kleidung aller Art. Der Zausel räumt zwei Stühle frei:

Auf drinnen bin ich nicht eingestellt.

Aber ein Glas Wasser habe ich.

117

Das Glas blitzt und blinkt.

Wie sein Gesang. Als sei ihm keine Mühe zu groß.

Für alles, was durch seine Kehle strömt. Während das andere sich begnügen muss. Mit einem Minimum an Aufmerksamkeit. Die Dame mit Hut nimmt ein Schluck: Danke, dass Sie uns hereingelassen haben.

Der Zausel schaut zu ihr hin.

Und setzt sich neben einen Notenständer.

Den habe ich bekommen. Von ihrem Vater.

Seine Tochter geliebt. Und den Tod verflucht!

Den sie gesucht und gefunden hat. Weil sie in diesem Haus leben wollte und nicht leben konnte. Jetzt warte ich, dass ihr Name und ihre Daten eingesetzt werden. Ins Trottoir vor der Tür.

Danach gehe ich. So weit weg, wie ich nur kann.

Die Dame mit Hut fragt nach:

Von welchem Vater reden Sie denn?

Und von welcher Tochter? Der Zausel zaust sich durchs Haar: Von dem, den Sie suchen. Feiner Vater, sage ich Ihnen. Hätte seiner Tochter mal sagen sollen, dass sie hier nicht wohnen darf. Weil sie das umbringt – wie zuvor seine ganze Familie.

Sie haben es ja gesehen. Oder etwa nicht?

Gehören Sie zu denen, die das nicht sehen wollen?

Sie mischt sich ein:

Nur mit der Ruhe, lieber Niemand.

Meine Freundin hat ebenfalls ihre Familie verloren. Und dieser

Vater, von dem sie sprechen, hatte bei ihrem Vater eine Zeit lang Gesangsunterricht. Bis die Mörder kamen.

Der Zausel wird zahm: Tschuldigung! Es tut alles so weh.

Dass ich anderen weh tue.

Warten Sie schon lange auf die Inschrift?

Für Ihre Frau. Die zum Opfer der Opfer wurde.

Die Dame mit Hut leert ihr Glas. In einem Zug: Das wäre auch etwas für mich. Dass mein Name neben den Namen meiner ermordeten Familie steht. Nach meinem Tod. Der Zausel nimmt einen Umschlag vom Notenständer. Und zieht ein Formular heraus:

Das ist eine Kopie des Antrags.

Sie hat ihn selbst abgeschickt. Einen Tag vor ihrem Tod.

Hier! Sehen Sie! Das Datum!

Er streicht mit seinem Finger über die Zahlen:

Das ist ein Dreivierteljahr her. Ich hoffe, ihr letzter Wunsch wird erfüllt. Diese Vierecke werden eigentlich nur für die Opfer von damals in den Asphalt gesetzt. Die Ältere seufzt und reicht das Blatt an sie weiter. Sie überfliegt den Antrag:

Wo ist denn der Vater Ihrer Frau?

Vielleicht könnte er das Verfahren beschleunigen.

Dieser Sänger? Den Sie suchen.

Wie auch ich ihn sehr lange gesucht habe.

Zornig und zitternd. Zieht der Zausel ein Abendkleid aus einer Kiste hervor: Das hatte er ihr noch geschenkt. Für unseren nächsten gemeinsamen Auftritt. Dann war sie tot. Und er plötzlich weg.

Ohne irgendeine Nachricht.

Das heißt, dass er lebt?

Dass er tatsächlich Sänger geworden ist?

Ihre Fragen klingen. Sanft und singend. Als hätte der Anblick des Abendkleids sie eingehüllt. In einen Tonfall, der den Zausel beruhigt.

Und ihn bekennen lässt: Ja, er lebt. Aber ich wünsche mir täglich, er wäre hinüber! Und seine Tochter hier bei mir!

Verstehen Sie das?

Es ist wohl kaum zu verstehen. Oder?

118

Still und stumm.

Fahren sie wenig später zurück.

Zerzaust von dem, was ihnen der Zausel anvertraut hat. Braucht jede von ihnen Zeit. Um zurückkehren zu können. Ins Hier und Jetzt. Erst als sie wieder auf dem Marktplatz stehen, erwacht Erleichterung in der Dame mit Hut: Er hat überlebt! Er lebt … !

Das ist ein großes Geschenk für mich. Ein Glück.

Sie möchte das Glück mehren:

Magst Du ihn suchen und aufsuchen?

Die Ältere knöpft ihren Mantel zu: Das wäre unangemessen. Eine Begegnung zu erwarten. Oder erzwingen zu wollen. Er ist ja nicht umsonst abgetaucht! Ich freue mich einfach, dass ich nicht allein bin. Mit dem Gefühl, überlebt zu haben.

Da sein zu müssen und zu dürfen.

Wo meine Geschwister und Eltern nicht mehr sein können.

Was ist denn mit Deinen Eltern?

Die Dame mit Hut macht einen Schritt.

Auf sie zu: Magst Du erzählen? Von den zwei Menschen, denen Du Dein Leben verdankst. Hier unten im Café. Oder oben in meiner Wohnung. Sie weicht zurück. Ohne es zu wollen und zu wissen. Überrascht vom Interesse der Älteren.

An ihrer Mutter und ihrem Vater.

Von denen sie wenig weiß.

Weil ein Unfall ihr die beiden sehr früh entrissen hat.

Damals war sie gerade mal sieben. Und bei der Großmutter zu Besuch. Das Auto der Eltern stieß mit einem entgegenkommenden Fahrzeug zusammen. Und stürzte von einer Brücke. In die Tiefe und den Tod. So hatte es ihr die Großmutter erklärt.

So erzählt sie es der Dame mit Hut. Im Stehen.

Starrt an ihr vorbei. Und stottert:

Was … wenn es kein Unfall war?

Wenn auch mein Vater den Tod gesucht hat.

Für sich und seine Frau. Um seinem Schmerz über das Schicksal meines Großvaters zu entfliehen. Sie nimmt ihre Freundin beim Arm. Und zieht sie ins Café. Zum letzten Tisch in der Sonne: Ich brauche jetzt einen Schnaps. Etwas, das in mir brennt. Wie diese Frage.

Die ich mir noch nie gestellt habe.

Die Ältere blinzelt in die Sonne:

Du könntest es natürlich herausbekommen.

Aber fallen dadurch die Schatten dieses Verlustes hinter Dich? Und wenn es tatsächlich so war, hat Deine Großmutter Dich geschützt. Vor sehr viel mehr Schwere und Schmerz. Wie alt warst Du denn, als sie gestorben ist? Sie leert ihren Schnaps:

Siebzehn. Danach musste ich ohne sie zurechtkommen.

Großmutterseelenallein.

Vielleicht habe ich deshalb Heimat gesucht.

Im Haus mit den Glocken. Das zum Himmel weist.

Als gäbe es dort Vater und Mutter. Und eine Heimat für alle. Sie bestellt einen zweiten Schnaps. Die Dame mit Hut trinkt Tee: Eine muss Dich ja die Treppe raufbringen. Falls Du noch mehr Brand brauchst. Um das Brennen zu löschen in Dir.

Auch wenn es später wieder aufflackern wird.

Aus der Glut Deiner Gedanken.

Sie dreht den Schnaps in ihrer Hand.

Kurz bevor das Glas ihre Lippen berührt.

Setzt sie es zurück auf den Tisch. Und fährt sich mit dem Handrücken über den Mund: Du hast recht. Das ist keine Lösung. Etwas löschen zu wollen mit Feuer. Besser wir überlegen, wie wir in diese Stadt kommen. Voller Wasser und Weite.

Voller Fernweh und Freiheitsdrang.

119

Mein Freiheitsdrang sagt:

Ich soll die Flügel ausbreiten.

Einmal fliegen. Wie es sonst nur die Vögel können. Diese gefiederten Nachfahren der Fische. Die Dame mit Hut hebt ihre Arme. Lässt sie in Schulterhöhe auf und ab gleiten. Als wollte sie abheben.

Und lächelt sie an. Glückselig und gelöst.

Wie noch nie.

Da bewegt auch sie ihre Arme.

Mit Grazie nach oben und unten.

Und ruft: Ich wollte nie fliegen. Aber in Deiner Gegenwart fühlt es sich federleicht an. Als hätten die Fische in mir Flügel bekommen. Damit sich endlich löst, was mich fesselt. An das Schicksal meiner Großeltern. An das Unglück meiner Eltern.

Und an all die anderen Geschichten und Geschicke.

Im großen Strom.

Die Ältere lässt ihre Arme sinken:

Wir können und müssen sie nicht vergessen.

Aber uns zu befreien suchen. Von dem Leiden. Das ihr Leid in uns auslöst. Zum Beispiel durch die Klänge. Mit denen uns der Kellner und der verschollene Schüler meines Vaters beschenken. Wer zu viel Ballast an Bord hat, der stürzt ab. Oder geht unter.

Das fühle ich schon sehr lange.

Doch erst durch Dich fange ich an, die Toten loszulassen.

Sie kippt den Schnaps auf den Boden:

Der Brand kann also gelöscht werden?

Ohne Feuer? Ihre Freundin deutet auf das leere Glas: Wenn wir uns freimachen von der Versuchung, unsere Toten immerfort zu beweinen, kann es gelingen. Dass wir aufhören, uns zu verstecken vor unserem Tagewerk. Und unseren Träumen.

Dieser Einladung der Seele zum Abheben.

Und unser Flug zum Konzert?

Ist das nicht auch so eine Einladung?

Sie strahlt die Dame mit Hut an: Ein Zeichen, dass wir einander beflügelt haben und beflügeln. In einer Zeit, in der sich viele die Flügel und Flossen stutzen lassen. Reisen wir durch die Luft. Um am Wasser zu weilen. Und miteinander Schwingungen zu teilen.

Soll ich den Flug buchen?

Und Dich kurz vorher zu mir holen?

Ihre Freundin bestellt einen zweiten Tee.

Und zieht wenig später den Beutel aus dem Glas.

Als höbe sie einen Schatz: Ich habe eine andere Möglichkeit aufgetan. Wir können von hier aus fliegen. Mit dem örtlichen Fluglehrer. In einem Viersitzer. Er bringt uns tagsüber hin. Und nachts zurück.

Ist das nicht großartig?

Ich hoffe sehr, Du bist einverstanden.

Wie das? Kennst Du ihn?

Ihre Stimme vibriert. Vor Vergnügen und Vorfreude.

Die Dame mit Hut lächelt: Er hat mir schon vor Jahren angeboten, dass ich mit ihm fliegen kann. Als Dankschön für eine Unterstützung meinerseits. Bisher wollte ich nie … doch alles verändert sich. Sogar meine Einstellung zum Abheben.

Von der Erde. Und allen, die in ihr ruhen.

Das erinnert mich an das tote Mädchen.

Und die Buche. Im Ruheforst.

Vielleicht sollte ich heute noch zurückfahren. Der Junge mit der rotzig rauen Stimme wartet auf mich! Sie stöhnt. Die Dame mit Hut stöhnt ebenfalls: Ist gar nicht so einfach loszulassen, oder? Zumindest, wenn eine ihre Verantwortung für andere lebt wie Du!

Ich mache wieder Brote.

Für Deine Fahrt. Durch die Nacht.

120

In der Mitte der Nacht.

Fällt sie in ihr Bett. Bewegt und beseelt.

Von den Stunden mit der Dame mit Hut. Die sie in ihre Träume begleiten. Und während der Planung einer Flugreise vor eine Kommode leiten. Sie blickt erwartungsvoll in die herausstehende Schublade. Bückt und beugt sich weiter und weiter vor.

Um besser hineinsehen zu können.

Und tastet den Boden ab.

Ihre Finger fühlen.

Den Rest eines Schürzenbands. Sonst nichts.

Enttäuscht zieht und zerrt sie an der Schublade. In der Hoffnung, dass ganz hinten noch etwas anders zu finden ist. In diesem Moment kippt das hölzerne Behältnis aus der Kommode.

Kracht auf den Boden. Und katapultiert sie knallend.

Aus ihren Kissen.

Sanft und sacht.

Drücken sie Kopf und Körper.

In die Federn zurück: Hält nicht auch die kaputte Schublade eine Botschaft für Dich bereit? Eine die nicht in ihr liegt. Und sich doch nahe legt durch sie. Vielleicht kannst Du das Bild weiter entfalten in Dir. Es viel zu früh zum Aufstehen. Sie fügt sich den beiden.

Und sinkt erneut in den Schlaf … .

Zögernd nährt sie sich der Kommode.

Der leere Schubladeneinschub wirkt auf sie.

Wie der weit aufgerissene Mund der Wahrheit. In einem antiken Relief der ewigen Stadt. Können die Passanten ihre Hand hineinhalten. Doch eine Legende warnt: Wer sich und andere belügt. Absichtlich oder unabsichtlich mit Worten und Taten betrügt.

Dem wird sie abgerissen.

In der Tiefe der zahnlosen Öffnung abgebissen.

Unversehrt, aber nicht unbeschwert.

Fragt sie, ob sie tatsächlich unersetzbar ist.

Oder sich seit Jahren etwas vormacht. So dass ihre Hand den Kontakt mit diesem Rächer der Unaufrichtigkeit nicht überstünde. Weil er für sie Botschafter der schmerzlichen Einsicht würde: Du wirst nicht für alles und von allen gebraucht.

Selbst der Junge mit der rotzig rauen Stimme.

Kommt ohne Deine Hilfe zurecht.

Der Junge wartet draußen.

Vor dem Scheunentor. Sind sie verabredet.

Um zum Ruheforst zu fahren. Doch was ist das? Dicht neben ihm steht ein Mädchen. Sie tritt auf die Bremse. Abrupt bleibt ihr Auto mitten in der Hofeinfahrt stehen. Die beiden laufen auf sie zu. Während sie aussteigt und die Erkenntnis in ihr aufsteigt:

Dieses Mädchen ist nicht das tote Mädchen.

Es ist viel jünger und jungenhafter.

Sie müssen mir nicht mehr helfen!

Die rotzig raue Stimme des Jungen klingt klar.

Und kraftvoll: Sie hier, meine neue Schulkameradin, hat mir gezeigt, dass ich mir alles nur einbilde und einrede! Und wie, wie hat sie, hast Du, habt Ihr das … ? Sie hat Mühe zu sich und ihrer Sprache zurückzufinden. Das Mädchen erklärt:

Wir lernen gerade, wie eine Fata Morgana entsteht.

Und weil er neben mir sitzt.

Habe ich gesehen, dass er ständig einen Namen kritzelt.

Statt was aufzuschreiben und aufzupassen. Sie reckt sich keck: Ich bin es gewohnt, mich um so was zu kümmern. Bei fünf Brüdern … ! Der Junge mit der rotzig rauen Stimme legt seinen Arm um die Schultern des Mädchens: Du bist ’ne super Schwester.

Eine, wie ich sie mir immer gewünscht habe.

Das Mädchen lächelt.

Selbstbewusst und selbstsicher:

Dann wäre es gut, wenn wir jetzt zu dritt zu der Buche fahren. Damit auch ich weiß, wo das ist. Und Dich begleiten kann, wenn es mal wieder so wüst und leer ist in Dir. Dass Du Dein totes Mädchen siehst.

Obwohl es gar nicht mehr sichtbar ist.

Und sein möchte.

121

Doch was macht den Unterschied?

Zwischen einer gefährlichen Sinnestäuschung.

Und einer hilfreichen inneren Präsenz. Sie hat keine Antwort auf ihre Frage. Fühlt aber, dass beides nah beieinander liegt. Sich vielleicht sogar vom einen ins andere verwandeln kann. Wie bei dem Jungen mit der rotzig rauen Stimme. Der aus seiner Trauer in ein Trauma geriet.

Und jetzt wieder zu vertrauen beginnt.

Dank seiner neuen Schwester.

Könntest Du nicht auch so ’ne Schwester brauchen?

Eine die zu Dir hält und Dich hält. Wenn es nötig ist.

Kopf und Körper hauchen. Lassen ihre Gedanken rauchen. Und zur Großmutter und zum Großvater abtauchen. Die sie erwartungsvoll anschauen: Ist es soweit? Bist Du bereit?

Uns endlich ziehen zu lassen. Durch das letzte Tor.

Schau, es ist weit geöffnet!

Bitte habt noch ein wenig Geduld!

Sie deutet zum Haus mit den Glocken hinauf:

Ich muss los. Der Postbote und die Sprecherin der Flüchtlinge kommen gleich. Warum sie mich da oben treffen wollen, weiß ich nicht. Vielleicht sind sie ja inzwischen unzertrennlich. Wie Ihr zwei.

Und wünschen sich, dass wir das besiegeln.

Mit Gebet und Geläut.

Die Großeltern staunen.

Wie schnell sie die Stufen erklimmt.

Der Postbote und die Sprecherin der Flüchtlinge erwarten sie bereits. Arm in Arm. Sie gibt ihnen die Hand und schließt die Tür auf. Nacheinander treten die beiden ein und sehen sich um. Still und staunend. Deutet der Postbote zu der Sitzecke mit den Kerzen:

A und O. Das wäre ein guter Ort für unser Anliegen.

Können wir dort sitzen?

Ja, gerne! Sie rückt drei Stühle zurecht:

Wichtig ist nur, dass Sie sich wohl fühlen.

Die Sprecherin der Flüchtlinge murmelt ein: Sehr wohl! Fast ohne Akzent. Sie fragt: Woher können Sie das? Der Postbote lacht: Na, von mir! Gestern waren wir beim Standesamt. Um ein Aufgebot zu bestellen. Und danach war meine Freundin im Sprachkurs.

Schon das vierte oder fünfte Mal.

Ist das nicht wunderbar?

Die Beiden strahlen sie an.

Und heute sind wir hier, weil wir … .

Der Postbote stockt: … weil wir … . Sie möchte ihm helfen: Weil Sie sich Gebet und Glockengeläut zum Beginn Ihres Miteinanders wünschen? Der Postbote übersetzt. Die Sprecherin der Flüchtlinge schüttelt den Kopf. Und deutet auf sich und auf sie: First I need to work.

And I would like to work here.

Close to you.

Sie versteht die andere sofort.

Spürt Vertrauen und Verbundenheit.

Auch ohne Übersetzung. So dass der Postbote lediglich hinzufügt: Dadurch könnte meine Freundin schneller Deutsch lernen und Sie mehr Englisch. Wäre das nicht schön? Und außerdem würden alle Flüchtlinge leichter akzeptiert werden. Von den Menschen im Dorf.

Was meinen Sie? Geht das?

Ich muss die anderen fragen.

Die zuständig sind für eine Anstellung.

Aber ich freue mich sehr! Sie legt eine Hand auf ihren Herzraum: Und werde alles tun, damit Ihre Freundin und ich zusammenarbeiten können. Vielleicht müssten Sie am Anfang dabei sein und erklären, was zu tun ist. An den verschiedenen Sonn- und Feiertagen.

Denn wenn alle zustimmen, kann es gleich losgehen.

Ein Übersetzer wäre das A und O.

Der Postbote deutet auf die Kerzen:

Dieses A und O bin ich sehr, sehr gerne.

Die Sprecherin der Flüchtlinge steht auf. Berührt eine der Kerzen. Und streicht über die Buchstaben: A und O … . Sie wechselt ins Englische: … that means a new beginning. Beyond death and violence. In this house and in my life.

Can I take one candle with me?

Or even two?

Wie wäre es mit drei Kerzen?

Ich glaube, dass passt noch besser.

Während sie der Sprecherin der Flüchtlinge die Kerzen gibt, bedankt sich der Postbote überschwänglich: Wie schön, dass Sie unseren kleinen Klavierspieler nicht vergessen haben. Wenn meine Freundin und ich rechtlich verbunden sind, kann er unser Pflegekind werden.

Zumindest hoffen wir das.

Und hierher bringen wir ihn auch mit.

Sie sieht den Jungen vor sich.

Wie ihn die Sprecherin der Flüchtlinge tröstet.

Und er dem Postboten sein Brötchen gibt. Und nimmt das Bild vom Neujahrsmorgen in ihren Rundruf mit. Der Spötter, die Ehrenvorsitzende, der Graukopf und der Mann mit dem halblangen Haar stimmen der Anstellung zu. Angerührt und angetrieben.

Von der Absicht, der Freundin des Postboten zu helfen.

Und dem Jungen auch.

Die etwa gleichaltrige Frau wendet ein:

Das werden die Leute nicht akzeptieren!

Aus einer fremden Kultur. Und ohne Sprachkenntnisse. Im Haus mit den Glocken. Ich befürchte, dass dann niemand mehr kommt. Wenn wir an der Tür nur noch Schwarz sehen. Sie wird weiß vor Zorn. Und weist die Formulierung scharf zurück:

Darüber sollte man keine unüberlegten Sprüche machen.

Oder haben Sie etwa was gegen Schwarz?

Es klickt in der Leitung.

Kurz darauf macht es klick in Kopf und Körper:

Vermutlich hat sie aufgelegt, weil sie eifersüchtig ist. Und erwartet hat, dass sie gefragt wird. Ob sie im Haus mit den Glocken arbeiten möchte. Sie stutzt und stimmt zu. Denn die etwa gleichaltrige Frau hat seit ihrer Krebserkrankung keine Anstellung mehr.

Jobbt hier und da.

Und lebt sehr zurückgezogen.

Vorgezogen werden.

Das täte ihr vermutlich sehr gut … .

Sie murmelt vor sich hin. Kaut Sätze wie Früchte. Geht in den Garten. Wo sich vielerlei Blüten der Befruchtung entgegen recken. Eilt unvermittelt zurück ins Haus. Zieht ihr langes und weites Kleid über. Und klingelt kurz darauf bei der etwa gleichaltrigen Frau.

Die Frau starrt sie an.

Viel Schwarz und wenig Weiß stehen vor ihr.

Ist Schwarz wirklich so abschreckend?

Dann dürfte auch ich nicht im Haus mit den Glocken sein.

Kann ich ein wenig herein kommen? Ich habe einen Vorschlag mitgebracht. Sie lächelt. Die etwa gleichaltrige Frau deutet nach drinnen. Unfähig etwas zu sagen. Erst als sie einander gegenüber sitzen, stammelt und stottert sie: Also so, so … so habe ich es nicht gemeint.

Das mit dem Schwarz.

Nur könnte auch ich eine Arbeit gebrauchen.

Wie wäre es mit etwas anderem?

Wo es wirklich sehr gute Sprachkenntnisse braucht.

Sie redet weiter, während sie ihr langes und weites Kleid abstreift: Unsere Sekretärin geht bald in Ruhestand. Wollen Sie nicht ihre Aufgabe übernehmen? Der etwa gleichaltrigen Frau schießt Blut in die Wangen: Das trauen Sie mir zu?

Obwohl ich schwer krank war.

Und bei Schwarz an nichts Gutes denken konnte.

Sie deutet auf ihr langes und weites Kleid:

Das geht leider sehr, sehr vielen Menschen so.

Schwarz wird verbunden mit der Nacht. Und all den Ängsten, die Dunkelheit in uns auslöst. Aber es war und ist auch ein Sinnbild für Ansehen, Festlichkeit und Wohlstand. Denn früher war es aufwändig und teuer, schwarzen Stoff herzustellen.

Nur wenige bekamen ein bis zum Boden reichendes Gewand.

Zum Beispiel die Professoren.

Eines wie Sie es tragen?

Die etwa gleichaltrige Frau streckt eine Hand aus.

Und berührt das lange und weite Kleid: Weich und wollig. Das können Sie auf dem Friedhof gut gebrauchen. Was ist denn das Weiße da oben? Ein Lätzchen? Sie kichert: Richtig, das ist ein Lätzchen. Es sollte den schwarzen Stoff schützen. Vor dem Bart der Professoren und allem, was sich beim Essen darin verfing.

In meinem Beruf zeigt es, aus welcher Schüssel wir essen.

Aber das erkläre ich ein anderes Mal.

123

Die Dame mit Hut lacht.

Herzhaft und heiter. In das Telefon hinein.

Als sie ihr vom Besuch bei der etwa gleichaltrigen Frau erzählt: Das war eine gute Idee, sie mit Deinem langen und weiten Kleid zu konfrontieren. Und wie durchlässig Du bist! Dass Du gleich gefühlt hast, woher ihre Vorbehalte kommen.

Gegen die Sprecherin der Flüchtlinge.

Ist sie auch in Deinem Alter?

Ich glaube schon.

Sie zählt laut: … eins … zwei … drei … vier .

Irgendwo dicht vor oder hinter dem Abschluss des vierten Jahrzehnts. Viel wichtiger ist, dass wir uns auch ohne Worte verstehen. Als wären wir Schwestern. Wieso interessiert Dich das? Die Dame mit Hut zagt und sagt: Weil ich Dir eine Familie wünsche.

Und nicht nur mich.

In der Mitte des neunten Jahrzehnts.

Sie protestiert.

Leise und liebevoll:

Du ersetzt mir tausend Schwestern und Brüder. Ich brauche sonst niemanden. Sogar mit der Großmutter und dem Großvater rede ich immer weniger … . Die Dame mit Hut unterbricht: Genau deshalb müssen wir beide dringend ein paar Dinge regeln.

Denn irgendwann werde ich nicht mehr da sein.

Und dann soll gut für Dich gesorgt sein.

Wie meinst Du das?

Ich bin es gewohnt, alleine für mich sorgen.

Und aus lauter Sorge um mich, musst Du dem nichts mehr hinzufügen. Die Ältere erwidert: Stimmt, ich muss gar nichts. Aber ich möchte ganz viel. Zum Beispiel, dass wir regeln, wie ich verabschiedet werde.

Und was der Notar mit meinem Nachlass tun soll.

Dabei könntest Du mir helfen.

Das hört sich schon besser an.

Natürlich kann ich Dir helfen, alles zu regeln.

Sie richtet sich auf. Während sie weiterredet: Wir können gerne darüber sprechen, welche Möglichkeiten für den letzten Abschied es gibt. Und was Deinem Andenken dienlich sein könnte. Weil es anderen hilft und zu Deinem Lebensweg passt.

Die Ältere klingt plötzlich jung: Lass uns das angehen.

Am besten noch vor dem Konzert.

Kopf und Körper rechnen:

Rund um das nächste Wochenende wird gefeiert.

Dass am Ende ein Anfang wartet: auf die Toten und die Lebenden. Du könntest dabei auch die Sprecherin der Flüchtlinge begrüßen. Und anschließend zu Deiner Freundin fahren. Das passt! Äußerlich und innerlich. Sie schließt sich dem Rat der beiden an.

Und sagt: Dienstag, Mittwoch nächste Woche ginge gut.

Wenn Dein Notar kann.

Mein Notar kann sicher.

Er ist noch ein wenig älter als ich.

Die Dame mit Hut klagt: Ich bin seine letzte Klientin. Für alle anderen hat er schon abschließend regeln müssen, was er regeln sollte. Sie nimmt ihre Klage auf: Jetzt verstehe ich, warum Du es so eilig hast. Ihm kann ja auch jederzeit etwas widerfahren. Nicht nur Dir.

Oder mir. Auch wenn wir das nicht wollen.

Und wünschen.

Gibt es etwas, was Sie sich wünschen?

Für Ihre Begrüßung. Im Haus mit den Glocken.

Sie sitzt gemeinsam mit der Sprecherin der Flüchtlinge und dem Postboten im Garten. Ihre neue Mitarbeiterin legt die Stirn in Falten. Als sie sich wieder glättet, flüstert sie ihrem Übersetzer ins Ohr. Der räuspert sich und raunt: Dass nichts passiert.

Dass sie und die anderen Flüchtlinge beschützt werden.

Wünscht sie sich am allermeisten.

Erschrocken und erschüttert.

Deutet sie zum wolkenlosen Himmel.

Der auf sie herabschaut: Daran habe ich noch gar nicht gedacht! Vor lauter Blau schien mir alle Bedrohung und Bedrängnis fern … ! Ich werde den Leiter der Ermittlungen um Hilfe bitten! Der Postbote übersetzt. Seine Worte lassen die Sprecherin der Flüchtlinge aufatmen.

Und ihre Furcht ausatmen.

Sie trägt diese Furcht.

Und alle daraus erwachsenden Befürchtungen.

Zum Leiter der Ermittlungen. Der hinter seinem Schreibtisch erstarrt. Als wären diese Bedenken seine eigenen: Ja, natürlich! Ich schicke soviel Leute, wie ich bekommen kann! Auch wenn wir die Mitschüler des Jungen mit der rotzig rauen Stimme inzwischen festgenommen haben.

Gibt es genügend andere.

Die eine Bühne für ihren Hass suchen.

Aber diese zwei haben Sie?

Das ist schon sehr beruhigend.

Der Leiter der Ermittlungen schüttelt den Kopf: Für mich war und ist es eher beunruhigend. Zu sehen und zu hören, wie verbohrt diese jungen Männer sind. Ganz tief in ihren Leib und in ihre Seele hat sich die Gewaltbereitschaft hineingefressen. Wie ein Gift.

Das alles andere abtötet.

Und sie zum Töten bereit macht?

Als wären sie ferngesteuerte Maschinen?

Sie fragt und friert. Obwohl die Sonne ins Zimmer scheint. Ihr Gegenüber bemerkt, wie sich ihre Haltung verändert: Möchten Sie einen Kaffee oder Tee? Wo zu viel Kälte auf mich einwirkt, spülen die beiden sie allermeist wieder aus mir heraus.

Ich glaube, auch Sie könnten so ein Gegengift gebrauchen.

Wenn ihr Blut zu gefrieren droht.

Er hält ihr eine Tasse hin.

Und holt zwei Thermoskannen:

Aus dieser oder jener? Sie entscheidet sich für den Kaffee: Das haben unsere Berufe gemeinsam. Dass es manchmal eiskalt wird. Im Angesicht des Schreckens. Wie schön, dass Ihnen ein warmes Getränk hilft. Leider habe ich noch nichts Vergleichbares für mich entdeckt.

Was Abstand schafft.

Zu dem, was ich in mich aufnehmen musste.

Kopf und Körper widersprechen.

Während sie sich an ihrer Tasse wärmt:

Du kannst Dich ans Klavier setzen! Und Klänge durch Dich hindurch fließen lassen. Wie einen Kaffee. Um wieder aus Dir herauszubringen, was Du in Dir nicht haben möchtest. Als der Leiter der Ermittlungen ihr nachschenkt, sagt sie:

Eben ist mir eingefallen, was mir helfen könnte!

Wie Ihnen ein Kaffee oder Tee.

Darf ich wissen, was das ist?

Oder wie wäre es, wenn ich Sie zum Essen einlade?

Und Sie mir ein wenig mehr von sich erzählen. Aus dem Frost in ihr wird Frühling. Sie erwidert seinen Blick. Bleibt mit ihren Augen an dem Ring hängen, der seine rechte Hand ziert. Und zieht sich und ihn sofort wieder in den Winter zurück:

Darauf sollten wir besser verzichten!

Der Leiter der Ermittlungen zuckt zusammen:

Es ist nicht, wie Sie denken. Ich, ich bin Witwer.

Noch nicht allzu lang. Deshalb der Ring. Seine Stimme zittert in sie hinein. Sie spürt, wie ihr wieder kalt wird. In der Nähe des Abschieds, der auf ihm lastet: Oh, Entschuldigung! Das tut mir unendlich leid für Sie! Vielleicht probieren wir es ein anderes Mal.

Mit einer Verabredung.

Heute ist das alles ein wenig zu viel für mich.

125

Zuhause setzt sie sich ans Klavier.

Um dieses Zuviel weg zu spülen und zu spielen.

Findet Melodien für das, was sie bewegt: Der Postbote, der für die Sprecherin der Flüchtlinge einsteht, wird zum tragenden Gleichklang. Die Dame mit Hut, die anzuknüpfen versucht an ihre erste Liebe, wandelt sich in immer schneller aufsteigende Tonfolgen.

Der bewegte Wechsel zwischen hoch und tief erzählt.

Von dem Leiter der Ermittlungen.

Wäre das nicht ein Mann für Dich?

Kopf und Körper bringen sie aus dem Takt:

In Deinem Alter. Gut anzusehen. Erfahren im Umgang mit den Abgründen des Lebens. Sie versucht zurückzufinden zu ihrem Rhythmus. Greift daneben. Stöhnt und steht auf: Und was ist mit dem Kellner? Diesem Musiker voller Protest und Poesie?

Die beiden behaupten: Du weißt es doch selber!

Ihn wirst Du niemals für Dich haben!

Sie denkt an die namenlos Vielen.

Die den Kellner umjubeln und umschwärmen.

An den Saxophonisten, den Schlagzeuger und den Keyborder. Die stets bei ihm zu sein scheinen. Und hört die Dame mit Hut sagen: Ich wünsche Dir eine Familie. Nicht nur mich in der Mitte des neunten Jahrzehnts. Aber wie hat die Ältere das gemeint?

Wünscht sie ihr ein Kind und den dazugehörigen Vater?

Oder einfach Menschen, auf die Verlass ist?

Vermutlich sind es diese Fragen.

Die ihre Freundin anstoßen wollte.

Sie beschließt nachzufragen und ruft sie an. Es dauert sehr lange, bis die Dame mit Hut am Telefon ist: Ich war oben in der Mansarde. Aber weil nur Du es sein kannst, habe ich mich beeilt, hinunter zu kommen!

Ich habe Noten herausgesucht.

Noten meines Vaters. Für Dich und mich.

Noten für uns?

Ja, die Noten des einen Lieds.

Das auch Du in der Mansarde gehört hast. Dieses *Che farò senza Euridice* ... . Vielleicht kannst Du es spielen und singen, bevor wir zum Konzert fahren. Das wäre eine wunderbare Einstimmung. Die Ältere wirkt wieder jung. Sie nimmt ihren Tonfall auf:

Eine Einstimmung? Auf die verbindende Kraft der Musik?

Über zeitliche und räumliche Trennungen hinweg?

Genau! Du sagst es!

Wie ich es besser nicht sagen könnte.

Und was ist Dein Anliegen? Sie holt Luft: Deine Bemerkung, dass Du mir eine Familie wünschst, lässt mich nicht los. Ich frage mich, ob ich doch noch Mutter werden sollte. Zumal es da jemanden gibt, mit dem ich mir das vorstellen könnte. Oder ob ich gehen sollte.

Wohin die Musen mich ziehen.

Auf Dein Herz solltest Du hören!

Die Dame mit Hut zögert keine Sekunde:

Vernunft allein reicht nicht, um Verbundenheit zu stiften. Sieh mich an. Ich hätte ein paar mal im Leben die Möglichkeit gehabt, mich an einen Mann zu binden. Doch stets hat mir etwas wichtiges gefehlt. Was genau das war, wusste ich nicht. Bis Du die Erinnerung geweckt hast.

An den verschollenen Schüler meines Vaters.

Und seinen betörenden Gesang.

126

Voller Gesang und Klang.

Ist auch das Haus mit den Glocken.

Gerade ist die Sonne aufgegangen. Und mit ihr das erste Lied. Die Sprecherin der Flüchtlinge sitzt rechts neben ihr. Links der Spötter. Er flüstert: Wie finden Sie das? So viele Menschen! Sie flüstert zurück: Erstaunlich! Ihr Banknachbar grinst: Ich habe Zettel verteilt.

Auch in den Nachbardörfern.

Es gab schließlich was gut zu machen.

Das ist längst vergessen und vergeben.

Aber freuen tut mich Ihr Einsatz trotzdem.

Vor allem für unsere neue Mitarbeiterin. Sie wendet sich der Sprecherin der Flüchtlinge zu: Kommen Sie gleich zu Beginn mit nach vorne? Die andere stimmt zu. Steht wenig später neben ihr. Und ruft in die vor Neugier vibrierende Stille hinein:

Good Morning! I am happy to see you!

Guten Morgen! Ich freue mich Euch zu sehen!

Überrascht und überwältigt.

Von diesem Auftakt. Erwidert sie:

Your happiness is our happiness! Und lässt sich hinreißen zu den ersten Tönen von *Oh happy day.* Der Musiker auf der Empore führt die Melodie weiter. Die neue Mitarbeiterin singt. Bis Einheimische und Flüchtlinge aufstehen. Mitschwingen und mitsingen:

Oh happy day, oh happy day ... .

He taught me ... taught me how to watch and fight and pray.

Mittendrin steht der Leiter der Ermittlungen.

Er lächelt ihr zu. Angespannt und aufmerksam.

Wie jemand, der sich seiner Verantwortung für die Sicherheit anderer bewusst ist. Und eine Hand nahe bei der Schusswaffe unter seinem Jackett hat. Bereit, die versammelten Frauen, Männer und Kinder zu schützen. Unter Einsatz seines Lebens.

Falls ihr Miteinander gefährdet wird.

Durch rohe Gewalt.

Etwas in ihr fließt.

Zum Leiter der Ermittlungen hin.

Überbrückt den Abstand zwischen ihnen. In winzigen Wellen. Ohne dass sie sagen könnte, was sie fühlt. Dankbarkeit? Mitleid? Oder das, was manche Liebe nennen? Das Lächeln ihres Beschützers wird weicher. Als das Lied vorbei ist, winkt er ihr zu.

Und wechselt den Platz.

Um notfalls von der Seite her einschreiten zu können.

Zum Glück geschieht nichts.

Außer dass Jubel und Jauchzen weiter anhalten.

Und es ein Leichtes für sie ist, ihre neue Mitarbeiterin vorzustellen. Der Sprecherin der Flüchtlinge ist die Freude über ihr neues Leben aufs Gesicht geschrieben. Hell und heiter. Breitet sich diese Freude aus. Bereichert alle Texte, Gebete und Lieder.

Durch das, was im heiligen Buch Seligkeit genannt wird.

Und die Seele singen lässt *Oh happy day*!

Das Lied erklingt erneut.

Zum Ausklang des Morgens.

Beschwingt und begeistert. Schütteln ihr viele die Hand. Als einer der letzten kommt der Leiter der Ermittlungen: Sie haben das richtig wahrgenommen neulich. Ich bin nicht frei genug für einen Neuanfang. Aber heute, das … das war ermutigend.

Wir werden die Flüchtlinge weiterhin schützen.

So gut es geht.

Kurz darauf saust er die Treppe hinunter.

Wird er sich nochmals umdrehen? Sie seufzt.

Und sieht ihm nach. Auf der letzten Stufe stoppt der Leiter der Ermittlungen seinen Lauf. Hebt eine Hand zum Gruß und hastet weiter. Als wollte er den Schmerz abschütteln.

Der ihn verfolgt. Seitdem er seine Frau verloren hat.

Und mit ihr ein Stück von sich selbst.

127

Sie möchte nicht verfolgt werden.

Vom Schmerz. Sieht ihn aber auf sich zukommen.

Während sie zur Dame mit Hut fährt. Die ihren Abschied vorbereiten will. Wie ein Geburtstagsfest. Ob die Freundin ahnt, was das in ihr auslöst? Ihre Gedanken tauchen zu den Fischen hinab. Bis auch die Großmutter und der Großvater zu sehen sind.

Sie stehen auf.

Und streifen den Sand von ihren Füßen:

Heute ist es soweit!

Wir müssen unsere Schreibübungen abbrechen.

Und aufbrechen! Sie schaut aufmerksam auf die Straße vor ihr: Das ist Euer gutes Recht. Endlich durchs letzte Tor zu gehen. Werdet Ihr Euch ab und zu melden bei mir? Die Großeltern lächeln: Natürlich werden wir das. Aber erstmal … .

Erstmal solltest Du versuchen ohne uns auskommen.

Und andere in Dein Leben treten lassen.

Und jetzt fahr zur Dame mit Hut!

Sie braucht eine Gefährtin wie Dich.

Um ihre letzten Meter oberhalb vom großen Strom zu bestehen. Du wirst sehen, der Schmerz ist zu ertragen, wenn er mit Schönem gepaart ist. Die beiden nehmen sich bei der Hand. Und gehen langsam und leichtfüßig auf die Öffnung zwischen Tang und Wurzeln zu:

Und was gibt es Schöneres?

Als das Vertrauen eines anderen Menschen.

Versöhnt und verbunden.

Mit den Wünschen der Dame mit Hut.

Klingelt sie zwei Stunden später an ihrer Haustür. Springt die Stufen hinauf und sprüht: Wie freue ich mich, wieder bei Dir zu sein! Was bin ich froh, dass wir uns begegnet sind! Auch die Ältere sprudelt: Und ich habe vor lauter Freude im Wohnzimmer gedeckt.

Sollen wir gleich essen?

Oder willst Du Dich ausruhen?

Schlafen kann ich später!

Außerdem riecht es sehr gut!

Sie folgt der Dame mit Hut an den großen Tisch. Ein weißes Tischtuch, Geschirr mit Goldrand, Silberbesteck und Kristallgläser verwandeln ihn in eine Festtafel. Nachdem sie gefüllte Teigtaschen, Salat und Wein aufgetragen hat, sagt ihre Gastgeberin:

Ich möchte mit Dir feiern!

Dass Du meiner Erinnerung auf den Weg geholfen hast.

Vergangenheit und Gegenwart.

Sind zu einer Einheit geworden für mich.

Seit ich weiß, dass der verschollene Schüler meines Vaters lebt! Und mit ihm sein Gesang! Lass uns anstoßen darauf! Während die Gläser klingen, fragt sie: Möchtest Du ihn wirklich nicht wiedersehen? Nein, Kindchen, nein! Das wäre nicht gut!

Wenn ich plötzlich auftauche in seiner Familie.

Hauptsache er lebt.

Die Dame mit Hut deutet auf die Teigtaschen:

Solange sie nicht angeschnitten sind, weißt Du es nicht.

Ob eine süsse oder herbe Füllung darin ist. Ich mag die süsse Füllung einfach lieber! Und jetzt lass uns sein, wo wir sind. Am großen

Tisch in meinem Wohnzimmer. Mit sehr viel Zeit für uns beide. Und alles, was uns nährt. Guten Appetit!

Da nimmt auch sie sich Salat und Teigtaschen.

Sie sind gefüllt mit gesüsstem Mohn.

128

Berauscht und beruhigt.

Von ihrem Miteinander.

Schläft sie in der Mansarde dem Morgen entgegen. Und setzt sich noch vor dem Frühstück an den Flügel. Um das Lied zu üben, dass sich ihre Freundin gewünscht hat. Sind es die Saiten, die singen? Oder etwas anderes, das aus dem Instrument emporsteigt?

Um sich mit Orpheus auf die Suche zu machen.

Nach seiner verlorenen Liebe.

Am Frühstückstisch findet sie.

Eine summende und säuselnde Dame mit Hut:

Ich habe Dich gehört! Es klingt wunderbar! Nur viel tiefer war es damals! Als mein Vater mit seinem Schüler geübt hat! Lässt sich gut spielen auf dem alten Stück? Sie lobt: Es ist bester Stimmung! Wie Du! Und könnte es sein, dass es mal überarbeitet wurde?

Ihre Freundin lacht: Ja! Um meines Vaters willen.

Ich habe seinen Flügel gepflegt.

Und mir vorgestellt, dass er sich darüber freut.

Wenn alles schwingt und klingt. Unhörbar für mich. Unüberhörbar für ihn. Wie wäre es, wenn ich Dir das Instrument schenke? Und sobald ich nicht mehr da bin, nimmst Du es zu Dir. Die Frage der Freundin verschlägt ihr die Sprache. Sie muss mehrmals schlucken.

Bis der Schmerz weg ist.

Sie das Schöne sieht und sagen kann: Von Herzen gern!

Was bin ich froh, dass Du zustimmst!

Die Dame mit Hut strahlt sie an.

Streckt und reckt sich zur Zimmerdecke. Und fügt hinzu: Dann werden wir auch den Rest schnell erledigen können. Das meiste habe ich mit dem Notar schon besprochen. Offen ist lediglich, ob Du dafür sorgen kannst, dass ein Viereck für mich eingesetzt wird.

Hier vor dem Haus. Neben denen für meine Familie.

Und einen Förderverein gründest.

Einen Förderverein? Für was denn?

Sie beginnt mit dem leichteren Thema.

Einen Förderverein für Kinder und Jugendliche, die gerne das Klavierspiel oder das Singen erlernen möchten. Aber die Mittel dazu nicht haben. Die Ältere bekennt: Das ist mir neulich erst in den Sinn gekommen. Nach unserer Begegnung mit dem Zausel.

Es wäre dadurch zwei Seiten geholfen: Den Musikern.

Und Talenten ohne Tantiemen.

In diesem Moment klingelt es.

Oh, das ist mein Freund, der Notar!

Allermeist ist er überpünktlich. Die Dame mit Hut geht zur Tür. Sicher und selbstbewusst. Mit dem Schritt einer rüstigen Frau. In der Mitte des neunten Jahrzehnts. Ebenso rüstig wirkt der Notar. Der jetzt auf sie zu geht. Ihr die Hand gibt und sich leicht verbeugt.

Er legt seine Aktentasche ab.

Und setzt sich neben ihre Freundin.

Die beiden wären ein schönes Paar!

Flüstert der Kopf. Heute noch! Flachst der Körper.

Das geht uns nichts an! Findet sie. Und muss an die Bemerkung der Dame mit Hut denken, dass sie sich niemals gebunden hat, weil ihr immer etwas fehlte. Doch was könnte es bei diesem Mann gewesen sein? Er lässt sich von ihr einen Kaffee einschenken.

Und kommt sofort zur Sache.

Als ginge es lediglich um einen Mietvertrag:

Wie möchtest Du denn beerdigt werden?

Und von welchem Bestattungsinstitut?

Die Freundin antwortet: Von gar keinem Bestattungsinstitut! Und ich möchte auch nicht beerdigt werden, sondern ausgelöscht. Der Notar schaut von seinem Notizblatt auf: Aber … ! Nichts aber! Seine Auftraggeberin fällt ihm ins Wort. Bitte notiere genau das:

Verbrennung im Ausland.

Verstreuen der Asche. Irgendwo im Nirgendwo.

Und was ist mit dem Viereck?

Sie versucht die Ältere zu unterstützen.

Obwohl sie selbst eine Stütze gebrauchen könnte. Angesichts dieser Wortwahl. Die Dame mit Hut legt dem Notar ihre Hand auf den Unterarm: Das ist mir sehr wichtig. Dass Du an den Künstler schreibst, der diese goldfarbenen Vierecke setzt.

Meinen letzten Willen bereits vorab beurkundest.

Und ihn informierst. Wenn ich tot bin.

129

Tot, tot, tot …

… t … o … t.

Sie bewegt die Buchstaben in ihrem Mund.

Umrahmt von zwei Kreuzen sticht ihr das O den Gaumen wund. Wie eine Nuss, an der eine aufgerissene Schale haftet. Sie möchte die Schale loswerden und fragt: Aber Du hoffst schon, dass etwas von Dir bleibt – oder? Etwas, das mehr ist als eine Inschrift vorm Haus.

Und die Asche Deines Leibes.

Die Dame mit Hut schnäuzt.

In ihr Taschentuch. Und schaut zum Notar:

Was meinst Du? Der Notar knottert. Kurz und knapp: Dafür bin ich nicht zuständig. Nur für das Materielle. Und in welcher Weise es wo und bei wem bleiben soll. Ihre Freundin schnäuzt sich erneut: Lasst uns jetzt einfach all das regeln, was in dieser Welt von Bedeutung ist.

Und manchmal auf andere Welten hindeutet.

Wie der Flügel meines Vaters.

Der Flügel gehört ab heute ihr!

Und bitte schreibe auch die Daten des Instruments auf.

Ich habe sie in der Mansarde gefunden. >Wien, 1897 … < . Die Dame mit Hut lächelt sie an. Der Notar lächelt auch: Sehen Sie, es bleibt mehr als Asche und Inschrift. Vielleicht sogar viel mehr. Sie starrt die beiden an und stottert: 1897, ganz sicher?

Das ist das Geburtsjahr meiner Großmutter.

Siehst Du, alles fügt sich!

Nicht wie wir es uns zurechtlegen.

Aber wie es sich nahelegt von der Ferne her. Die Dame mit Hut gibt dem Notar ein weiteres Blatt Papier: Und hier habe ich aufgeschrieben, wer alles für die Gründung eines Fördervereins in Frage kommt. Vielleicht kannst Du eine Satzung formulieren?

Das spart Zeit und Arbeit.

Schließlich hat meine Freundin noch mehr zu tun.

Der Notar scheint informiert zu sein.

Über Ziel und Zweck des Fördervereins.

Denn er sagt: Das mache ich gern! Mitglied werde ich auch, falls ich Dich überlebe! Wenn nicht, wird mein Sohn alle Angelegenheiten regeln! Danach bittet er um ihren Personalausweis. Und schreibt Namen, Geburtsdatum, Adresse auf: Sie wohnen wirklich sehr weit weg!

Wie gut, dass wir um die innere Nähe wissen.

Zwischen Ihnen und der Erblasserin.

Kopf und Körper maulen:

Müsstest Du nicht wesentlich mehr wissen?

Bevor Du Dich auf die Sache mit dem Förderverein einlässt? Zum Beispiel, welche finanziellen Mittel zur Verfügung stehen? Oder wie er heißen soll? Sie gebietet den beiden Einhalt: Ich muss und möchte nicht mehr wissen. Es würde etwas Kostbares zerstören.

Wenn ich zu viel Fragen stelle.

Statt mich auf diese Aufgabe einzustellen.

Fraglos und sorglos.

Fährt sie am nächsten Tag zurück.

Erfüllt von Musik. Erleichtert, dass der Notar gleich nach den Formalien wieder gegangen ist. Und sie Zeit hatten, einige Perlen des gelebten Lebens der Dame mit Hut gemeinsam zu betrachten. Schillernde Glieder einer langen Kette. Weich und wunderbar.

Im Fall.

130

Sie trägt die Perlen mit sich.

Wird zu einer Muschel, die sie birgt.

Zwischen Verwaltungs- und Vertretungsaufgaben hört sie Meeresrauschen. Riecht Salz. Schmeckt Gischt. Bewahrt den Schimmer geteilter Erinnerung. An Männer, die sich um ihre Freundin bemühten. An Aufgaben, um die sie sich bemühte.

An daran und dadurch gewachsene Kraft.

Und Klarheit.

Bald wird sie diese Gaben erbitten.

Für den Jungen mit der rotzig rauen Stimme.

Und die anderen elf Mädchen und Jungen. Die sie auch in dieser Woche im Haus mit den Glocken trifft. In der Hoffnung, dass ihnen das heilige Buch eine Wegweisung werden kann. Durch Flaute und Sturm.

Sie rätseln, welches Kleidungsstück passen könnte.

Zu ihnen und ihrem Tag.

Ein Mädchen meint:

Ich muss anziehen, was meine Eltern aussuchen.

Die anderen halten dagegen: Musst Du nicht! Du solltest anziehen, was Du möchtest! Sie wirft in die Runde: Und was wäre, wenn es nicht nur ums Äußere ginge? Sondern um das, was dadurch von Eurem Inneren zum Ausdruck kommt?

Dann komme ich auf den High Heels meiner Mutter!

Jubelt der kleinste und klügste Junge.

Ein anderer ruft:

Und ich ziehe 'nen Rock an.

Weil meine Schwestern immer bevorzugt werden! Während sich einige mit Kuriositäten überbieten, holt sie ihr langes und weites Kleid: Und wer zieht das an? Gibt es eine oder einen, der in meine Rolle schlüpfen will? Der Junge mit der rotzig rauen Stimme sagt:

Sorry! Wegen unseren Spinnereien!

Aber echt und eigen sein, ist total schwer.

Ich habe für's Gel im Haar gekämpft.

Inzwischen gefällt es sogar der Mutter.

Und Dir … . Er wendet sich dem Kleinsten und Klügsten zu: Dir könnten Turnschuhe mit Plateausohlen was bringen! Der Junge lacht: Das ist 'ne super Idee. Darf man sowas anziehen? Sie lacht zurück: Von Herzen gerne. Ihr seid alle so besonders.

Dass Ihr das zum Ausdruck bringen solltet.

Dann stecke ich Blüten ins Haar.

Auch wenn es meine Eltern stört.

Das Mädchen, das sich zuerst geäußert hat, strahlt sie an. Ein anderes beschliesst: Ich werde einen Hosenanzug tragen. Das steht mir besonders gut. Und ein drittes bekundet: Wenn's recht ist, komme ich in meiner Lieblingsjeans mit Löchern.

Und barfuss. Mit lackierten Fußnägeln.

Das passt zu mir. Und zu dem Mann aus Nazareth.

Stimmt, er hat einfach gelebt.

Aber zugleich war er ernsthaft und einfühlsam!

Sie sieht die Mädchen und Jungen an: Also bitte kein Übermut, nur Mut! Abgemacht? Junge mit der rotzig rauen Stimme fragt: Und was ist mit Ihnen? Bleibt es bei Ihrem langen und weiten Kleid?

Oder gibt es was Mutigeres?

Ja, natürlich gibt es das!

Sie berichtet von dem geplanten Flug:

In einem Viersitzer durch die Luft. Das ist eine echte Mutprobe für mich! Mein langes und weites Kleid gegen etwas anderes auszutauschen weniger. Im Haus mit den Glocken möchte und muss ich es tragen. Es gehört zu meinem Beruf.

Der kleinste und klügste der Jungen beharrt:

Und wie wär's mit offenen Haaren und Lippenstift?

131

Die Haare des Fluglehrers fließen.

Unter seiner Schirmmütze hervor. Lang und lässig.

Umspielen sie seine schlanke Gestalt. Mit Schalk in den Augen fragt er: Na, aufgeregt? Die Dame mit Hut fährt sich über die Stirn: Mir ist mal heiß, mal kalt. Die Augen wandern zu ihr: Und Sie? Kopf und Körper heften ihren Blick an seine Wimpern:

Da ist ja blaue Tusche drauf. Und ein Lidstrich drunter.

Ist das nicht heftig?

Der Fluglehrer befreit sich und sie.

Von dem Blick und den Bedenken der beiden:

So starren mich viele an. Keine Sorge, ich bin ein versierter Pilot! Den Rest habe ich Ihrer Freundin zu verdanken. Unsere Gespräche haben mich ermutigt, meine weiblichen Seiten zu zeigen! Sie gesteht: Offene Haare, Wimperntusche oder Lippenstift … .

Das trage und traue ich mich nur in meiner Freizeit!

Und selbst da nicht so oft.

Die Wimpern des Fluglehrers klimpern.

Während er genüsslich über seine Haare streicht:

Wir können gerne Du sagen! Das passt viel besser zum gemeinsamen Abheben! Er zeigt quer über den Sportflugplatz. Zu einer weißen Maschine mit schwarzer Schnauze: Wie wär's, wenn wir einsteigen? Die Dame mit Hut hängt sich bei ihm ein:

Vielleicht hilft das ja. Gegen meine weichen Knie.

Also los!

Los gefahren war sie schon am Tag zuvor.

Doch was hatte die Strecke so in die Länge gezogen?

Waren es die Baustellen und Staus? Oder ihr Wunsch anzukommen wie im Flug? Bei ihrer Freundin. Beim Kellner … . Ihr müsst Euch anschnallen! Der Fluglehrer beugt sich zur Dame mit Hut hinüber, die neben ihm sitzt. Danach dreht er sich um zu ihr.

Sie gurtet sich auf dem Platz hinter ihrer Freundin an:

Dann lasst uns die Fliege machen!

Die Fliege summt und brummt.

Mit dem Propeller voran. In den Himmel hinauf.

Die Dame mit Hut ruft: Oh, wie schön! Wir heben ab! Die Erde versinkt! Oh, wie schön … ! Als die Maschine ihre volle Flughöhe erreicht hat, dreht der Fluglehrer eine Schleife und deutet geradeaus:

Von nun an geht's direkt zum Konzert!

Kopf und Körper spähen zu den Seitenfenstern hinaus.

Die Tragflächen schimmern.

Edel und ebenmäßig im Sonnenlicht.

Das sich im Laufe ihres Flugs mehr und mehr mit Grautönen mischt. Bis ein letztes Glühen über die stählernen Schwingen huscht. Und sie im Halbdunkel die Stadt am Fluß aufleuchten sehen. Als hätten sich Milliarden von Glühwürmchen verteilt.

Um sie über Häuser, Straßen, Kanäle und Gleise hinweg.

Zum Flugplatz für Sportmaschinen zu leiten.

Sanft und sacht.

Setzen sie auf dem Asphalt auf.

Der Fluglehrer lässt die Maschine ausrollen. Am Rand der Landebahn kommen sie zum Stehen: Ich habe für Euch ein Taxi bestellt! Die Dame mit Hut lacht: Du hast mal wieder an alles gedacht! Vielen, vielen Dank! Der Fluglehrer hilft der Älteren aus der Maschine:

Nur damit Ihr rechtzeitig ankommt.

Im Konzerthaus.

132

Ist es tatsächlich ein Schiff?

Oder vielleicht doch eher ein Fisch?

Dicht nebeneinander stehen sie vor dem Bauwerk. Legen die Köpfe in den Nacken. Und bewundern die Glasfassade. Die sich in Wellen nach oben schwingt. Die Dame mit Hut entscheidet: Natürlich ist es ein Schiff! Mit dem Bug im Wind.

Sie entgegnet lächelnd: Belebt von Schuppen.

Und Kiemen.

Mehrere Rolltreppen tragen sie.

Zur größten Kieme des Schiffs hinauf.

Unter ihrem Bogen öffnet sich ein breiter Balkon. Von hier aus können sie auf den Hafen schauen. Und Atem schöpfen. Bevor sie sich dem Bauch des Schiffs anvertrauen. Er ist ausgekleidet ist mit unzähligen Muschelhälften besonderer Art.

Ihr Weiß spiegelt das Licht der Scheinwerfer.

Ihre Wölbung den Klang. Bis zu den obersten Rängen.

Die für sie reservierten Plätze liegen unten.

Nahe der Bühne. Die sich zu allen Seiten öffnet.

In der Mitte stehen zwei Flügel. Bilden das Zentrum des Schiffsbauchs. Und sehen sich an. Ein wenig weiß und sehr schwarz. Die Dame mit Hut ruft: Das hätte meinem Vater gefallen! Auge in Auge, Ohr an Ohr mit einem zweiten Pianisten eine Melodie, ein Lied zu entfalten!

Ob er's gekonnt hätte, weiß ich nicht … .

Hast Du das schon probiert?

Du traust mir allerhand zu!

Sie legt den Arm um die Schultern ihrer Freundin.

Die rechts neben ihr sitzt: Vermutlich gleicht es der Aufgabe, die Tragflächen eines Flugzeugs im Gleichgewicht zu halten. Und dabei höher und höher zu steigen. Das möchte ich nicht ausprobieren müssen. Es genügt, wenn der Kellner es wagt und will.

Die Ältere lacht: Na, dann hoffen wir mal.

Dass wir mit ihm abheben.

Der gemeinsame Flug beginnt.

Als der Kellner und der Keyborder in die Tasten greifen.

Melodie und Rhythmus im Blickkontakt zu einander entfalten. Und schon mit ihrem ersten Lied die namenlos Vielen ins Schweben bringen. Bis der ganze Schiffsbauch schwingt und klingt.

Und die Muschelhälften rot werden.

Wie die Sonne. Bei ihrem abendlichen Bad im Fluss.

Sie schaut zur Dame mit Hut.

Die aufgestanden ist und applaudiert.

Begeistert von diesem Auftakt. Zu einem Abend reich an Abenteuern. Der alle Uhren anzuhalten scheint. Während der gefühlvolle Gesang des Kellners sie hineinlockt. In die Atemsphäre des Augenblicks. Sie immer wieder beschenkt und beglückt.

Mit einem Moment von Selbstvergessenheit.

Doch wo sind sie?

Wenn sie sich lösen. Von Raum und Zeit.

Innerlich und äußerlich. Abtauchen in den Klang der Klaviaturen und Kehlen. Der sich durch das Auftauchen einer Cellistin mit kosmischen Seufzern paart. Kopf und Körper spüren, dass dies einem Sterben gleicht. Der Auflösung ihres Ichs in ein Größeres hinein.

Das ihre Seelen streift. Und sie einlädt.

Ins All-Eine.

Wo Verbundenheit spürbar wird.

Zwischen allem Lebendigen. Bis zur Ankunft.

Irgendwo im Nirgendwo. In das die Dame mit Hut ihre Asche verstreut haben will. Obwohl sie an diesem Abend glüht. Vor Lebenslust und Lebenskraft. Sie freut sich für ihre Freundin. Kopf und Körper aber fragen: Spürst Du es denn nicht?

Wie nah dieses Glühen dem Verglühen ist.

Dem letzten Bad der Sonne im Fluss.

Der Fluss ist schwarz.

Als sie wieder ins Taxi steigen.

Nachdem sie Zugabe um Zugabe herbei geklatscht haben. Und der Kellner ihr viele Male zugelächelt und zugewinkt hat. Sie schaut noch einmal zu dem erleuchten Schiff hinauf. Für sie ist und bleibt es ein verwunschener Fisch. Der aus dem Wasser springt.

Wenn etwas in ihm die Schwerkraft bezwingt.

Und ihn beschwingt.

Die Dame mit Hut ergreift ihre Hand.

Während sie zum Flugplatz zurückfahren:

Wie wunderbar! Wie wunderschön! Dass Du mich mitgenommen hast zu diesem Konzert des Kellners. Seine Stimme hat mich zurückversetzt in die Mansarde. Auch wenn er ganz andere Lieder singt. Habe ich in ihm viel wieder erkennen können.

Von meinem allseits geschätzten und geliebten Vater.

Und seinem verschollenen Schüler.

Ich konnte ihm nahe sein.

Ohne dass ich mich vertraut machen musste.

Mit seiner Familie und seiner Geschichte – danke, danke, danke!

Verwoben in den Zusammenklang von Vergangenheit und Gegenwart. Drückt die Freundin ihre Hand. Als wollte sie einen Bund besiegeln. Fest und feierlich. Erwidert sie die Geste.

Und das darin liegende Versprechen.

Von Verbundenheit.

133

Ihre Hände lösen sich.

Sobald das Taxi auf dem Flugplatz ankommt.

Lächelnd empfängt der Fluglehrer sie und die Dame mit Hut: Wie schön, dass Ihr schon da seid! Die Ältere schmunzelt: Schon? Du meinst wohl, es hätte noch sehr viel später werden können! Auf jeden Fall brauche ich jetzt ein Schläfchen.

Am besten sitze ich diesmal hinten.

Der Fluglehrer lächelt erneut: Wenn Du unbedingt willst.

Sie hilft ihrer Freundin in die Maschine.

Klettert hinterher. Und schnallt sich an.

Der Fluglehrer fragt: Kann es losgehen? Sie bejaht. Ein kurzer Blick nach hinten zeigt ihr, dass die Dame mit Hut bereits eingenickt ist. Während sie abheben, winken ihnen erneut Milliarden von Glühwürmchen zu. Dann wird es dunkel.

Der Propeller des Flugzeugs surrt und gurrt.

Auch sie in den Schlaf hinein.

Aufwachen, die Damen!

Die Stimme des Fluglehrers ruft sie.

Zurück in die Maschine. Die gerade auf der Landebahn aufsetzt. Sie reibt sich die Augen: Das ging aber schnell! Und dreht sich zu ihrer Freundin um: Schluss mit dem Nickerchen, meine Liebe! Die Ältere regt sich nicht. Kopf und Körper raten:

Am besten lasst Ihr sie schlafen.

Bis Ihr ganz und gar zum Stehen gekommen seid.

Kaum hat sie ihre Seitentür geöffnet.

Und ist aus der Maschine gesprungen.

Drängt sich der Fluglehrer an ihr vorbei: Es wird Zeit, dass Du aussteigst, meine Gute! Komm, ich stütze Dich! Er schiebt eine Hand unter den Arm der Dame mit Hut. Schrickt zurück. Beugt sich erneut zu ihr hin. Legt seine Finger an ihr Handgelenk, an ihren Hals.

Zieht ein Augenlid hoch.

Und erstarrt.

Was ist denn mit Euch?

Sie schiebt sich neben den Fluglehrer.

Sieht den starren Blick ihrer Freundin, der unter dem Lid zum Vorschein kommt. Und schreit: Hilfe, Hilfe ... schnell, wir brauchen einen Arzt! Ihr Schreien wird Schluchzen und Schlottern. Als sie zu begreifen beginnt: Es gibt keine Hilfe und Rettung mehr.

Für die Dame mit Hut.

Still und stumm.

Sitzt sie hinten im Flugzeug.

Der Fluglehrer fährt über das halbgeöffnete Lid. Um es wieder zu schließen. Und flüstert: Besser wir lassen sie weiter hinabsinken in den letzten Schlaf. Sie streicht ihr über die Wange. Weint und weiß: Einen Tod wie diesen ersehnen viele.

Vielleicht war es auch ihr Wunsch.

So gehen zu dürfen.

Sie schluchzt und schlottert erneut.

Der Schmerz schüttelt Kopf und Körper durch.

Die beiden schniefen: War es nicht zum Sterben schön heute abend? Worauf hätte Deine Freundin noch warten sollen? Nachdem Ihr die letzten Dinge geregelt habt. Nachdem sie ihrem Vater und ihrer ersten Liebe so nahe war. Sie erschaudert: Ihr meint, es ist stimmig?

Dass sie gerade jetzt verstummt ist.

Für immer.

134

Wenig später kommt der Notarzt.

Auch der Notar eilt herbei. Ohne Schlips und Anzug.

Um der Dame mit Hut ein letztes À dieu zu sagen. Sie geht ihm entgegen: Ich habe gedacht, ich muss Sie anrufen. Auch wenn es mitten in der Nacht ist. Der Notar gibt ihr eine Tasche: Hier sind Tassen und eine Thermoskanne mit Kaffee drin.

Danach setzt er sich zu der Toten ins Flugzeug.

Und lässt seinen Tränen freien Lauf.

Warum zuerst Du, nicht ich?

Sie hört, wie der Notar um Antwort fleht.

In das Ohr ihrer und seiner Freundin hinein. Sie tritt hinzu: Vielleicht, weil ihre Wünsche bei Ihnen bestens aufgehoben sind? Er taumelt aus der Maschine: Ja, das wusste sie. Und sie wusste auch, dass ich sie geliebt habe. Doch sie wollte mich nicht.

So dass ich mich fügen musste. Und begnügen.

Mit einer Anderen.

Sie gibt ihm die Hand:

Vielen Dank für Ihr Vertrauen.

Und Ihre Vorsorge in jeder Hinsicht. Vielleicht hilft es, wenn wir jetzt einen Kaffee trinken. Sie führt den Notar zum Fluglehrer. Dem der Notarzt gerade den Totenschein gibt: Vermutlich war es altersbedingtes Herzversagen. Sie brauchen keine Polizei, nur einen Bestatter.

Es tut mir sehr leid. Für Sie alle.

Der Notar deutet auf die Tasche:

Können Sie den Kaffee einschenken?

Ich zittere zu sehr. Sie füllt drei Tassen. Schwarz ohne Weiß. Hebt ihre Tasse und haucht: Auf das Leben! Dennoch! Der Fluglehrer und der Notar tun es ihr nach. Plötzlich fängt der Notar an zu lachen:

Es ist, als ob sie dabei wäre.

Dieses >Dennoch<, das war ihr Lebenselexier!

Dennoch lebendig?

Nur ganz anders als vorher?

Der Fluglehrer dreht die Tasse in seinen Händen: Wie wäre es, wenn ich etwas Lebenselexier in unseren Kaffee schütte? Einen Geist, der auch mal an einen Körper gebunden war. Er deutet auf seine Maschine:

Ich habe immer einen Schnaps dabei.

Für Notfälle.

Der Schnaps durchströmt sie.

Wärme und Wagemut im Blut.

Gehen sie gemeinsam ein letztes Mal zu der Dame mit Hut. Die inzwischen in sich zusammengesackt ist. Als wollte sie sagen: Es wird Zeit, dass mein irdischer Rest eingesackt wird. Sie erfüllen ihre Bitte.

Rufen einen Bestatter an.

Und reißen sich los. Von ihrer leiblichen Gegenwart.

Er holt ihre Freundin ab.

Während die Sonne langsam aufgeht.

Sie sieht den Notar und den Fluglehrer an: Und jetzt? Der Fluglehrer antwortet: Jetzt sollten wir versuchen zu schlafen. Der Notar greift in die Handtasche der Dame mit Hut. Die er an sich genommen hat. Und gibt ihr gleich mehrere Schlüssel:

Die sollten die Türen öffnen. Zum Haus. Zur Wohnung.

Und zur Mansarde.

Heute abend komme ich vorbei.

Damit wir das Wichtigste besprechen können.

Oder wollen Sie zu mir kommen? Sie betrachtet die Schlüssel: Besser Sie suchen mich auf. Dann sind wir unserer Freundin ganz nah. Der Fluglehrer bemerkt: Ich könnte heute nicht in ihren Räumen sein.

Das wäre ein komisches Gefühl.

Sonderbar ist es auch für mich.

Dort hinzugehen, wo sie niemals mehr sein wird.

Sie steckt die Schlüssel in ihre Hosentasche: Aber wie sonst lässt sich die Beklommenheit, die über ihrem Zuhause liegt, besiegen? Ich werde in die Mansarde gehen. Und mich sofort ins Bett legen.

Des Todes müde. Und todmüde.

Einzuschlafen versuchen.

135

Sie erwacht mitten am Tag.

Die Sonne scheint ihr ins Gesicht.

Als wollte sie das Erschrecken abmildern. Das sie mit ihren ersten Gedanken ereilt: Gestern um diese Zeit, gestern um diese Zeit … ! Murmeln sie. Lassen sie spüren, wie lebendig die Dame mit Hut vor vierundzwanzig Stunden noch war.

Doch die Uhr lässt sich nicht zurückdrehen.

Zerschlägt den Wunsch nach Wiedersehen auf der Stelle.

Zagen und klagen nutzt nichts.

Mahnen auch Kopf und Körper:

Denke und danke lieber. Hochgefühl, Heiterkeit, Himmelsnähe. Hat Euch der letzte Abend geschenkt. Da setzt sich an den Flügel. Lässt Tränen und Töne fließen. Bis Kraft in ihr aufsteigt. Und sie hinabsteigt in die Wohnung ihrer Freundin.

Den Küchentisch für sich alleine deckt.

Und frühstückt.

Auf einem Zettel notiert sie, was zu tun ist.

Kühlschrank ausräumen. Mülleimer leeren.

Mit dem Notar absprechen, wie und wann das Instrument zu ihr kommt. Und ihm die Schlüssel zurückgeben. Damit der Haustand aufgelöst werden kann. Sie steht auf. Streift durch die Zimmer. Staunend und stumm. Wie beim ersten Mal.

Besonders berührt von den Fotografien im Flur.

Und den Möbeln im Wohnzimmer.

Sie waren der Toten treue Gefährten.

Im Gehege ihres Lebens und Leidens.

Kopf und Körper zucken. Bei dem Gedanken, dass sie zerstreut werden. Wie Asche. Oder als Sperrmüll zermalmt. Als wäre es eine Zumutung, eine gemeinsame Bleibe für sie zu finden. Sie beschließt, dem Notar eine andere Lösung vorzuschlagen.

Im Zusammenhang mit dem Förderverein.

In ihr Nachdenken hinein.

Klingelt das Telefon: Wie schön!

Dass Sie wach sind! Ich käme gerne möglichst bald zu Ihnen. Sie erkennt die Stimme des Notars sofort: Das trifft sich gut. Auch ich habe eben an Sie gedacht. Er erwidert: Na, dann machen Sie mir mal auf! Ich stehe bereits unten vorm Haus. Hatte aber plötzlich Bedenken.

Es könnte zu früh sein.

Für meine beruflichen Anliegen und Aufgaben.

Gemeinsam begeben sie sich.

An den großen Tisch im Wohnzimmer.

Während der Notar seine Unterlagen ausbreitet, bringt sie Kaffee und Kekse aus der Küche. Er bemerkt: Sie kennen sich ja schon richtig gut aus hier. Das freut mich außerordentlich. Denn was ich Ihnen zu sagen habe, setzt genau das voraus … .

Dass Sie sich vor Ort wie zuhause fühlen.

Und sich vorstellen können, es weiterhin zu sein.

Was haben Sie gesagt?

Ich kann, ich darf … und soll bleiben?

Sie versucht zu erfassen, was der Notar ihr eröffnet. Möchte mehr erfragen. Und erstarrt. Ihr Gegenüber ergreift ihre Hand: Alles sehr überraschend, nicht wahr? Unsere Freundin war Ihnen besonders zugeneigt. Und hat Sie zur Alleinerbin gemacht.

Voraussetzung ist, dass Sie wohnen, wo sie gewohnt hat.

Bis ihr Name vor dem Haus eingraviert ist.

Ihre Hand drückt die seine:

Hat sie vergessen, dass ich arbeite?

Und nicht zwei Wohnungen auf einmal anmieten kann. Der Notar drängt: Doch, wenn Sie wollen, können Sie das! Der Dame mit Hut hat das gesamte Haus gehört. So dass Sie Mieteinnahmen hätten, keine Mietausgaben! Außerdem gibt es ein beträchtliches Vermögen.

Er lässt ihre Hand los.

Und gibt ihr einige Kontoauszüge.

Sie liest und lächelt:

Das langt für mehr als einen Förderverein.

Der Notar lächelt zurück: Unsere Freundin wollte, dass es auch für Sie langt. Für lange, lange Zeit. Damit Sie einmal an sich selbst denken können. Und tun können, was Ihnen gut tut. Die Gelder für den Förderverein sind auf extra Konten … !

Wollen Sie uns nicht einen Likör holen?

Zum Anstoßen.

136

Süß und sämig. Rinnt es … .

Aus einer kugelrunden Flasche. In die Gläser.

Und von dort aus in ihre Kehlen und Seelen. Einmal, zweimal, dreimal schenkt sie nach. Während Kopf und Körper rätseln: Ist das nicht der Likör, der auch bei Dir steht? Sie verrät: Ja, die Dame mit Hut hat in mir geschenkt. Für besondere Anlässe.

Nie hätte ich gedacht, dass ich damit etwas begieße.

Was sie gesät hat. Über ihren Tod hinaus.

Der Notar unterbricht.

Ihr stilles Gespräch mit den beiden:

Mehr von dem Likör vertrage ich leider nicht! Wenn Sie hier eingezogen sind, kümmern wir uns um den Grundbucheintrag und die Kontenübertragung. Sie stimmt zu und stellt auch ihr Glas beiseite: Es kann zwei, drei Monate dauern, bis ich alles Dienstliche geregelt habe.

Darf ich ein Bild mitnehmen?

Das mit dem Florentiner. Gefällt mir besonders.

Der Notar folgt ihr in den Flur:

Ab heute ist es genau umgekehrt … .

Ich muss Sie fragen, ob ich eine Fotografie haben darf. Sie sieht, wie auch er auf das Bild mit der sommerlichen Kopfbedeckung schaut. Gibt sich einen Ruck und reicht ihm die Aufnahme: Für Sie!

Unsere Freundin wollte es sicher so!

Ich nehme das mit der Feder.

Die Feder führt sie.

Von unbegehbaren zu gangbaren Fährten.

Nimmt auf der Rückfahrt vorweg, worüber sie sprechen und worüber sie schweigen sollte. Damit sie Abschied nehmen kann vom Haus mit den Glocken. Ohne die Menschen im Dorf zu verstören oder zu verletzen. Kopf und Körper fassen zusammen:

Steh einfach zu Deiner Trauer!

Und dem letzten Willen, den Du erfüllst.

Erfüllt und erschöpft.

Fällt sie schon kurz nach ihrer Ankunft ins Bett.

Nur das Foto der Dame mit Hut holt sie noch aus ihrer Tasche. Und stellt es auf ihren Nachttisch: Gute Nacht, meine Liebe! Ab morgen werde ich versuchen, für Dich und mich neue Wege zu bahnen. In eine Zeit jenseits der Alltäglichkeit.

Wo ich fast so frei und federleicht bin wie ein Vogel.

Und nisten kann. In Deinen Zweigen.

137

Einige Tage später spricht sie.

Mit ihrer neu gewählten Dienstvorgesetzten.

Sie hat die Gitter vor den Fenstern ihres Amtssitzes entfernen lassen. Und die Streifentapeten auch. Stattdessen rankt Efeu über die Wände. Grün und gediegen. Wie die Bezüge auf den Stühlen. Die Frau erklärt: Ich wünsche mir, dass wieder Hoffnung einkehrt.

In dieses Haus.

Horror war hier viel zu oft zugegen.

Das kann man wohl sagen!

Sie erinnert sich sofort an ihren letzten Besuch.

Bei dem sie angeklagt und abgestraft wurde. Ohne ersichtlichen Grund. Erzählt der Vorgesetzten davon. Und erkundigt sich: War Ihr Vorgänger zu allen so? Die andere nimmt kein Blatt vor den Mund: So und noch schlimmer. Vermutlich ein psychisches Problem.

Was führt Sie denn zu mir?

Meine Sekretärin meinte, es sei dringlich.

Ja, das trifft zu!

Durch den Tod meiner Freundin … .

Sie schluckt und schnieft: … dadurch bin ich in einer besonderen Situation. Und bräuchte Befreiung von meinen Aufgaben und meiner Anwesenheitspflicht. Für etwa ein Jahr. Ihre Dienstvorgesetzte sieht zum Fenster hinaus. Und wieder zu ihr hin:

Können Sie mir dieses Besondere schildern?

Da fängt sie an zu erzählen.

Vom Leben und Sterben der Dame mit Hut.

Von der Wohnung und dem Wunsch nach einem goldfarben Viereck neben den anderen Vierecken. Die an ihre ermordete Familie erinnern. Das ist ein Grund! Unterbricht sie die Dienstvorgesetzte: Dass Sie das Andenken einer Verfolgten bewahren.

Dafür können wir Sie sogar unbefristet freistellen.

Damit sie nicht unter Druck geraten.

Vielen Dank! Das ist ja großartig!

Ihre Stimme ist voller Freude:

Nie hätte ich gedacht, dass es Ihrerseits so ein Entgegenkommen gibt! Die Dienstvorgesetzte lächelt: Dafür bin ich da! Gemeinsam mit Ihnen und anderen Lösungen zu erarbeiten! Wann etwa wollen Sie Ihre Tätigkeit im Dorf beenden?

Sie blättert in ihrem Kalender: In zwei, drei Monaten!

Ich möchte alles mit Bedacht regeln können.

Das hört sich gut an.

Auch komme ich gerne vorbei.

Um mit Ihrem leitenden Gremium zu besprechen, wie wichtige Aufgaben ohne Sie bewältigt werden können. Die Dienstvorgesetzte schüttelt ihr die Hand: Auf ein Wiedersehen! Sie gibt den Wunsch an sie zurück: Auf ein baldiges Wiedersehen!

Die Zeit wird für mich nur so dahin rasen.

Obwohl ich die Ruhe liebe.

Wie wär's mit dem See?

Und einem Augenblick zum Atemholen.

Kopf und Körper laden sie ein: Erst Innehalten, dann Gestalten! Und locken sie ein letztes Mal zu der Bank am Ufer. Sie zieht die Schuhe aus. Ihre nackten Füßen schreiben ein >À dieu< in den Sand. Während der Wind die grünen Haare der Weiden durchkämmt.

Und wie ein Friseur.

Ihre Fülle in neue Formen lenkt.

Ein Fisch springt empor.

Grüß die Großeltern von mir!

Ihr Bitten heftet sich an seine Flossen. Und taucht mit ihm in die Tiefe: Sag Ihnen, dass die Dame mit Hut vor kurzem durchs große Tor gegangen ist! Vielleicht begegnen sie ihr ja zufällig. Und sorg dafür, dass bald eine Schuppe aufleuchtet!

Vor ihrem Haus. Zur Erinnerung und Mahnung.

Wie schnell es vorbei sein kann.

Womit vorbei?

Fragen Kopf und Körper auf dem Heimweg.

Na, mit der Meinungsfreiheit und dem Mitgefühl! Sie antwortet ohne nachzudenken. Und fügt etwas später hinzu: Natürlich auch mit dem Leben! Die beiden stimmen ihr zu: Also lass Dich ein auf alles, was das Schicksal Dir schenkt. Durch Deine Freundin.

Sie wirkt auf diese Weise weiter. In Dir und anderen.

Mit diesem Fundstück.

In Herz und Sinn. Fährt sie direkt zum Postboten.

Um mit ihm und der Sprecherin der Flüchtlinge zu reden. Ihre schwarze Schwester öffnet: Oh, wie schön! Möchten Sie einen Tee? Der Postbote ruft aus dem Hintergrund: Ich bin eben erst nach hause gekommen! Und habe den Jungen mitgebracht.

Er darf bei uns bleiben.

Wenn wir eine Wohnung finden, in der er ein Zimmer hat.

Kann es auch ein Haus sein?

Das Haus neben dem Haus mit den Glocken?

Denn nach mir kommt vermutlich kein Kollege, keine Kollegin mehr ins Dorf. Wir haben Personalmangel. Die Sprecherin der Flüchtlinge starrt sie an: Waaas? You want to go? Ihre Stimme stockt und stolpert. Durch die Sprachen: Yes, I have .. ich muss and I want to go.

Ich erkläre Ihnen alles beim Tee.

Mittendrin flüstert der Junge.

Dem Postboten etwas auf Englisch ins Ohr.

Sein neuer Papa übersetzt: Unser Junge fragt, ob Sie ein Klavier haben? Sie lacht: Ja! Und ich schenke es ihm von Herzen gern! Auch Möbel möchte ich verschenken. Wollen Sie die haben? Sie lächelt ihn und die Sprecherin der Flüchtlinge an.

Über die Gesichter der beiden huscht ein Leuchten:

Das würde uns sehr helfen.

Der Postbote fügt hinzu:

Ich bin Ihrer Freundin sehr dankbar.

Sie hat mir den richtigen Rat zur richtigen Zeit geben. So dass ich neu beginnen kann. Er nimmt die Sprecherin der Flüchtlinge in den Arm: Deshalb wär's schön, wenn auch wir Ihnen helfen könnten. Zum Beispiel beim Packen. Wann soll's denn losgehen?

Sie spürt wie sich ihr Herzschlag beschleunigt:

Sobald alles wohl geordnet ist.

Jetzt besorge ich erstmal Kartons.

Und zwei weitere Haustürschlüssel.

Bis Ende der Woche sollte das klappen. Der Junge springt auf: Can I visit you every day? Sie hält ihm ihre Hand hin: Du kannst gleich mitkommen. Ich bringe Dich später wieder her.

Der Junge ergreift ihre Hand.

Und zieht sie hinaus. Dem Aufbruch entgegen.

Während der Junge spielt.

Weiße und schwarze Tasten ausprobiert.

Ruft sie den Spötter an. Danach die Ehrenvorsitzende und alle anderen. Staunt auf wieviel Verständnis sie stößt. Und verspricht bis zu dem Sonntag zu bleiben, an dem sie eine gute Zukunft erbittet.

Für die zwölf Mädchen und Jungen.

Die ihr im zurückliegenden Jahr anvertraut waren.

139

Die Kartons füllen sich rasch.

Stunde um Stunde sortieren der Postbote.

Und die Sprecherin der Flüchtlinge: Behalten. Verschenken. Entsorgen. Was sie mit den Großeltern verbindet, packt sie selbst ein. Doch was soll aus den Büchern werden? Sie nimmt ihre Frage mit. Zum Treffen mit den zwölf Mädchen und Jungen.

Die bereits gehört haben, dass sie gehen wird.

Ein Buch mit Widmung wäre was!

Ruft der Junge mit der rotzig rauen Stimme:

Wenn Sie uns schon sitzen lassen, müsste das drin sein! Ein Satz und ein Buch für uns alle! Sie spürt, dass er mit seinem Entsetzen ringt: Wie wär's, wenn wir das sofort umsetzen und rüber gehen zu mir? Vielleicht findet Ihr ja ein Buch, das Euch etwas zu geben hat.

Ich schreibe gerne.

Für jede und jeden von Euch was hinein.

Und was wird aus dem Rest?

Wollen Sie, dass wir das wieder einräumen?

Eines der Mädchen deutet auf die zahllosen Bücher, die am Ende der Stunde auf dem Boden liegen: Oder sollen wir einen Bücherflohmarkt machen? Vielleicht wünschen sich noch andere ein Buch mit einem persönlichen Wort von Ihnen!

Überrascht und überwältigt ruft sie:

Das ist ein großartiger Vorschlag! Das machen wir!

Mit all meinen Büchern.

Auch mit denen, die noch im Regal stehen.

Gleich am nächsten Wochenende, einverstanden? Der Junge mit der rotzig rauen Stimme mosert: Muss ziemlich schrecklich sein mit uns, dass Sie es so eilig haben! Während die anderen losstürmen, befriedet sie den Sturm in seinem Inneren.

Erzählt ihm vom plötzlichen Tod ihrer Freundin.

Und ihrem letzten Wunsch.

Oh, das tut mir leid!

Sehr leid! Ich weiß, wie das wehtut!

Die rotzig raue Stimme des Jungen wird weich: Ich werde Sie nie vergessen! Er umarmt sie rasch. Und rennt hinaus. Als sie aus dem Fenster blickt, sieht sie gerade noch, dass ein Mädchen auf ihn wartet.

Jung und jungenhaft.

Zieht es ihn … . Mit sich fort.

Sie bleibt zurück.

Mit einem Kloß im Hals.

Kopf und Körper holen ihr ein Glas Wasser: Das ist ganz normal. Dass sein Leben weitergeht. Und dass Dir der Abschied nahegeht. Schließlich hat sich Dein Leben mit seinem Leben verknüpft. Und mit vielen anderen Leben auch.

Jetzt ist es an der Zeit, die Bindungen zu lösen.

Und ein neues Kapitel aufzuschlagen.

Der Buchflohmarkt hilft ihr.

Die ersten Seiten dieses Kapitels zu lesen.

Angerichtet mit Gespräch und Gemeinschaft leeren sich die Tische in ihrem Garten. Füllen die Kasse der zwölf Mädchen und Jungen. Und die Herzen ihrer Gäste. Mit Sinnsprüchen, die sie aussucht. Für die Erinnerungsstücke ihrer Wahl.

Meist sind es Zitate aus Gedichten.

Oder Liedern.

Über eines der Zitate spricht sie.

An ihrem letzten Sonntag. Im Haus mit den Glocken.

Der Kellner hat den Text vorgetragen. Auf dem Konzert, das auch die Dame mit Hut miterlebt hat: *Liebes Leben fang mich ein, bind mich an die Erde, kann doch was ich bin nur sein, wenn ich es auch werde ...* . Das passt zu den zwölf Mädchen und Jungen.

Und ihren Träumen. Von Glück und Gelingen.

Beim Hinausgehen entdeckt sie.

Dass auch der Leiter der Ermittlungen gekommen ist.

Er folgt ihr zum Ausgang: Manchmal entscheidet etwas anderes, bevor wir entscheiden. Ohne Sie wird es einsamer sein. Aber vielleicht liegt ein Same darin. Sie sieht ihn aufmerksam und aufmunternd an: Zumindest heißt im heiligen Buch von diesem Körnchen.

Und seiner Gärtnerin:

Du tust mir kund den Weg zum Leben.

Auf der Fahrt zur Dame mit Hut.

Die ihr mehr lebendig als tot erscheint.

Schreiten Kopf und Körper die letzten Schritte ihres Weges ab. Diese Schritte waren genauso *freudvoll und leidvoll*, wie es einmal ein Meister der Dichtung formuliert hat. Um am Ende zu folgern: *Glücklich allein ist die Seele, die liebt.* Sie ergänzt:

Also bejaht, was ihr andere abverlangen.

Und wonach sie verlangt.

Nach Wochen voller Wühlen.

In Schränken und Schubladen. Akten und Ablagen.

Steigt in ihr Verlangen nach Muße auf. Die Gedanken schweifen lassen. Die Gefühle schwanken lassen. Und für sich sein. In der Wohnung ihrer Freundin. Zu der sie spät abends hinaufsteigt. Den Koffer in der einen, den Schlüssel in der anderen Hand.

Bereit, die Tür zu öffnen. Für einen Neubeginn.

Im Flur empfangen sie die Bilder.

Im Gehege des Wohnzimmers der große Tisch.

Und all die anderen vertrauten Tiere. Wohlig und warm. Breitet sich dieses Willkommen in ihr aus. Leitet sie von Raum zu Raum. Bis sie vor dem Bett ihrer Freundin steht. Kissen und Kolter sind mit geblümtem Stoff überzogen. Sie öffnet das Fenster.

Und sinkt hinab.

In die Arme von Morpheus und Orpheus.

Che farò senza Euridice ... .

Der Gesang des Orpheus trägt sie.

Durch ihre Träume. In den nächsten Tag hinein. Den ersten in ihrem neuen Zuhause. Kopf und Körper gestehen: Es fühlt sich richtig an, dass Du hier bist. Also richte Dich ein. So, wie es Dir gut tut.

Gut tut mir ein Frühstück.

Erwidert sie lachend: Ohne das geht gar nichts.

Mit einem Korb in der Hand.

Schlendert sie zu einer Konditorei.

Bestückt wenig später ihr Tablett mit Kaffee und anderen Köstlichkeiten. Und kuschelt sich erneut ins Bett. Der geblümte Bezug erinnert sie. An die Kannen, die sie am Neujahrsmorgen gefüllt hat. Erfüllt von der Vorstellung, mit dem Kellner durch Wiesen zu ziehn.

Fernab vom allem.

Was sie von einander trennt.

Sie streicht über die Blumen.

Steht auf und stellt fest: Es wird Zeit.

Zeit, dass ich den Sommer einlade. In mein Wollen und Werden. Schon nach kurzer Zeit wurzeln Erinnerungsstücke an die Dame mit Hut und an die Großeltern nebeneinander. Die Tiere im Gehege des Wohnzimmers bekommen neue Gefährten.

Geschirr und Gläser, Bilder und Bücher wachsen zusammen.

Wie die Pflanzen auf einem Beet.

Fast täglich werden sie getränkt.

Mit Musik, die aus der Mansarde klingt.

Während sie immer unbeschwerter spielt und singt. Und ihre Toten ruhen lässt. Tief unten im großen Strom. Allein das Kind kommt regelmäßig zu Besuch. Erfindet und erprobt. Gemeinsam mit ihr neue Melodien. Und ruft eines Tages: Heute!

Heute abend musst Du hinunter ins Café geh'n!

Bei Einbruch der Dunkelheit.

Sitzt sie an einem Tisch im Freien.

Mit Blick auf den Markt. Und streift ihre Schuhe ab … . Hast Du noch einen Wunsch? Wir schließen gleich! Sie schaut auf. Der Kellner steht neben ihr. Ein verführerisches Lächeln liegt um seine Mundwinkel. Seine Lippen sind leicht geöffnet.

Sie hört, wie er leise ein- und ausatmet.

Und sagt: Ja.

Wie ist das klein, womit wir ringen,
was mit uns ringt, wie ist das groß;
ließen wir, ähnlicher den Dingen,
uns so vom großen Sturm bezwingen –
wir würden weit und namenlos.

Rainer Maria Rilke
(Der Schauende, 1901)

Dank
und Hinweis zum Inhalt

Ich danke
all denen, die mich kritisch und konstruktiv auf dem langen Weg von der Idee zum Buch begleitet haben: Christel Abel, Carla Hartmann, Rosemarie Jäger, Dr. Wolfgang Klein und Irmgard Theobald.

Ich danke
dem für die AT-Edition verantwortlichen Lektor Martin W. Richter für die große Geduld und das außerordentliche Entgegenkommen beim Erstellen einer stimmigen Umschlaggestaltung.

Ich danke
der Sturm & Klang Musikverlag GmbH, der Chrysalis Music Holdings GmbH, dem Alisa Wessel Musikverlag und dem Alisa Wessel Musikverlag e. Kfr. für die Abdruckgenehmigung zu zwei Zitaten aus Liedern von Konstantin Wecker.

Ich danke
der Evangelischen Kirche in Hessen und Nassau für einen Zuschuss zu den Druckkosten und für alle diesem Buch dienlichen Studien- und Fortbildungszeiten.

Die Handlung
dieses Buches und alle darin vorkommenden Personen sind frei erfunden.

Vera-Sabine Winkler

im Sommer 2023

Quellenangaben und Copyright zu den kursiv eingestellten Zitaten

Die fünfte Elegie, Konstantin Wecker, Und die Seele nach außen kehren / Uns ist kein Einzelnes bestimmt, 1981.	S. 5
Ps 8, 5a, 6a ,10a – übersetzt von Martin Buber.	S. 16
Joh-Ev 1,1, 14a – übersetzt von Martin Luther.	S. 31
nach Jes. 9, 1 – übersetzt von Martin Luther.	S. 53
Archaïscher Torso Apollos, Rainer Maria Rilke, Neue Gedichte, 1908.	S. 53
Ein dem Orakel von Delphi zugeschriebener Ausruf.	S. 54
Lk-Ev 17, 2a – übersetzt von Martin Luther.	S. 60
Trau dich, trau dich, T: Volker Ludwig/ M: Birger Heymann, kritische lieder der 70er jahre, 1978.	S. 66
Joh-Ev 1,5 – übersetzt von Martin Luther.	S. 69
Nicht vorüber, Rose Ausländer, 1980, in: Hinter allen Worten, hg. v. Helmut Braun, 1994.	S. 90
Joh 10, 9 – eigene Textübertragung.	S. 121
Nel blu dipinto di blu (Volare), T: Domenico Modugno, Franco Migliacci, M: Domenico Modugno, 1958.	S. 126
Jeder Augenblick ist ewig, Konstantin Wecker, aus dem Lied >SoScheeSchoA< 2011 © Sturm & Klang Musikverlag GmbH / Alisa Wessel Musikverlag e. Kfr. .	S.126

Es gibt dich, Hilde Domin, Gesammelte Gedichte, 1987.	S. 129
Mein blaues Klavier, Else Lasker Schüler, Mein blaues Klavier, 1943.	S. 137/138
Che farò senza Euridice, aus: Orfeo ed Euridice, T: Ovid, 3-8, M: Christoph Willibald Gluck, 1762.	S. 138
Ps 23, 4a, 5a – übersetzt von Martin Buber.	S. 167
Hewenu shalom alejchem, T und M: Volkslied aus Israel.	S. 168
Caldo come l'inferno, Reinhard Raffalt, Eine Reise nach Neapel, 1957.	S. 173
Oh happy day, 1755, T: Philip Doddridge, M: Johann A. Freylinghausen, Edward F. Rimbault u.a. , bekannt geworden durch: Edwin Hawkins Singers, 1969.	S. 224
Liebes Leben, Konstantin Wecker, 1981 © Sturm & Klang Musikverlag GmbH / Chrysalis Music Holdings GmbH / Alisa Wessel Musikverlag.	S. 252
Ps 16,11 – übersetzt von Marin Luther.	S. 252
Freudvoll und leidvoll, aus: Egmont, Johann Wolfgang von Goethe, 1788.	S. 253
Der Schauende, Rainer Maria Rilke, Buch der Bilder, 1901.	S. 255